Kunst ist immer

etwas Subjektives,

ansonsten wäre es Handwerk

Aus „Werk ohne Autor"

© 2022, Reinhard van Suntum
Herstellung und Verlag: BoD – Books on
Demand, Norderstedt
ISBN: 9783756874583

Vorweg

Kein Lektorat.

Kein Fallschirm.

Kein Rettungsboot.

ÜBERSICHT

Liebe Mitreisende!

Hier die Geschichte über irgendwie aus der Spur Geratenen. Menschen, denen du vielleicht begegnet bist oder begegnen wirst.

Nun muss er also auch noch einen Roman schreiben. Aber was heißt schon muss? „Müssen" bezieht sich mehr auf sterben oder trinken, auf fortpflanzen oder wiedergeboren werden. Kreative Akte geschehen meistens wie ein Vulkanausbruch oder aber einfach so.

Diese Veröffentlichung ist zweifelsohne ein wenig länger, was die Seitenzahl des zusammenhängenden Textes anbelangt – mehr zunächst nicht – alles andere war so oder ähnlich oder ganz anders irgendwie in Ansätzen erkennbar, wohl schon mal da: In „Anapurna Blues" (seltsame Kurzgeschichten) – des sich anbietenden Wortspiels wegen damals noch mit Doppel-N – und auch in den Reiseerzählungen tauchen immer wieder mal der Himalaya, das Nirvana oder das Göttliche in dir auf, immer mit Prisen von Sex and Drugs and Rock 'n Roll. Jedoch waren alle vorangegangen Geschichten immer nur wie mit einem Kohlestift schnell fertig gestellte Skizzen, spontane Momentaufnahmen, hingekritzelte Zeichnungen.

Nun denn – mein erstes geschriebenes Bild. Keine Zeichnungen, Skizzen mehr wie in den drei vorherigen Büchern – auch kein spontaner Schnappschuss – es wurde ein Gemälde.

Meine Liebste wünscht sich seit Langem so etwas wie einen „Roman", allerdings eher über Kindheit, Jugend und langsam Erwachsensein im Ruhrgebiet, also wahrscheinlich teilweise fiktiv autobiografisch, kommt Zeit kommt Rat – im Moment fühle ich mich dazu noch zu jung. Aber der Auftrag steht im Raum. Möglicherweise vermischt mit der Kindheit des Protagonisten – heaven knows. Zumindest der nächste Titel steht so gut wie fest: Gewölle (googeln!) Untertitel: Wir waren Freaks…Roman über eine besondere Zeit.

Das Roxy gibt es leider nicht, würde mir als Club aber gut gefallen… Die Mitglieder der Karma-Connection sind vermutlich (?) erfunden, zufällig (?) sich begegnet und dann und wann gibt es tatsächlich Ähnlichkeiten zu lebenden oder verstorbenen Personen, realen Landschaften oder Ereignissen, zu mir.

Ob es das JenZeits, das Nirwana, so etwas wie Karma oder real existierende Buddhas gibt, weiß ich auch nur in Ansätzen. Da bist du als Leser gefordert. Oder auch nicht: Reise ganz entspannt mit, vom Zentrum Europas an die Ränder des Bewusstseins. Den Himalaya, und andere hier erwähnte Gegenden, bzw. die dort lebenden Menschen, mit all ihren realen Geheimnissen, die gibt es schon.

Also: Leinen los!

Teil 1 – FROM ROXY TO ELSEWHERE

Prolog: IM HIER UND JETZT

Die anderen vier waren vor knapp einer Stunde aufgebrochen, um das Tal zu queren und die Ursache der morgendlichen Gewehrsalven herauszufinden. Mir ging es nicht besonders gut, es fehlte die Kraft für eine längere Bergwanderung und die Luft bereits hier auf der Passhöhe in 2.000 Meter machte mir das Atmen und Bewegen schwer. Dazu kam natürlich noch als entscheidender Faktor, dass ich nicht ohne Grund, trotz meiner schweren Erkrankung und absehbarer Restlebenszeit, mich auf diese vermutlich letzte Reise in diesen Teil des Himalayas aufgemacht hatte.

Es waren rund zehn Kilometer und dazu noch mindestens 600 Höhenmeter weiter hinauf, dorthin wo auch im Sommer der Schnee tief und fest blieb. Hier auf der Südseite war es bedeutend wärmer, ich genoss auf der Veranda des Guesthouses in meinem hölzernen Schaukelstuhl die angenehme Sonne des frühen Mittags, ein sattes Gläschen Chai und der Blick hinüber auf die bis auf 6.000 Meter ansteigende gegenüberliegende Talseite war überwältigend. Die Stille und weitläufige Ruhe hier oben hatten etwas absolut Beruhigendes.

Wir saßen alle im großen Gemeinschaftsraum beim Frühstück als die Schüsse fielen. Zunächst zwei, drei – dann Sekunden der totalen Stille, anschließende einige Salven. Sidh vermutete, dass es Männer aus dem Dorf seien, die die großen schwarzen Affen jagten. Diese Affenart hatte sich auf das Leben im Hochgebirge spezialisiert, doch ab und an gelüstete es ihnen nach Leckereinen aus dem Dorf. Die Landbevölkerung mochte die Diebe nicht besonders und gelegentlich gab es eine Jagd auf die Horde. Als Sidh nach erwähnte, man habe ein Affenmännchen erlegt, das so groß wie ein kleiner Mensch gewesen sei und er selbst hatte die Fußspuren von anderen Affen im Schnee gesehen. Besonders wenn die Sonne diese Fußabdrücke erwärmte und sie sich ausdehnten, konnte man sehr leicht den Aberglauben und die Legenden der Dorfbewohner zumindest nachempfinden. Bären – oder Affenmenschen, Zwischenwesen, Yetis und andere lebten in den Geschichten der Bergvölker so real wie Urgroßvater oder die Mythen der Heiligen Männer.

Spätestens da war meinen Begleitern klar, sich ein eigenes Bild vom gegenüberliegenden Tal und von den Affen machen zu müssen. Mir machte es nichts aus für den heutigen Tag allein gelassen zu werden, endlich konnte ich meine kruden Gedanken sortieren und meinen Plan innerlich vervollständigen. Sidh brachte mir einen kleinen Joint und einen weiteren Chai. Vorsichtig rauchend und nur behutsam inhalierend, schaukelte ich entspannt, suchte die gegenüberliegende Weite nach meiner kleinen Wandergruppe ab und driftete langsam fort und sah, ohne zu sehen.

Ach – wäre ich damals doch Filmmacher geworden – allein die Konstellation der vier Menschen plus meinen nepalesischen Freund Bishwa, die mich nun seit einiger Zeit mehr oder weniger zufällig bzw. freiwillig begleiteten, hätte Raum für Fiktion in Fülle. Dazu noch die Tatsache, die niemand leugnen konnte und die sich ohne mein Zutun mit Sicherheit nach und nach in verschiedenen Variationen ergeben könnte: Zwei attraktive Frauen und zwei junge Männer, ohne jeglichen Anhang, ohne Verpflichtung, frei und ungezwungen und doch seit vielen Wochen zusammen, teilweise auf engsten Raum in kleinen Gasthöfen, Minibussen, dann wieder neben und hintereinander wandernd in dieser endlosen Weitläufigkeit. Wenn mein Weg, der nicht das Ziel sein darf, endet, wird sich für die vier, Bishwa wird mehr wissen als die anderen, eine Weggabelung nach der anderen auftun. Das Ende ist gänzlich unbestimmt, für alle von uns. Diese vier Mitpilger waren nicht nur das Beste, was mir auf dieser Tour passierten konnte, sondern wir hatten auch etwas Gemeinsames für eine positivere Zukunft ausgeheckt. Dies wäre dann aber nicht mehr meine Zukunft.

So saß ich beinahe wie ein uralter Greis im Pflegeheim in diesem Monstrum von Schaukelstuhl, eine Decke auf den Knien, sanft schaukelnd und malte mir aus, wie es wäre, wenn die eine mit dem, und die andere mit dem – oder doch besser umgekehrt? – langsam oder wie aus dem Nichts etwas anfangen würde. Und wie dies kleine Pflänzchen der Anziehung oder der sexuellen Attraktivität sich zu Liebe wandeln würde und wie sie irgendwann ein anderes Leben führen würden als das unsrige in dieser Zeit. Also doch! Da war er, der Romantiker und Träumer, Kitsch as Kitsch can. Innerlich musste ich schmunzeln über mein soeben erdachtes kleines Hollywood – Filmchen. Ausgerechnet ich, der Liebesfilme und -romane hasste, ertappte mich dabei, wie ich für meine, ich nenne sie mal Gefährten, verschiedene und auch gleichgeschlechtliche Beziehungen erdachte. Gut, dass niemand etwas mitbekam, unser derzeitiges Hiersein und die Wirklichkeit um uns herum, war für die Zurückgelassenen Fiktion genug, da brauchte es keine Gefühlsduseleien oder den Wunsch nach Partnerschaft für all die Einzelgänger meinerseits. Außerdem war ich noch nicht senil und unkritisch genug, um nicht zu erkennen, dass ich hinsichtlich der beiden Grazien auch gerne eine Rolle gespielt und wenigstens etwas mitgeträumt hätte. So blieb mir Gott sei Dank das Dilemma erspart, mich für eine der beiden Schönen zu entscheiden. Da war es wieder, das realitätsferne Träumen, das Nichtanerkennen meines Zustandes und das geflissentliche Übersehen wie die Zeit mir davonlief, wie meine arrogante Überheblichkeit die verbleibende Zeit ignorierte bzw. schön rechnete. Hätte ich damals nicht diesem Fascho…. Wäre der ein oder andere auf seinem Pfad geblieben… Mir rannen zwei drei Tränchen die Wangen herunter. Hier im Inbetween war es egal, ob aus Freude oder Leid, ob anlässlich des Verrinnens aller Zeit, der Vergeblichkeit aller irdischen Mühen oder eines erinnernden Lächelns wegen bei Gedanken an den Steppenwolf, Govinda, Harry Haller und all den anderen Morgenlandfahrern, die von der göttlichen Spur wussten oder sie erahnten und mit den Unsterblichen dennoch in ein nachhallendes Lachen ausbrachen. Der Schaukelstuhl knirschte wie das Rad des Lebens.

„Roman? Roman! – was ist mit dir? Schwere Gedanken, Heimweh oder was – und warum lachst du mich aus? Freudentränen, sagst du?"

„Oh mein guter Sidh, ich lache dich doch nicht aus, höchstens an. Mein Lachen und Weinen gilt dem Aberglauben an den Zufall, dem Nichterkennen eines Sinnes in all dem uns ergebenden Unsinn. Und ich musste an den dicken Mann denken, der zum Arzt ging und über einen Alptraum klagte. Er träumte, er würde ein gigantisches Brötchen von nie gesehenen Ausmaßen essen. Der Doktor erklärte, es sei normal, auch weil man nachts Hunger haben könnte, vom Essen zu träumen. Nur als der Mann aufwachte, hatte er furchtbaren Durst und sein Kopfkissen war unauffindbar verschwunden."

Kapitel 1   Wie ein Kopfstoß in die Fresse zum Auslöser wird

„Halts Maul! Und ob Blut & Ehre hier spielen – in deinem beschisse-
nen, linksradikalen Lügenclub, da gibt es nichts…"
„Lügenclub?"
Roman bleibt äußerlich ganz ruhig, unterbricht den Schwall nur
„Lügenclub wie Lügenpresse? Glückwunsch! Eine, wenn auch total
falsche, aber zumindest kreative Wortneuschöpfung aus dem Mund
einer Dumpfbacke. Das ROXY ist ein freier, unabhängiger Club und
Treffpunkt. Niemand bestimmt mit Druck, wer hier auftritt – und schon
gar nicht gegen meinen Willen und erst recht nicht mit faschistoidem
Background. Und jetzt verlasse ganz entspannt meinen Laden, äh Lügenclub, oder ich mache vom Hausrecht Gebrauch."
„Hausrecht!? Ha – auf die Fresse gibt es. Ihr mit euerem Multi-Kulti-
Piss und diesen linksradikalen, angeblich deutschen Alternativ-Bands,
die in Wahrheit keine Sau hören will. Wird Zeit für die Wahrheit. Deutsche Wahrheiten für Deutsche in deutscher Sprache wie Blut & Ehre sie
glaubhaft rüberbringen."

Irgendwie war dieser Club eine Rettungsinsel, ein Fallschirm, eine
Brücke, ein Streifen Sonne am Horizont. Ein Ort an dem Respekt, Tole-
ranz, Frieden und diverse andere Oldschool – Hippietugenden nicht nur
Gelaber waren, und zum Glück dachten seine beiden Mitgesellschafter
ähnlich.

Angeblich hat jeder Mensch eine unsterbliche Seele, dachte Roman,
aber auch dieser verfickte Fascho, gehört selbst der zum kosmischen
Plan? Gottes oder der Götter Wege sind manchmal unergründlich –
sonst wäre ja alles ein Spiel.

Ein Roadie schiebt eine Riesenbox für den Auftritt heut Abend vorbei,
murmelt dabei laut: „Scheiß auf deutsche Texte." Roman lächelt ob
des uralten Zitats. Die Sterne waren Kult und diese Hymne ist es heute
noch. Der schleimige selbsternannte Manager und Funktionär rückt ihm
auf die Pelle, er kann die Mischung aus Schweiß und zu viel Rasier-
wasser nicht ausstehen, weicht jedoch keinen Millimeter und meint nur
lapidar in Richtung des sich gelangweilt fettige Haarschuppen von der
Jacke wedelnden Idioten:

„Kritische Texte – gegen wen auch immer – jederzeit! Aber nicht gegen Juden, Flüchtlinge, Ausländer, Schwule oder welche Minderheit ihr sonst noch so aufm Schirm habt."

Der schleimige Typ schuppt schon wieder und grinst breit. Irgendwie hatte sich Roman den Manager einer dumpfen Nazi-Band nicht so ölig vorgestellt. Dieser wies zwar auch die Mucki-Buden-Figur unter dem schlechtsitzenden Anzug und dem dummen Blut & Ehre T-Shirt als rechte Attribute einer Vergangenheit als Ordner oder Türsteher bei rechten Versammlungen auf, aber die langen, dünnen Haare, der Hipster-Fünftage-Bart und die 200 Euro Sneaker ließen eher auf einen Start-Up-Macher oder einen Kreativen aus der Werbebranche schließen. Verräterisch waren allein Sprache, T-Shirt und das Band-Bottom mit den Runen am Revers. Der Speckige rückt ihm noch näher auf den Pelz, drückt Roman gegen einen Pfeiler der Haupthalle, so nah, dass der schlechte Atem zusätzliche Abneigung provozierte und raunt in sein Ohr:

„Letzte Warnung du Lappen! Ansonsten kommen wir stetig, aber unangemeldet und mischen dir regelmäßig deinen Drecksladen auf. Hör sehr gut zu! Wir wissen auch, wo du wohnst, wo deine Frau joggt oder wo deine Nichte zur Kita geht. Blut und…"

Roman kam gar nicht dazu nachzudenken, der Autopilot hatte längst übernommen. Obwohl es für ihn das erste Mal war, wirkte der ganze Vorgang, der nur einen Sekundenbruchteil dauerte, sehr geübt und professionell – außerdem äußerst erfolgreich. Er holte nur kurz mit dem Kopf aus und stieß blitzartig vor. Der erste Kopfstoß seines Lebens brach seinem Gegenüber sofort das Nasenbein, eine blutige Masse spritzte und der Kerl taumelte rückwärts, während er versuchte mit den Händen die Blutung aufzuhalten und angeschlagen ausspuckte, wobei er rief:

„Das hast du dir jetzt selbst zuzuschreiben. Mann, dies gibt ein gewaltiges Nachspiel! Zuerst mal eine Strafanzeige und dann… Hey – ihr beiden! Ihr seid meine Zeugen, der Herr hier hat mich völlig grundlos angegriffen. Hey – ihr habt es genau gesehen!"

Die beiden Rowdies lächeln, ziehen weiter Kabel und meinen nur:

„Nix gesehen. Du bist doch gestolpert und vor die Säule geknallt. Nicht wahr? Willste 'n Taschentuch?"

Roman taumelt nun auch, hält sich an einem der Rowdies fest, kämpft gegen den Schwindel und die Übelkeit an. Es ist kein schlechtes Gewissen, der Kopfstoß war nötig und eh von selbst automatisch geschehen, aber die steigend stärker werdenden, unerträglichen Kopfschmerzen, sind nicht mehr auszuhalten, war wohl doch zu heftig. Dann wie von selbst entleert sich sein Magen, er kotzt mitten in die Halle und stürzt ungebremst in das Erbrochene. Die schrillen hohen Töne verstummen.

Das Aufwachen geschieht in Etappen, mal glaubt er etwas zu hören, dann spürt er etwas an seinem Arm, erkennt durch Nebelschlieren eine Person oder sind es zwei? Die Schmerzen sind gemildert, Schlaf ist ein guter Freund und aus Träumen und Betäubung heraus, stürzt er immer wieder tief hinab in eine bodenlose Nicht – Existenz.

Erst am nächsten Morgen gelingt es, die Augen zu öffnen und die an ihn gerichteten Worte zu realisieren und zu koordinieren. Er liegt in einem unbekannten Bett, eindeutig auf dem Rücken. Verkabelt und verbunden mit Tropf und blinkenden Geräten, die fragende Person muss eine Krankenschwester oder Ärztin sein. Keine Erinnerung, keine Vorstellung, nichts, was erklären würde, was geschehen war.
„Sie wissen, wo sie sind und wie sie heißen?" fragt sie erneut.
„Yeep. Ich bin gefangen im Fegefeuer und heiße Nick Cave."

Sie schüttelt kaum merklich den Kopf und flüstert etwas in ihr Handy, der Blick wirkt jetzt besorgter – also antwortet er:
„Sorry – ich weiß nicht in welchem Krankenhaus ich bin und schon gar nicht wie ich hier hingelangt bin. Mein Name ist Roman Keller und erklären sie mir nun bitte, was geschehen ist und vor allem, was ich habe und ob meine Frau informiert ist."
„Ah, sehr gut. Ihre Frau saß die ganze Nacht an Ihrem Bett, sie ist kurz nach Hause, kommt gleich aber wieder. Also keine Sorge. Sie sind vor über 30 Stunden ohnmächtig und aus Ohren und Nase blutend hier ins Städtische Notfallkrankenhaus eingeliefert worden. Scheinbar hatten sie im Roxy, in Ihrem Club, wohl eine Auseinandersetzung. Erinnern Sie sich jetzt ein wenig? Roxy? Kopfstoß? Schwindel, Erbrechen, Unfallwagen?"

Er runzelt die Stirn. Roxy! Ja klar, am Nachmittag war Aufbau für das Konzert von… Verdammt. Das war gestern, ihm fehlen Mosaiksteine, Schlägerei, Kopfstoß – es dämmert schwach, ohne aufzuklären. Da war dieser Störer, dieser seltsam unangenehme Typ und scheinbar ist etwas eskaliert.

„Sie sagen Kopfstoß? Also habe ich eine Gehirnerschütterung?"

„Dachten wir auch zunächst, das Röntgen zeigte uns dann den wahren Grund. Hatten Sie in den letzten Monaten verstärkt Aussetzer oder heftige Kopfschmerzen, war ihr Sichtfeld eingeschränkt bzw. gab es Schwierigkeiten mit der…"

„Stopp – was wollen sie mir sagen? Ich hatte wohl eine Prügelei, ich erinnere mich vage. Hab mir dabei scheinbar an dem gegnerischen Betonschädel meinen eigenen Kopf heftigst gestoßen, dann war mir übel und an Schwindel kann ich mich schwach auch ein wenig rückbesinnen, danach hat jemand den Stecker gezogen."

„Ah, da kommt ihre Frau zurück. Vielleicht wollen sie erst einmal mit ihr reden, ich komme dann wieder dazu und wir besprechen gemeinsam die weitere Vorgehensweise."

Ulla, ach die gute Ulla, sie kann ihre totale Niedergeschlagenheit trotz des Versuchs eines milden Lächelns nicht verbergen.

90 Minuten später ist nichts mehr wie es jemals war. Roman hätte allen Trost der Welt gebraucht, stattdessen legt er, so gut es im Liegen geht, wenn ein heulendes Elend auf einem bebt, seinen Arm um ihre Schulter, tupft Tränen und flüstert Trost. Ein Wort. Ein einziges, bis dato unbekanntes Wort, zerstört alles und insbesondere ihn. Hirntumor. Schon das bloße Wort schürt Todesängste.

Seine Ulla, aber auch die Ärztin gingen sehr behutsam vor, vermieden böse deutsche Fachbegriffe. Erst als er Dr. Google um Hilfe bitten wollte, wurde die Information sachlicher. Glioblastom meint bösartig und tödlich, weil unheilbar. Nie zuvor gehört, jetzt hat er ihn, einen bereits faustgroßen, irreparablen Tumor. Operation vermutlich ausgeschlossen, mit viel Optimismus und noch mehr Chemo und Bestrahlung bleibt vielleicht ein knappes Jahr, eher weniger. Das war dann das donnernde Leben – eben. Niemals im Leben oder im Traum hätte er gedacht, dass er auf diese Art und Weise dem Hamsterrad des ständigen Planens, Machens und Weiterplanens entrinnen würde. Im Geheimen war seine bisherige Intuition mit dem Eintritt in die Zeit als Privatier, als Abschied vom Roxy, eine Abschiedswoche für Freunde und Gäste durchzuziehen, dann ein Benefiz-Konzert für eine NGO, während dem er sich still und heimlich verdrücken würde, um dann nach etlichen Tagen herrlich altmodische Ansichtskarten von einer warmen Insel zu verschicken: „Uns geht es super…"

Alle Leichtigkeit ist aus dem Universum verschwunden, etwas Gigantisches, Unsichtbares drückt ihn zu Boden, der Himmel außerhalb des Krankenhausfensters und das Weiß der Wände wirken wie ein Schraubstock. Du sitzt fest, wirst aber nicht zermalmt. Mann, die wöchentliche Abrechnung, die Monats-Pläne, Flyer und Plakate, Tourneen, Steuererklärungen, die Reiseführer für die Zeit nach dem Club. Zeit. Was für ein Monster. Zehn Jahre hätte er im besten Fall noch arbeiten können und sich mindestens weitere zehn erhofft, um all das nachzuholen, was das Roxy nicht zugelassen hatte. Besser 15. Er sieht die Seelenlandkarte der Länder und Gegenden, wie den Inka-Trail, die Atacama Wüste, die Fidschis, Neuseeland, den Odenwald. All die Bücher Hesses, Goethes oder David Mitchells, die tausenden LPs, MCs und CDs – die vielen uneingeklebten alten Konzerttickets, Postkarten und Fotoerinnerungen, die ganzen vorformulierten, leider ungeschriebenen Briefe – alles von jetzt auf gleich Makulatur. Das Monster ist extrem grausam zu den Gutwilligen, wäre doch nicht Ulla, würde er sich in der eigenen Finsternis verirren.

Sie hatte immer behauptet, man kann das Leben, auch nicht Teile davon, niemals nachholen. Immer dann, wenn er aus diversen vorgeschobenen Gründen oder Unlust bzw. Trägheit nicht mit wollte zu Ausstellungen, ins Theater, politischen Diskussionen, Lesungen oder Kurzreisen in die Heide oder den Harz. Harz! Warum nicht gleich ins Sauerland? Heute wäre er froh, wenn er die Runde um den Schlosspark-Teich schafft.

Aber bitte kein tiefempfundenes Mitleid, keine Tränenorgien mehr und stammelnde Freunde und Verwandte am Krankenbett. Er braucht eine durchwachte Nacht, dann sieht er ein stecknadelgroßes winziges Licht inmitten der Leere. Zum Teil hat er keine Wahl, muss den Weg der diversen Ärzte und der sogenannten Vernunft mitgehen. D.h. noch diese Woche im Hospital bleiben, dann vier bis sechs Wochen Reha, ab – oder anschließend die letztlich vergeblichen ärztlichen Versuche mit Medikamenten und Strahlen zu retten, was nur noch zu verlängern ist. Rettung im Sinne von echter Heilung – völlig ausgeschlossen. Die Option auf ein göttliches Wunder, auf Magier in Brasilien oder Indien oder Timbuktu, der illegale Zukauf von angeblichen Zaubermedizinen oder Beten, Beten, Beten – all dies schließt er für sich aus.

Gott hat eh keine Zeit. Für all den Zauberhokuspokus ist Roman zu sehr Realist. Aufgewachsen in einem sozialdemokratisch und gleichzeitig katholischen Elternhaus hat er früh das Christentum und die Kirche hinter sich gelassen. Klar gab es da Laotse, Sidharta, Castaneda und andere. Freunde bezeichneten ihn gelegentlich als Freizeitbuddhisten, aber einen Glauben hatte er nicht. Loosing my religion hieß es schon vor Jahrzehnten bei REM. Vielmehr basierte sein spirituelles Leben auf einem Patchwork verschiedenster Ansichten und Lehren, denen er sich bediente, denn es war einfach und bequem. Die Momente mit Gott oder Göttern würden aufs Alter warten müssen, wenn er Zeit hätte.

Wie ein kleines Pflänzchen in einer Mauerspalte reift fortan ein Plan, den er noch nicht fassen oder mit Worten beschreiben kann, aber die Saat ist gesetzt. Mehr eine Ahnung als konkretes Vorhaben, mehr ein Wissen, was er auf jeden Fall nicht will.

Natürlich schaut er sich im Netz diverse Filmchen, Clips und Chats an – letztlich fühlt er sich aber von dem Schwarz und Weiß innerlich nur noch grau – mit einer Sehnsucht bzw. Erinnerung an Grün, Blau, an Bunt. Das Weiß wird durch die Menschen, besser sollte er sagen Kranke, denn es sind eindeutig keine Schauspieler, repräsentiert, die das hohe Lied des Lebens singen: Jeder Tag zählt. Die Freude über einen Sonnenaufgang oder eine Tasse Tee.

Glückliches Lächeln beim Anblick des Hundes oder der Vögel im Garten. Lebensgefährten, Freunde oder Kinder, die dich umarmen. Dein Lieblingslied, -essen, -bild, -film, blablabla. Dann sind da ebenso die realistischer wirkenden Berichte von dahinsiechenden Patienten. Ohnmachten, Haarausfall oder Kotzattacken sind nur die für alle sichtbaren Wegbegleiter, die Gedanken und Empfindungen der Seele kannst du nur aus den stumpfen Augen oder dem leeren Gesichtsausdruck erahnen.

Immer wieder sieht er heimlich die Reportage über die letzten drei Monate eines Ex-Leistungssportlers. Von schlapp und kraftlos durch die Gegend schlurfend, über die zusammen gesackte Gestalt im Rollstuhl bis zu dem ausgemergelten Skelett im Krankenbett, das mit zerbröselter Stimme um den Tod bettelte.

Am meisten Angst bereitet ihm die Tatsache, dass der Tag kommen wird, an dem zunächst sein Körper nach und nach den Dienst verweigern wird. Zunächst vielleicht nur ein Arm, dann ein Bein, später mehr und mehr. Was kann schlimmer sein als mit vollem Bewusstsein gelähmt rumzuliegen und zu wissen, dass der Leib aber noch lange um ihn kämpfen wird? Oder ist es noch brutaler, wenn der Verstand zunächst gelegentlich aussetzt, dann immer öfter und letztlich ist der Geist nur noch ein Haufen Matsche? Der Verstand hat sich verabschiedet, aber du liegst immer noch in dieser scheintoten Körperhülle und die Welt um dich dreht sich weiter? Keine der Alternativen, weder das Freuen über die erste Erdbeere des Jahres, noch das Warten auf Lähmung, Demenz und Koma, würde er seinem schlimmsten Feind wünschen. Schon gar nicht sich selbst – solange wenigstens, wie sein Körper halbwegs gehorcht und das Hirn fit bleibt.

Nur erzählen kann er niemanden von diesen Gedanken. Zusammengekrümmt wie ein Säugling liegt er in diesem seelenlosen klinisch-reinem Krankenhausbett, starrt durch die weiße Wand und die Background-Musik dazu sind Ian Gillans Schreie zum Ende von Deep Purples Child in Time. Gillan brüllt heraus, wie er sich jetzt fühlt. Dabei ist der Song bestimmt fünfzig Jahre alt und schon damals hatte er, ohne dass sein Englisch ausreichte, um zu verstehen, worum es inhaltlich in dem Lied überhaupt ging, emotional kapiert und mitgelitten. Jetzt jedoch bleibt keine Zeit für sinnentleerte Nostalgie, Sentimentalitäten oder Erinnerungen an glorreichere Tage. Aufgeben und Jammern zählt nicht und hilft auch nicht. Noch sieht er ein Licht im grellweißen Tunnel und es ist nicht der entgegenkommende Zug.

Früher einmal war sein Abschiedslied an die Welt auf seiner Beerdigung The End von den Doors. War es jetzt eher Here comes the sun? Etwas von Mr. Cave? Oder Instrumentales, Jazziges oder quasi als Rache einige Nummern von seinen Jungs? Noch kann er bestimmen, was wird und wohin er sein Mühen richten wird, zudem in naher Zukunft auch seinen Körper hoffentlich für eine ungewisse Zeitspanne so benutzen wie sein zum Glück funktionierendes Hirn schon heutzutage.

Also spielt er das aussichtslose Spiel mit, Meisterschaft und Abstieg sind längst entschieden, er hat keinen Einfluss, aber jede Menge Elan, die nicht direkt auf Hoffnung, aber so etwas ähnlichem basiert. Täuscht Demut, Dankbarkeit und den Willen, um jeden einzelnen Tag zu kämpfen, vor. Erwähnt mit keinem Wort weder gegenüber der Familie noch den Freunden, den Wunsch selbst bestimmt zu sterben, eine kleine winzige Pille, einige Tropfen aus einem Fläschchen. Er weiß von Beispielen aus der Schweiz oder aus Holland – letztlich fehlt es ihm an Mut oder Kraft oder Willen - oder an allem von dieser gottverdammten unsäglichen Dreifaltigkeit. Das Wissen von der selbstbestimmten letzten Lösung hilft sogar ein wenig, auch wenn er den Gedanken weit hinten in den Keller seiner dunkelsten Ahnungen und Ängste sperrt. Noch kann er demnächst wieder für einige Zeit, vielleicht sind es nur Wochen, vielleicht Monate, sein Leben irgendwie führen. Gehen, aufstehen, reden, einfache Tätigkeiten werden machbar sein. Dann würde im Prinzip auch die Möglichkeit bestehen, sich irgendetwas zu besorgen. Zur Not können dies Dope, Wodka, Medikamente sein – oder ein teuflischer letzter Cocktail von allem.

An bestimmten Tagen hasst er die Arroganz des gesunden, gut lebenden Europäers: Durchschnittliche Lebenserwartung minus eigenes Alter plus Bonusjahre für Sport; Fitness und teurer Bio-Nahrung. Bei ihm zusätzlich plus Gene, Alter der Großeltern – beide lebten über 90 Jahre – positive Grundeinstellung, viel Freizeit und Erholung, lange Reisen – und einen irgendwie jenseits des Mainstreams dennoch vorhandenen latenten Glaubens. Okay – abzüglich der durchzechten Nächte, zu bestimmten Zeiten zu viel Alkohol oder/und Drogen, gelegentlicher Stress, Hektik des erfolgreichen Nachtlebens, eine Prise Selbstbetrug. Macht untern Strich, genauer machte bis zu dieser Diagnose na ja 20 gute und vermutlich insgesamt 25, 30 Jahre. Seine Mutter sagte stets: Der Mensch denkt – Gott lenkt. Welcher Gott genau war hier zuständig? Derselbe der Ausschwitz zuließ und all die anderen Gräueltaten und Kriege? Oder der für Hunger, Not und Seuchen?

Ein Inder bzw. Hindu wüsste jetzt bestimmt, wem welches Opfer zu bringen wäre. Oder er würde zumindest ergeben das vorher bestimmte Schicksal annehmen, ohne zu klagen. Wir Westler sind da anders, schließen Todesfall-Versicherungen ab, planen und bezahlen unsere Beisetzungen ordentlich im Voraus, regeln alles stringent – von der Patientenverfügung, über die beglaubigte Nachlassverfügung bis zum Ablauf und den Ritualen bei der Beerdigung – hoffen jedoch, dass wir alles nicht brauchen bzw. es ganz anders kommt. Der Tod als letzter Selbstbetrug., das kennt er als Schalker seit Jahrzehnten zur Genüge: Die Hoffnung stirbt zuletzt. Ha ha.

Mitspielen, mittrainieren, mitmachen. Gleichzeitig checken, planen, vorbereiten. Wenn es klappt, wäre es ein Ausweg. Wenn nicht, dann erst recht. Die Entscheidung ist gefallen, Tage rinnen wie Sandkörner durchs Stundenglas. Keine Hektik jetzt, nichts verraten, Spuren verwischen und dann aus heiterem Himmel los und von der Bildfläche zumindest hier im Gewohnten verschwinden. Verschwinden? Angeblich unmöglich im kosmischen Plan, denn Energie geht nicht verloren, wird umgewandelt, transformiert. Klingt nach ein wenig Hoffnung oder nach einem Plan.

Sollte sein Plan aufgehen, wären Ulla, Freunde, andere Mitmenschen sehr enttäuscht und verletzt. Sollte er ihnen zuliebe den klinischen, langsam dahinsiechenden Weg gehen? Denn mit einem Auto bei 120 km/h vor einen Brückenpfeiler oder zwei Schachteln Schmerztabletten mit einer Flasche Wodka runterzuspülen – kam für ihn absolut nicht in den Sinn. Blieb nur eines, solange die Kräfte und der Verstand mitspielen. Selbstbestimmt, frei und allein wie ein sterbender Elefant in der Savanne einen Ausgang zu suchen.

Kapitel 2   Sie wollte nur mitspielen: Eingeklemmt zwischen Orient und Okzident

Sie ist zweifelsfrei eine absolute Schönheit. Eine junge Frau mit tollen Augen, einem Gesicht wie aus einem Märchen aus 1001 Nacht und einer atemraubenden Figur. Man kann auch sagen, ein Mädchen mit ausgewachsen Migrationshintergrund, deren sehr liberale Eltern ebenfalls schon im Revier, damals noch mit einem Herzen aus Kohle und Stahl versehen, geboren wurden. Als sie zwölf Jahre alt war, fragte sie ein älterer Schüler aus der Dreizehn des reinen Jungen-Gymnasiums, ob sie Spanierin oder Griechin wäre. Heute lacht sie immer noch darüber, wie der Junge sein Gesicht verzog, als sie antwortete, sie sei Deutsche, wie ihre Eltern übrigens auch. Und sie weiß genau, dass sie mit Genuss hinzufügte, nur ihre Großeltern stammen aus Antalya, das liegt übrigens in der Türkei. Also fast Al Kaida-Gebiet.

Den Gedanken allerdings findet sie immer besser, ohne genau zu sagen, was dieser genau mit ihr machte: Denn sie schämte sich keineswegs über ihre orientalischen Roots. Nur diese von da an losgetretene Südländigkeit ließ sie nicht mehr los. Zu Karneval ging sie als Spanierin, auf Partys gab sie die Italienerin und neugierigen, frühen Verehrern gegenüber ließ sie je nach Lust und Laune mal die Kroatin, mal Zypriotin oder die Portugiesin raushängen. Mit schlechten Akzentparodien.

Ihre Eltern nannten sie Ilayda, dies bedeutet Wasserfee oder Träne des Engels, ihre beste Freundin Farah, eine wilde, ein Jahr ältere Marokkanerin, nannte sie nur Layla. Aus Layla wurde später Lea – aber nur auf bestimmten Seiten und für eine spezielle Zielgruppe. Ihr Umfeld und erst recht die Familie dürfen niemals von dieser anderen Welt erfahren. Nie!

Jedem klardenkenden Mitmenschen ist hinlänglich bekannt, dass Clans mitherrschen würden, vor allem wenn es um so viel und dazu unversteuertes Bargeld geht. Die Säulen des dunklen Geschäftes sind seit je her Menschenschmuggel, Prostitution, Drogen und Schutzgeld. Die Präsenz vor Ort übernehmen in der Regel trotz aller Rivalität Rockerbanden und Clan-Mitglieder gemeinsam. Gelegentlich bildeten Clan-Mitglieder auch Unter-Chapter in Motorradclubs wie bei den Road killed Devils.

Dieses MC-Member stellt ein besonders fieses und brutales Mischwesen aus Rocker und Clan-Angehörigen dar. Urplötzlich schlägt er ihr brutal in die Nieren, so dass sie zu Boden geht, fasst ihr Haar, zieht den Kopf weit nach hinten und haucht:

„Reiz und verarsch mich nicht weiter. Sonst prügel ich dich mal so richtig windelweich, nur deine schöne Fratze lass ich außen vor. Wäre doch zu schlecht fürs gemeinsame Business."

Ilayda röchelt, versucht zu atmen, da erfolgt ein nächster Tritt, wieder in die Nieren. Morgen werde ich bestimmt Blut pinkeln, denkt sie. Hätte ich doch nicht geöffnet, kein Klient hatte sich angekündigt und das Motorrad verriet doch seinen Fahrer.

„Und ab jetzt wird geteilt. Fifty fifty. Du hattest doch behauptet, kapiert zu haben, was ich dir letzte Woche flüsterte. Dies heute war immer noch freundlich. Das nächste Mal tuts richtig weh – auch dem Köter und deinem Wagen. Und die darauffolgenden Stufen hab ich dir doch geschildert! Das willst du nicht …"

Der Mann wirft sie wie einen halbvollen Abfallsack zurück in ihr geräumiges Zimmer, nicht ohne Sultan mit einem gelupften Pass hinter ihr her zu kicken. Der kleine Hund landet jaulend auf seinem Frauchen und beginnt sofort, ihr Gesicht zu lecken. Die Tür fliegt zu, schwerfällig stampft der Koloss die Stufen hoch zum nächsten Apartment. Sie reibt die schmerzende Seite, tastet vorsichtig die Rippen ab, scheinbar nichts gebrochen.

Wann sie das letzte Mal geweint hat, weiß sie nicht mehr, jetzt aber kullern zornige Tränen, geboren aus einer Mischung aus Panik, Frust und Ausweglosigkeit. Zum Glück hat sie gestern für 200 Euro Koks gekauft. Also klemmt sie das Hundchen unter den Arm, greift sich Zigaretten und das Dope – erst einmal raus und an die frische Luft. Nie hätte sie auch nur im Traum daran gedacht, dass die Bande ihre Warnung so schnell, wenn auch nur relativ mild angedeutet, umsetzen würden. Denn die angekündigten ersten bösen Stufen wären wiederholte richtig schmerzhafte Prügel, zerstochene Reifen sowie eingeschlagene Leuchten und ein tot getretener Sultan.

Glasklar erinnert sie sich daran, was dann folgen würde. Nicht nur im Ladies-Netz kursierten Geschichten über Erpressung und Ausbeutung durch diverse brutale Kriminelle. Keine leeren Drohungen, die setzten um, was sie versprachen: Vom ständigen Stalking, Veröffentlichungen im Netz, Totalübernahme ihres Geschäftes. Am schlimmsten wirkte jedoch die Androhung nach, ihre ahnungslosen Eltern zu finden, diese detailliert und mit Fotos über ihre Tochter zu informieren. Später durften auch alle ermittelbaren Verwandten mit stetigen Überfällen und bösen Erpressungen rechnen, solange bis sie und ihr Business ganz ihnen gehören würde. 100 %. Freiheit und Geheimnis – ade.

Vorsichtig tastet sie sich am Geländer hinunter, schmerzverzerrt und dazu noch den Hund auf dem Arm. Hoffentlich muss ich jetzt kein Blut pinkeln oder zum Arzt. Den Kunden für heute und morgen sollte ich auch absagen, an solche Dinge ist beim besten Willen nicht zu denken. Hinter dem sogenannten Gästehaus gibt es einen kleinen Garten mit Blumen, etwas Rasen und einigen schattigen Bäumen, damit die Mädels zwischendurch mal etwas Luft schnappen oder ihre kleinen Hunde vom Pinscher bis zum Kaninchendackel ausführen können. Schnell eine Line auf der Bank gelegt, besser noch eine zweite, danach eine Zigarette und den Kopf in den Nacken.

Aus dem Nichts tauchen Bilder auf, wenn damals Farah nicht gewesen wäre, wenn sie nicht so heiß auf dieses teure A&F-Kaputzenteil gewesen wäre, wenn ihr erster Kunde nicht ausgerechnet – was soll es? Wenn, wenn, wenn. Jetzt hockt sie hier, gerade noch eine stolze Rose, jetzt ein Häufchen Elend. Okay – die Eltern und alle ihre Freunde und Bekannten glauben ernsthaft, dass sie nach Schule und Ausbildung erfolgreich diesen gutbezahlten Job in dieser erdachten Agentur mit zu vielen Überstunden angenommen hatte. Okay, andere fuhren auch jeden Tag 40 km zur Arbeit, verdienten jedoch nicht so gut. Daheim berichtete sie der Familie von engen Zeitfenstern, internationalen Projekten und tollen, erfolgsabhängigen Prämienzahlungen. Da lohnte es sich schon, ein Wochenende durchzuarbeiten oder bis tief in die Nacht, denn die Global-Player zahlten überdurchschnittlich gut. Alle glaubten ihr, denn sie sahen nur wie fantastisch sie aussah und sich pflegte mit Friseur, Nagelstudio, Fitnesstrainer, wie reichlich sie verdiente ließen ihre Kleidung, ihr schwarzer Sportflitzer, die teuren gelegentlichen Kurzreisen und die zahlreichen Geschenke an alle Familienmitglieder erahnen.

Sie wollte nur mitspielen in diesem teillegalen Zirkus, der auszahlte, statt Eintritt zu verlangen. Dass man sich in diesem Spiel auch verzocken konnte, hatte ihr niemand geflüstert. Schon gar nicht wie teuer es werden würde. Wäre sie doch bloß nicht so freiwillig wie ein Käfer zwischen Rinde und Borke freiwillig eingeklemmt in der, trotz alledem immer noch eher traditionellen Welt ihrer Eltern, Nachbarn, Freunde – und der total anderen am Rande der bürgerlichen Gesellschaft – egal ob Abend- oder Morgenland.

Und nun das Ende. Das reine Chaos drohte, der Untergang mit Schimpf und Schande. Hatte sie wirklich geglaubt, es würde noch Jahre so weitergehen, sie sich von dem angelegten Geld tatsächlich eine Boutique, ein Mehrfamilienhaus oder eine Bar kaufen können? Für so viel Selbstbetrug war sie eigentlich viel zu intelligent! Dachte sie zumindest bisher.

Dabei quälten Zweifel und Ängste sie bereits seit den ersten von Farah vermittelten Dates. Klar wie Linsensuppe war jedoch auch, dass sie irgendwann, und dann aber für immer, noch relativ jung aussteigen würde, dem Business den Rücken kehren und ein relativ geregeltes, legales Leben führen würde. Nur das Wann stand noch nicht fest, in nicht allzu naher Zukunft. Einige Jahre müsste sie doch noch entspannt hinbekommen. Falls es zu stressig mit den Klienten werden sollte, gab es immer noch kleine Fluchten wie Städtereisen nach Paris, Istanbul, sinnloses Spontan-Shoppen, Verwöhntage in teuren Luxus-Spas oder eben little Helper wie Koks, Pep, XTC – was auch immer. Das für ihre Verhältnisse viele Geld und der scheinbare Luxus formten sie jedoch allmählich zu einer wahren Meisterin der perfekten Verstellung sowie auch der daraus resultierenden moralischen Verdrängung. Wie sie abends Straps und BH ablegte, um zu Mama und Papa zum Abendessen zu düsen, so konnte sie auch alle Bedenken, Ekel und Skrupel ablegen.

Farah war gerade einmal zwei Jahre älter, einmal, wie nur sie behauptete freiwillig, sitzen geblieben und keine Jungfrau mehr. Sie waren schon lange eng befreundet, wuchsen als Nachbarkinder zusammen auf, jedoch erst musste Farah sehr betrunken sein, um zu erzählen, dass sie vor Monaten ihre Jungfräulichkeit für 500 Euro verkauft hatte und seitdem regelmäßig mit Männern schlief, die sie gut bezahlten, da sie einerseits wirklich sehr jung war, anderseits hervorragend das kleine unschuldige Mädchen spielen konnte, daher die teuren Klamotten und das viele Geld fürs Ausgehen. Sogar ein echtes, aber heimliches Sparbuch versteckte sie in ihrem Mathe-Buch. Der sicherste Ort der Welt, wie sie lachend versicherte.

Es kam, wie es kommen musste, Farah besorgte auch für Layla den ersten sogenannten Klienten. „Denk doch mal nach. 500 für eine Nummer, Jungfrau kannst du immer noch spielen und Sex macht sogar Spaß – also was ist. Top oder Flop?"

Laylas erster Kunde kam ihr irgendwie bekannt vor, er war mittelalt, bezahlte das Hotelzimmer im Nachbarort und war vorsichtig und zärtlich, sie empfand weder Schmerz noch Lust, genoss jedoch die sanfte Macht und noch mehr das im Voraus gezahlte, versprochene Geld. Später erst kam sie dahinter, dass der Mann der Schulpfarrer von Farahs Realschule war. Jedoch sah sie ihn nie wieder, dafür vermittelte Farah neue Kunden, die aber nie mehr so viel zahlten.

Während andere im Cafe oder Clubs arbeiteten, putzten oder Pizza auslieferten, arbeitete sie relativ stressfrei im Dienstleistungsgewerbe für 100 Euro die Stunde. Zuhause und ihren Freunden erzählte sie, dass das Nachhilfegeschäft gut lief und lukrativ sei. Gelegentlich gab sie sogar wirklich Nachhilfe in Mathe und Englisch, denn sie war eine gute Schülerin und mehr als ein, zwei Jobs pro Woche gab es damals noch nicht.

Mit Beendigung der zwölften Klasse verließ sie plötzlich und unerwartet die Schule, studieren kam für sie nicht in Frage, also eine anspruchsvolle Ausbildung zur Büromanagement-Kauffrau. Diese absolvierte sie auch relativ spielend en passant und mit einem guten Abschluss, der weiterhin florierende Nebenjob sorgte dafür, dass sie ein kleines Auto und ein Apartment zunächst ganz in der Nähe der Eltern finanzieren konnte. Der Schein wurde gewahrt, von den zwei, drei Dates in der Woche brauchte niemand zu erfahren, die Mund-zu-Mund-Reklame ihrer neuen Kunden reichte, barg aber auch die latente Gefahr einer späteren zufälligen Begegnung bzw. Enttarnung. Etwas musste sich ändern.

Nach der Abschlussprüfung half Farah wieder: sowohl bei der Errichtung des Lügenkonstrukts als auch beim Finden eines Zimmers im erotischen Gästehaus, keine 30 Minuten über die Autobahn und den entsprechenden Anzeigen mit gepixelten Gesicht auf den entsprechenden Internetseiten. Wirklich alle beglückwünschten sie zu ihrem tollen Job und niemand ahnte, was sie wirklich trieb. Ein zweites Handy war ihre sichere, weil unsichtbare Verbindung zur Familie und Freunden. Dabei meldete sie sich stets mit den Worten, obwohl sie im Display den Anrufer sofort erkannte: „Kreativ-Abteilung der WXT-Agentur, guten Morgen, mein Name ist Ilayda Demir, wie kann ich ihnen helfen?"

„Hallo Ilayda – Liebes. Ich bin's – Mama. Dein Bruder kommt heute Abend zum Essen. Kannst du nicht auch…?"

Skrupel kannte sie nicht, ebenso wenig religiöse oder gar moralische Einwände. Wenn dies Sünde war, würde sie diese genießen. Brauchte ja niemand zu wissen. Für eine normale Anstellung von 8 bis 17 Uhr in ständig gleichen Trott für keine 1.800 Euro netto fühlte sie sich zu jung und zu clever.

Da sie jung und gut aussehend war, lief das Geschäft mit der Lust dementsprechend, nun bereits im dritten Jahr. Manchmal langweilte sie sich, die Wartezeit zwischen zwei Klienten konnte kaum sinnvoll genutzt werden, dann fühlte sie sich nicht nur allein, sondern gelegentlich auch einsam. Nichts fürchtete sie so sehr wie Depressionen oder Selbstzweifel. Zuerst kaufte sie sich den kleinen Hund, später dann Coke und Gras. So konnte sie die Zwischenzeiten besiegen und vergaß, was sie bedrücken könnte.

Mit ihrem Talent wäre sie auch eine passable Schauspielerin geworden. Anschmiegsam, mal voran gehend, mal gehorsam folgend. Nichts tun, was weh tat oder ihr zuwider war. Aber bei jedem Kunden, den Wunsch wecken, wiederzukommen, denn sie vermittelte das Gefühl, dass sie etwas empfand.

Sie konnte sich zudem leisten, wählerisch zu sein. Betrunkene, Stinker, Gewaltbereite oder Durchgeknallte lehnte sie ab – und gingen sie nicht freiwillig, genügte es ganz kurz einmal nach Hubert zu klingeln. Nicht klug, aber stark, war er quasi Hilfs-Hausmeister, Aufpasser, Einkäufer und Autoschrauber in einem. Die acht Mädchen des Gästehauses bezahlten ihn gemeinsam. Nur bei den seit kurzen auftauchenden Rockern und Clan-Leuten kniff er den Schwanz ein.

Womit sie wieder beim Thema war. Dieses gewalttätige, brutale Schwein. Niemals würde sie es mehr loswerden, fifty fifty – lachhaft. Nicht mal 90:10 oder 80:20. Aber wenn nicht? OMG – Mutter und Vater, Geschwister und alle anderen würden sie für immer verstoßen. Jetzt hörte sie das wilde Geschrei und die klatschenden Schläge aus dem oberen Zimmer. Er war bei Ella und wahrscheinlich lief dort die gleiche Show ab. Der Rocker musste weg, jemand würde ihn töten müssen. Töten? Und was dann? Danach kommt der ganze Clan? Oder was? Einen anderen miesen Verein anrufen? Die Albaner, Russen – vielleicht eher die Banditos oder eine andere brutale Motorradgang?

Jetzt wurde sie tatsächlich verrückt. Eine Entscheidung musste her. Eine neue Kippe. Durch den blauen Qualm sah sie auf der gegenüberliegenden Straßenseite die neue chromblitzende Maschine mit 1200ccm. Dann eben die brennende Zigarette in den Tank. Obwohl das Scheusal sofort wissen würde, wer die Täterin war, schlenderte sie langsam rüber zum Bike. Aus dem Bauch heraus kam eine neue Idee. Unauffällig stopfte sie das Tütchen Coke und ihr restliches Gras in die Ledersatteltasche, zog Sultan einige hundert Meter weiter, bevor sie ihr langsam sogenanntes Familien-Handy zückte. 110, fünf Sekunden, dann meldete sich die Hauptwache.

„Sie müssen sofort kommen. Ein durchgeknallter Rocker prügelt gerade eine Frau tot, sie schreit um ihr Leben und wenn...“

„Ganz ruhig junge Frau! Name und genaue Adresse?“

„Schillerstraße 20, im Gästehaus. Der Mann bedroht sämtliche Mädchen, dass sie Drogen von ihm kaufen müssen. Er schlägt alle Frauen hier. Schauen sie mal in seine Satteltaschen, da sind seine Waffen versteckt.“

„Verstanden. Adresse notiert. Wie war nochmal ihr Name?“

Sie legte auf und bog ab Richtung Kanal. Wenige Minuten später hörte sie das nahende Alarmhorn mehrerer Wagen, woraufhin sie gemächlich umkehrte.

Blaulicht, ein in Handschellen abgeführter Kuttenträger, ein Krankenwagen für Ella und Polizisten, die sich für das Motorrad und die Satteltaschen interessierten.

Layla hievte unaufgeregt den Hund in ihren schwarzen Sportwagen, wendete und fuhr davon, Farah würde mal wieder helfen müssen.

Und Farah half: „Gut gemacht Layla! Diesen Arschlöchern gehört dermaßen etwas aufs Maul. Jetzt müssen wir nur an deine Sicherheit und Anonymität denken!"

Weil Farah Vollprofi und bestens organisiert war, geschah fortan alles wie von selbst. Das Zimmer konnte monatlich gekündigt werden, der Wagen verschwand sofort in Farahs Garage, das Familienhandy im Müll, den gutgläubigen Eltern wurde ein wichtiger, nicht aufschiebbarer Auslandsjob mit anschließenden exotischen Urlaub verkauft und gemeinsam besorgten sie unauffällige Klamotten, ein neues Handy, Bargeld sowie Visa und Reisepass.

Denn als Layla meinte: „Wie lange kann ich, ohne dich zu gefährden, hier bei dir untertauchen? Ich danke dir Farah, aber nach drei Tagen hab ich schon n richtigen Lagerkoller, höre entweder ständig Motorräder oder Polizeisirenen. Ich bin reif für irgendeine Insel."

„Genau Schatz! Du verschwindest für einige Wochen bis sich der gröbste Staub gelegt hast und fängst in einer anderen Stadt neu an. Wie wäre es mit Ayurveda, Traumstränden und einem Tropenparadies. Es ist zwar nur eine Insel, aber dafür eine sehr große, Klein-Indien quasi und für uns Westler extrem billig. Um deinen kleinen Schatz mach dir keine Sorgen, er bleibt einfach hier. Hundekörbchen haben wir ja noch von meinem."

Da Reisetag, Airline oder Abflughafen keine große Rolle für sie spielte, konnten sie ein Ticket von Brüssel nach Colombo für 490 Euro ergattern. Der Flug nach Sri Lanka brachte Layla zum ersten Mal in eine Welt außerhalb Europas – nach exakt 14 Stunden Flugzeit. Draußen erwartete Layla eine Wand aus tropischer Hitze, fremden, seltsamen, aber zum Teil auch unangenehmen Gerüchen, darüber eine Kakophonie aus Geräuschen und Lärm sowie Fetzen einer Sprache, von der sie nicht ein Wort verstand. Dazu Bettler, schmutzige Kinder und aufdringliche

Taxifahrer. Sie hatte es so gewollt, also auf jetzt, sehen wie es weiter geht. Denn das Leben geht weiter. Immer, sonst wäre man tot – oder?

Kapitel 3   Kann man aus der Kunst austreten!?
Wie eine Mail zum Startschuss wurde.

Freunde der Nachtmusik!
Mitreisende!
Compadres!

Hiermit trete ich aus der Kunst aus, und zwar ab sofort.

Dieser letzte Teil des Satzes stammt zwar von einem
sehr berühmten Ex-Vorbild von mir, die Gesinnung dahinter war auch eine andere, aber ich meine es genauso
ernst und wahrhaftig. Es reicht mir.

Wie heißt es zudem in Luc Bessons fantastischen Film
„Lucy": Was ist der Sinn des Lebens? Antwort: Reproduktion oder Wiedergeburt. Nun: Reproduktion geht
beim besten Willen nicht, also bleibt nur die Wiedergeburt! Lebt wohl, vielleicht schaffe ich es, mich zu
melden – irgendwann danach. Macht euch absolut keine
Sorgen, gefährdet bin ich nicht! Pilger sind fast nie
wirklich in Gefahr.

Mit all meiner Liebe und bei allen Sinnen:

Euer Herm Han

Sein wahrer Name lautete Hermann Hanmacher – aber seitdem er in
der dritten Klasse ein Bild mit Herm Han signiert hatte, nutze er diese
Kurzform – und die meisten Kunstkenner bzw. -kritiker kannten ihn
von Bochum bis Brooklyn auch nur als „Herm".

Nur noch auf „Senden" und ab geht die digitale Post auf unzählige
E-Mail- und Social-Media-Konten weltweit. Das wäre also geschafft,
bleibt nur noch die Wiedergeburt. Erschöpft lehnt er sich zurück, die
wenigen Zeilen, d.h. genauer der Weg der letzten Monate hierhin, war
anstrengender als alle durchgemalten Nächte, das oft stupide Kunst-

studium und die Suche nach neuen Ausdrucksformen bzw. Wegen zusammen. Er konnte und wollte sich auch nicht vorstellen, wie oft sein Posting mittlerweile geteilt worden war. Dabei konnte er eigentlich zufrieden sein. Kein notleidendes Hunger-Künstler-Leben, keine Prostitution für Agenturen, die Werbeindustrie oder kreativ-geile Unternehmen. Etliche, sogar sehr erfolgreiche; Ruhm und Geld bringende Ausstellungen, auch forciert außerhalb Deutschlands und Europas, immer wieder Beachtung und Lob und Aufmerksamkeit. Zahlreiche Galeristen überwiesen vierstellige Beträge auf sein Konto und er musste sich um Miete, Material und Mahlzeiten keine Gedanken machen. Sein Bruder half gelegentlich aus, in der Form „überflüssige Einnahmen" für hoffentlich nie kommende schlechte Zeiten anzulegen – ebenso ein Depot in einem alten Tante-Emma-Laden mit mittlerweile mehreren hundert Bildern, Skulpturen, Skizzen. Also säuberlich verpackt und notiert. Quasi als weiteres Sach-Sparbuch.

Jetzt konnte er tatsächlich von seiner Kunst leben und machen, was er wollte, dabei nie seine Roots und den Zick-Zack-Kurs bis hierhin vergessend. Zu Beginn des künstlerischen Erwachens schäumte er nur so vor kreativer Energie. Kurzgeschichten, Lyrik, Essays, Science-Fiction, wusste selber nicht, ob er literarisch gesehen Jazz oder eher von der Attitüde her Punkrock machen sollte, schrieb und illustrierte die eigenen Werke in Zeitschriften und Sammlungen und fand erst durch Zufall zur Malerei. Einst aus dem Leistungskurs Kunst wegen diverser Vergehen wie Drogengenuss im Unterricht und sexueller Belästigung der attraktiven Kunstlehrerin geschmissen, nur aufgrund der unvorstellbar heftigen Intervention Mutters auf der Schule geblieben und quasi strafversetzt in den neuen Leistungskurs Ökotrophologie. Hauswirtschaftslehre, ha ha – dann eben nur ein Puddingabitur mit langweiligen, von Heirat, Hund und Eigenheim träumenden, Schlager liebenden Mädchen und er als der einzige Mann.

So könnte ein banaler Schlagertext beginnen; junge Damen, gemeinsame entspannte Essenszubereitung und Vertilgung; und er, der einsame Held am Herd. Hier begegnete er Eva, einer jungen Frau und Mitschülerin, die er zunächst für total reizlos, unscheinbar und unerotisch hielt, die letztlich aber zu seiner großen Liebe und später einzigen Muse mutierte. Weil sie unfassbare Fantasie besaß, klug und abenteuerlich dachte und sich beinahe mehr traute in Bezug auf Sex and Drugs and

Rock 'n Roll als alle Menschen um ihn herum. Dazu kam, dass sie vermutlich der einzige Mensch auf dem Planeten war, der ihn verstand und bedingungslos seine schöpferischen Projekte förderte. Skulpturen aus diversen Fundstücken, im Haschischnebel entstandene Aquarelle, Tusche auf Servietten, die absurdesten Kollagen, impressionistische Akte, manches verwischt pornografisch – alles teilte sie mit Respekt und Verstand, wohl wissend, dass es sich um einzigartige Versuche, Wege und Irrwege handelte.

Durch Eva, nicht wie er Bafög-gefördertes Arbeiterkind, sondern aus reichem, bürgerlichem Haus, lernte er u.a. Schumacher, Pollak und Richter kennen und schätzen. Ihr verdankte er die ersten Versuche mit Reibbrett, Handfeger und Händen auf alten Betttüchern und letztlich auch den Anschub für seine erfolgreiche Bewerbung an der Kunstakademie. Sie war immer da, besonders wenn er zweifelte oder aufgeben wollte. Eva ermutigte ihn nach der, aufgrund des mutigen Experiments mit lebenden, in Farbe getunkten Ratten, beinahe gescheiterten Examensinstallation Deutschland zu verlassen und in Amsterdam auszustellen und mit ihr dort zu leben.

Der Knall nach der RatArt mit nicht geschlachteten Tieren war heftig, die beinahe zufällig entstandenen Pappbilder allerdings sehr begehrt und die Niederlande waren zudem toleranter und freundlich zu jungen Talenten. Selbst als ihn Eva später wegen dieses bärtigen Blues-Drummers verließ und in den Norden Kaliforniens zog, blieben sie in stetigen Kontakt und Austausch, waren sogar so etwas wie älteste Freunde und Verbündete. Ihr plötzlicher Tod auf diesem vielbesungenen Highway änderte zunächst nichts. Er hörte weiter ihre Stimme, ihre Kritik, ihren Rat. Die Kunst gab ihm alles und nahm aber auch genauso viel. Der auch in Geld messbare wachsende Erfolg, der zunächst minimale, aber steig wachsende Ruhm und das große Echo nach jedem scheinbaren Richtungswechsel übertünchten das winzige Leck. Millimeterklein, aber immerwährend latent vorhanden, tropfte und leckte es aus dieser winzigen Öffnung, zunächst noch unmerksam, aber nach Jahren konnte der Verlust nicht mehr verdrängt und verborgen, höchstens übertüncht werden und die übrig gebliebene Restmenge schrumpfte dazu ständig, wenn auch unmessbar, weiter. Er hätte dieses Leck niemals in Worte fassen können, Eva schon. Herm lauschte, vernahm aber nichts.

Ob es eine Wunde auf der Seele, ein langsamer Burn-out oder der fast unspürbare Verlust der einst überstrudelnden Kreativität war, konnte er nach Jahren des Verbergens, des Täuschens und des stetigen Sich-Neuerfindens nicht mehr genau sagen. Fest stand, dass es jetzt nicht weiter ging, d.h. nicht mehr in diese Richtung. Er war innerlich tot, ausgelutscht und ideenlos. Für die Kunst war er ebenso verstorben wie seine Eva für die Welt da draußen on boothill. Er klappte den Rechner zu, hatte auch nicht vor, ihn zu schnell wieder zu benutzen, starrte stattdessen nur selbstverloren an die Pinwand. Zunächst registrierte er nicht einmal die dort wahllos festgetackerten Flyer und Einladungen der letzten zwei, drei Jahre. Langsam jedoch rutschte er hinab in die Zeit, als er unter dem Einfluss von heftigen Halluzinogenen riesige Leinwände im atemberaubenden Tempo füllte.

Die erste Serie nannte sich „Acidheadsandscapes", mehrere Serien unter LSD: Farbgewaltig, voller Tiefe und spiritueller, universeller Interpretierbarkeit. Die wohlwollende Kritik sprach entzückt von phantastischen Landschaften, die zu Gesichtern, diese wiederum zu Zellen, die wiederum zu Galaxien wurden... Nur kosteten die mit Fasten und Meditationen vorbereiteten LSD-Sitzungen und die anschließenden wochenwährenden Sessions zu viel Kraft, nach einem halben Jahr musste er sich zwangsweise stoppen, sonst wäre es noch schwieriger geworden, einigermaßen ohne die kleinen Pillen weiterzumachen. Er reiste wochenlang durch Nordafrika, kopierte Paul-Klee-Bildern ähnelnde Landschaften und abstrakt Geometrisches – was ihn jedoch schnell langweilte. Erst nach der Rückkehr aus Marokko begann er Haschisch zu rauchen, las alles über Cannabis, was er erhalten konnte, rauchte aber weder Dope noch Gras wie vor Jahren und blieb abstinent. Nur etwas Kreatives schaffen gelang in dieser Klarheit nicht. Der Haschisch-Esser und Die Blumen des Bösen hatten es ihm besonders angetan. Nachdem er eines Abends am Leidseplein im Green Frog Cofie Shop kleine Spacecakes gekauft und diese auf dem Heimweg in die Vleerstraat verzerrte, schuf er urplötzlich sehr langsam, fast wieder zeichnerisch in Mischtechniken etliche Cannabis-Bilder. Hieraus entstand eine weitere Reihe, die zur erfolgreichsten Ausstellung der letzten Jahre in Amsterdam wurde und den Titel „Böse Blumen" trug. Nach den Keksen kam Space-Tee, der Rausch wurde heftiger, dauerte länger und laugte nach und nach auch wieder aus, alles wiederholte sich.

Dennoch machte er weiter. Schließlich gab es in Amsterdam legale Smartshops ohne Ende: Er probierte und malte nach dem Genuss von Pilzen aus Holland, Mexiko, Indonesien oder Sibirien. Diese Serie von insgesamt 40 Werken hatte zunächst weniger Erfolg, eine Galerie aus Hongkong entpuppte sich als neuer Wegbereiter. Es wurden zwar nur wenige Werke aus der Ausstellung „Stiel und Kopf" verkauft, aber hier entstand über eine sehr erotische und inspirierende Galerie-Mitarbeiterin der Kontakt nach Südamerika. Aus Visa-Gründen wechselte er stets von Peru nach Bolivien – und ebenso von Kakteen zu Lianen. Natürliche, deswegen aber nicht minder starke Drogen. Maria, genannt Mary, hatte mit ihm Hongkong spontan verlassen und vermittelte, organisierte vor Ort und hielt ihn den Rücken frei. Für ihn bedeutete dies, Leben wie Gott in South America.

Beinahe ein Jahr reiste und arbeitete er in beiden Ländern unter den berauschenden Einflüssen. „Yale & Ayuhuasca" hieß die eine dort entstandene Bilderserie, „The secret Valley of San Pedro" die andere thematisch anschließende. Ein holländischer Freund kam vorbei und wollte einen Dokumentar-Film über sein Schaffen unter uralten, für Europa neuen psychedelischen Drogeneinfluss drehen, da erkrankte Herm an etwas, was man in Lima zunächst als eine Form von Gelbsucht diagnostizierte, sich im Nachhinein aber als seltene Form der Vogelgrippe entpuppte und am effektivsten daheim in Deutschland behandelt werden konnte. Letztlich verdankt er vermutlich Mary, dass er dem Teufel noch einmal von der Schüppe sprang. Die Krankheit als solche war äußerst heimtückisch und die Intensivstationen hier in Lima kaum mit denen in West-Europa vergleichbar. Zu langes Zögern hätte das Ende bedeutet. Also folgte ein rascher Abbruch der Zelte in Südamerika, Krankenheimtransport, langwierige Behandlung, Heilung und ein folgender akuter seelischer Zusammenbruch, dessen schlimmsten Resultat für ihn das Ergebnis war, nie wieder mit unerforschten und vermutlich auch nicht mit erforschten Drogen zu experimentieren und schwerwiegender, der Verlust jeglicher Kreativität und der inneren Lust, irgendetwas zu erschaffen.

Der Versuch eines Sachbuches über die letzten zwei Jahre im Rausch der neuen Farben und Drogen entpuppte sich als unschreibbar für ihn. Selbst das Musikmachen hatte jeglichen Reiz verloren und das Atelier in Amsterdam und die als solches dienende Fabrik-Wohnetage in Düsseldorf wurden aus purer Laune oder Unlust aufgegeben. Alle Werke, die Herm in den letzten Jahren produziert aber nicht verkaufen wollte, wanderten in den Tante-Emma-Laden.

Geld spielte zunächst überhaupt keine Rolle, für 40.000 Euro kaufte er einen gebrauchten, umgebauten Kleinbus und ließ sich treiben. Im Winter war er aus Lima zurückgekehrt, im Frühsommer düste er, einigermaßen körperlich wieder hergestellt, Richtung Norden. Über die Brücke die Ostsee queren, Schweden, Norwegen, Finnland, das Baltikum. Ein Roadtrip wie aus dem Bilderbuch, allein es fehlte der Thrill. Ende Oktober kehrte er heim, um zu erkennen, dass er nicht wusste, was er hier sollte. Also rollte er diesmal südwärts: Frankreich, Spanien, Portugal und langsam zurück. Es war Februar und er wollte über Italien nach Griechenland – als ihm plötzlich alles sinnlos vorkam. Freiburg war die Rettung! – wenn auch nur für einige Monate. Im Grunde war es nur Ablenkung gepaart mit Selbstbetrug, er wusste dies genau und fand doch keinen genehmen Ausweg.

Die drei, vier Bekannte in Freiburg waren ebenfalls Künstler, hatten Zeit, Geduld und Lust, um immer wieder aufs Neue zu diskutieren, zu erörtern, Wege oder Alternativen aufzuzeigen, stressfrei zu vermitteln. In ihren Räumlichkeiten konnte er experimentieren und ausprobieren, wo ein eventueller Neuanfang liegen könnte. Objekte, Installationen, Collagen? Er arbeitete mit Stahl, Ton, Fundstücken, Müll, sprühte oder bewarf alte Säcke, ausrangierte Türen, Styropor, Stahlplatten, bearbeitete Holz und Stein – und trotz all des Lobes um ihn herum, er fand sich nicht wieder, das war nicht die Kunst, die er verlassen hatte. Ein Zeitvertreib, na klar – künstlerischer als vieles, was die Stümper auf den sogenannten Kunstmessen anboten. Sein Ego schien zu groß, ebenso wie die Abneigung gegen das Verhuren auf einem wie auch immer gearteten Markt. Für wen erschafft er etwas?

Dann schrieb Mary, sie würde im Spätsommer nach Utrecht kommen, um dort eine Ausstellung zu kuratieren. Dies wurde schlagartig zum neuen Anker, sowie der Startschuss, auf den er gewartet hatte, der ihn aus der Lethargie eines sich stetig mühenden, aber letztlich immer unzufrieden werdenden ex-musischen Günstlings riss.

Nahe Utrecht mietete er ein viel zu großes Hausboot, einen fahruntüchtigen Flachbootkahn, hatte endlich wieder Spaß und Sex sowie eine neue Muse und erkundete per Rad, während sie arbeitete, nach und nach die Umgebung, bis ihn auch dies langweilte oder das Wetter wurde zu schlecht, weil kalt und regnerisch.

Herm blieb auf seinem zu geräumigen Boot hocken, hoffte dabei insgeheim, dass es Klick machen würde. Sein Potential lag brach – es könnte auch mit Musik oder Literatur zu tun haben, nur musste es von innen herausströmen, wie ein junger wilder Quell im Gebirge.

Klar war ihm zweifelsfrei, dass er nicht nur warten durfte, sondern er musste den ersten Schuss abfeuern: dies bedeutete zunächst einmal zu beginnen. Die Malerei erschien ihm am einfachsten, weil sie ohne nachzudenken und Regeln funktionieren kann. Auf jeden Fall sollte er genügend Material haben, so bestellte er einige Dutzend Keilrahmen in außergewöhnlichen Formaten und begann nachts wiederdrauflos zu malen. Manchmal trank er viel Rotwein und goss schon mal ein volles Glas über das zwar fertig gestellte, aber unbefriedigende Werk. Ein ums andere Mal überklebte er die Ergebnisse der Nacht mit internationalen Zeitungsausschnitten oder attackierte die Bilder mit einem Messer. Alles schon mal dagewesen, alles nichts Neues, alles nicht er. So verging die Zeit, Mary durfte nichts anschauen und er versprach, wenn er sein gesamtes Material aufgebraucht hätte, wären sie und die neuen holländischen Freunde die ersten, denen er die „Dutch Tapes" zeigen würde – insgeheim wusste er, dass diese Machwerke das Zufälligste, Verkrampfteste und Banalste seiner immer noch immer jungen, steilen Karriere waren. Beinahe hungerte er nach ehrlicher, vernichtender Kritik.

War es nur diese Endlosschleife aus Machen und Warten auf neue Einfälle, die letztlich gesellschaftliche Unrelevanz seines Schaffens oder die einfache Erkenntnis, dass er trotz seines Außenseitertums doch Mitglied in einem Zirkel war, der aus Galerien, Sammlern, Mäzenen und anderen Ahnungslosen bestand. Also letztlich eine abartige Form von Kapitalismus, der Kunst als Geldanlage predigte.

Die letzten vier Bilder hatten jeweils die Maße 120 mal 200 cm, und sie sollten zusammen eine Art Altarbild ergeben. Er trank, kiffte, malte, schruppte, kratzte, wischte und malte erneut. Allein das Ergebnis all der nächtelangen Mühen war ernüchternd. Kein Esprit, nichts Tiefes, kein neuer Weg, nicht mal ein Ausweg. Er war nicht aus der Kunst ausgetreten, die Wahrheit war, die Kunst war seit langem dabei ihn zu verlassen! Ehe dies geschah, würde er diesmal für immer, der Malerei im Besonderen und der Kunst im Speziellen den Rücken kehren. Es genügt im 21. Jahrhundert nicht mehr aus der Kunst auszutreten, viel mehr gilt es den kapitalistischen Mechanismen der Fremdsteuerung selbst im kreativen Sektor zu entsagen.

Es muss doch ein Leben jenseits all dessen geben. Die Erkenntnis traf ihn wie ein Hammer. Ruhig klappte er die vier Bilder zu jeweils zwei übereinander. Farbschicht auf Farbschicht. Lief ein paar Mal wie ein Irrer summend über die zusammen geklappten Leinwand-Sandwichs, zog diese wieder auseinander und stellte sie nebeneinander an die große Rückwand des als Wohnzimmer dienenden Bauchs des Schiffes. Oh Gott – wie im Kindergarten! Oder wie diese Tintenklecks-Assoziationen aus der Psychologie. Zufall und sonst Nichts. Keine Kreativität, keine Inspiration, kein Geheimnis, nichts mit Aussage. Dekorativ. Maximal.

Finanziell musste er sich immer noch nicht sorgen, nur wie sollte er die langen Tage rumbekommen? Kurse geben, wohl kaum. Was blieb, waren Handlangertätigkeiten im Straßenbau, im Lagerwesen, als Fahrer. Blieb die Hoffnung, jemand würde kommen und wissen, wie wo und womit er die Kurve eines Tätigkeitslosen kriegen würde.

Selbstvergessend saß er an Deck, nippte lustlos an seinem Grolsch und starrte auf die Wasserfläche. Lachen und ein großes Hallo weckte ihn aus der Lethargie. Mary und bestimmt zehn weitere Freunde und Bekannte, wie konnte er die Verabredung bloß vergessen haben. Stumm zeigte er auf die Flasche Grolsch und dann nach unten, wo es Bier, Wein und Schnaps gab. Alle respektierten seine Erschöpfung und begaben sich respektvoll unter Deck, um sich selbst zu bedienen.

Von dort unten drang Gemurmel, Seufzen und dann und wann ein Oh oder Ahh nach oben. Umso überraschender dann das Votum der Gäste: Einzigartig, der Höhepunkt seines bisherigen Schaffens, nie gesehene Werke von ergreifender Tiefe. Seine Mary lächelte in einer Tour und flüsterte nur, sie hätte genau gewusst, dass er hier die Kurve kriegen würde. Dass selbst sie es nicht verstehen würde. Also wurde getrunken, geraucht, diskutiert. Bei Einbruch der Dunkelheit verließ er das Schiff, tat so, als wolle er nur in den Kanal pinkeln und schnappte sich ein herrenloses Damenrad.

Fünf, sechs Stunden – dann müsste er in Amsterdam sein. Pass und Kreditkarte hatte er dabei, bloß weg. Er brauchte eigentlich nicht aus der Kunst austreten, diese war für ihn gestorben, für immer. Doch das Bedürfnis den Freunden in Düsseldorf, La Paz, in Freiburg und selbst denen in Utrecht und insbesondere Mary seinen Entschluss mitzuteilen, war eine letzte stille Genugtuung.

Im Morgengrauen erreichte er mit steifen Rücken und schmerzenden Hintern Amsterdam. Nah am Vondelpark fand er bei einem netten 24-Stunden-Pakistani einen Internet-Zugang mitsamt Rechner. Die Botschaft war schnell geschrieben. 1,50 Euro für den PC, genauso viel für einen Kaffee und selbst das Sandwich mit Käse kostete 1,50. War dies ein Hinweis. Anderthalb? Mehr als einer, weniger als zwei? Er ließ sich treiben. Betrachtete im Schaufenster eines international tätigen Reisebüros auf der Korte Leidsestraat sein Spiegelbild im Schaufenster. Irgendwas stimmte hier nicht. Seit wann hatte er so große Ohren? Und die Palmen im Hintergrund? Sein Konterfei war verschmolzen mit dem im Laden aufgehängten Plakat von Ganesha, dem Gott mit dem Elefantenkopf, „Visit India" – daher auch die blöden Palmen im Hintergrund. Die Statuen und Bilder im Inneren des Ladens weckten lose Erinnerungen. Shiva, Buddha, das Taj Mahal, Wüsten und schneebedeckte Berge. Last Minute Angebote. Warum zögern? Er war geimpft, das Notwendige für die Reise könnte er bei Hema kaufen und was hielt ihn noch? Also loslassen, etwas wagen, den Gefühlen folgen, ohne irgendeine Absicht oder einen genauen Plan. Garuda – der gefiederte, indonesische Gott – genau. Indien oder Indonesien, Myanmar, Malaysia – egal, Hauptsache Asien. Die nette junge Frau kannte sogar das Zauberwort, welches verborgene Türen öffnen konnte: Visa on Arrival.

Direktflug nach Phom Penh, Visa am Flughafen und danach Treibenlassen durch Kambodscha. Mekong und Angor Wat, die Küste und wie von selbst mit dem Nachtbus in 12 Stunden rüber nach Bangkok. 15 Tage genügten – das Land hatte etwas, es war wunderschön. Wäre da nicht die nervende, stetig ausufernde Tourismus- und Unterhaltungsmaschinerie, der Industrialisierungs- und Globalisierungswahn, die vielen

Besucher, die etwas anders suchten als er. Auf Thailand hatte er keinen Bock. Zu viele Party-Touristen, zu viel Mainstream. Sex and drugs and sunshine – dann hätte er auch gleich nach Mexico oder Kuba fliegen können. War es Glück oder Zufall? Keine Ahnung. Er saß wieder in Bangkok gestrandet in einem schattigen Park inmitten des tobenden Verkehrs, beobachtete die großen Wasserschildkröten im grünen Teich und entdeckte auf der gegenüberliegenden Straßenseite diesen ungewöhnlichen Hindu-Tempel – und direkt daneben Assembly of India. Wie eine Marionette besuchte er zunächst den Tempel, dann die Botschaft. Zunächst verstand man nicht, was er wollte, aber für läppische 40 $ gab es in der indischen Botschaft ein Visum auf die Hand, und für 250 $ einen Shop weiter sogar den Flug nach Bombay.

Kapitel 4   Die zweite Frau
Helferinnen – oder Stockholm – Syndrom?

„Verfickt – da pisst mir son Asozialer, während ich neben dem Verletzten kniee, doch ganz ungeniert in meinen Ärztekoffer," sie kippte
den doppelten Wodka runter wie einen Schluck Limo und deutete
dem Barkeeper an, eine neue Runde – Wodka für sie, Wasser für Mel,
zu servieren. „Jetzt reicht es. Wir reißen uns den Arsch auf, schieben
Not- und Nachtdienste, müssen uns mit vollgeschissenen, vollgekotz-
ten Individuen abgeben und werden beschimpft, bespuckt, mit Böllern
beworfen, verachtet. Die Herde guckt dabei zu."

Melanie war seit der Ausbildung und dann später während der Assis-
tenzärztin-Zeit immer ihre Begleiterin und älteste Freundin. Was für ein
Glück, dass sie an diese Kölner Klinik gewechselt war, so konnten die
beiden Single-Frauen, wann immer es ihre Dienstpläne zuließen, gemeinsam Zeit verbringen: auf Partys, in Clubs, in Bars, auf Flohmärk-
ten, bei Konzerten – oder wie jetzt in dieser auf Retro getrimmten Bar
in der Nähe des städtischen Krankenhauses. War schon gut, wenn man
– wechselseitig – jemanden zum Ausheulen und Dampfablassen hatte
– aber so aufgewühlt wie heute, hatte Melanie ihre immer so starke und
selbstsicher Freundin noch nie gesehen. Bisher war Sarah immer die
stärkere von ihnen gewesen.

„Und dazu kommt noch der Pöbel, das Gesocks rum herum: Niemand
hilft oder wahrt Abstand, stattdessen Gejohle, Geklatsche und diese
unsägliche Handy-Filmerei. Dazu die dummen Sprüche und das geile
Angegrapsche auf dem Weg zum Verletzten oder zurück zum Rettungswagen. Letzte Woche hat tatsächlich so ein Grenz-Debiler, während ich
seinen hilflosen Kumpel behandelte, mein Handy und mein Portemo-
naie aus dem Krankenwagen geklaut und sich verduftet. Den beschisse-
nen Freund hat er mir aber dagelassen."
„Sieh mal, die Zeiten im Krankenhaus hatten dich doch bestärkt, dass
du wohl Menschen helfen, wenn sie nicht gar retten wolltest, und du
überhaupt nicht geeignet warst für den reglementierten und von Vor-
schriften gegängelten Job in einer Klinik. Zu viel Bürokratie oben
drauf. Die Chance als Rettungsärztin im Notdienst hattest du doch
stets…"
„Mel – du hast wie so oft recht. Nenn es Egoismus oder was auch

immer. Für den Dienst in einer Praxis oder einem Hospital mit festen Zeiten und Abläufen bin ich nicht geschaffen – oder noch nicht bereit. Du bist da anders – dir gefällt die Struktur und die genaue Einteilung. Klar – hier auf dem Wagen ist es spannend, sehr gut bezahl und über täglich überraschende Abwechslungen kann ich nicht klagen. Nur spüre ich doch wie von Monat zu Monat die Pöbeleien zunehmen, der Respekt gleichzeitig sinkt. Wir sind im Einsatz, wollen retten und helfen und werden behindert, beschimpft und verstärkt bespuckt, geschlagen."

„Mensch, Sarah, erinnerst du dich auch an die Momente, in denen du bestärkt wurdest, du glücklich und stolz warst, weil du genau das Umsetzen konntest, was du wolltest. Die unbezahlbare Dankbarkeit von Unfallopfern, das Lächeln der alten Frau oder…"

„Stimmt – alles richtig. Sorry, wenn ich dich immer unterbreche. Wenn ein Opa sanft deine Wange streichelt, nachdem du ihm ruhig im Krankenwagen erklärst, wie es weitergeht. Oder die junge Mutter nach dem Autounfall, die nur noch schluchzen und lächeln konnte, nachdem du die Kleinen erstversorgt hattest. Ja – selbst besoffene Penner konnten ein „Danke" stammeln, nur dass es jetzt reicht. Das Fass ist voll – und ich kann nicht mehr. Diese Gesellschaft braucht mich nicht – und ich sie auch nicht. Leider muss ich woanders helfen – dort wo man das, was ich tue, auch zu schätzen weiß. Es geht nicht um Geld oder Anerkennung – nur die Ablehnung, Behinderung und das persönliche Angreifen, ertrage ich einfach nicht mehr."

„Genau so, nur in einem ganz anderen Kontext, hast du schon mal geredet. Erinnerst du dich wieder? Wenige Tage vor unserem Krankenschwester-Examen, wir beide erschöpft und kurz vor dem Zusammenbruch. Die ganzen Begriffe! Muskeln, Nervenbahnen, dazu noch die lateinischen Entsprechungen. Wir hatten geheult, dann gelacht, dieses Lern-Kapitel abgebrochen und haben eine Flasche Sekt geköpft, sind eingepennt und am Morgen mit neuer Kraft weiter! Du mit deinem Einser-Abschluss und geballter Energie, die durch das ganze Medizin-Studium tragen half. Aufgeben zählt nicht. Weiter – nur anders."

„Stimmt – und ich bin dir immer noch so dankbar. Für deinen Support, für das gemeinsame Lernen und Fluchen – und dass daraus unsere Freundschaft entstanden ist. Diesmal bin ich nicht nur ausgelaugt und angeekelt, es fehlt etwas. Wir säubern die Ränder, die das Gros der Gesellschaft erst gar nicht zu Gesicht bekommt. Dabei spielt es keine Rolle, ob wir in sogenannte Problemviertel gerufen werden, zu einem Obdachlosen, Hooligans oder schweren Unfällen. Die Patienten sind die eine Seite der Medaille, die andere die der Gaffer, Handy-Filmer, Behinderer, Leugner, Gewaltbereiten. Dies ist nicht mehr meine Berufung, fast hätte ich gesagt, nicht mehr mein Land."

„Dann muss du halt in ein armes Entwicklungsland oder einigermaßen befriedetes Kriegsgebiet" – entgegnete Melanie ganz spontan, ohne es wirklich ernst zu meinen, „dort, wo Menschen hungern, keine ärztliche Betreuung haben, wo gekämpft wird – oder im schlimmsten Fall alles zusammen – da wird man dich respektieren oder willkommen heißen. Sicher ist dies aber auch nicht, noch dazu scheiß gefährlich. Nur willst du das?"

Die Saat war wie aus dem Nichts gelegt. Sarah tippt bereits spontan in ihr Handy die Suchanfrage zu Non-Government-Organisationen, nippte an ihrem Schnaps, drückte die Freundin und versank in tiefes Nachdenken. Mel musste zurück an die Arbeit – niemand wusste in diesem Moment, dass sie sich jahrelang nicht wiedersehen würden. In der Nacht war sie so sicher wie nie zuvor, dass sie sich für mindestens zwei Jahre bei Ärzten ohne Grenzen verpflichten wollte. Ihr und ihrer Bewerbung entgegenkamen: Zeitpunkt des Beginns, Einsatzort, gewünschtes Fachgebiet – egal, nur schnell.

Wenige Wochen später – ihr erster Einsatz im Nahen Osten. Wie einfach alles von statten gehen kann, wenn man ein Ziel, einen festen Willen und zum Glück einige hilfreiche Freunde und Kontakte hatte. Das Loslassen fiel nicht schwer, ein Nachmieter war rasch gefunden, die wichtigsten Möbel und Habseligkeiten eingelagert, eine kurze Verabschiedungs-Tournee und los.

Insgeheim hatte sie auf Afrika oder Indien oder Südamerika gehofft, ein Schiff wäre auch nicht schlecht. Nun gut – dann eben auf das Pulverfass, war auch fast noch Europa, zudem von den Namen und Bildern durch die Nachrichten der letzten zehn Jahre nicht unbekannt. Gesundheitlich und mental ging es ihr durch den Wechsel und die Zeit für sich fast täglich besser. Die englischsprachigen Schulungen und das Vorbereitungscamp hatten sie eigentlich optimal vorbereitet, außerdem hatte sie auf den Straßen Kölns genug Leid und Blut gesehen – dachte sie bisher zumindest.

Staub, überall Staub – nicht nur auf den Straßen, Plätzen, Feldern –

auch in und auf der Kleidung, zwischen den Zähnen, in den Augen, Haaren. Dazu diese mörderische Hitze, nicht vergleichbar mit den Sommerurlaubs-Temperaturen in Spanien oder Griechenland. Kaum ging die Sonne auf, blies dir kurz danach ein heißer Fön ins Gesicht, vierzehn Stunden lang. Daher auch der ständige Durst: Klar hatten sie genug Wasser in riesigen Plastikbehältern, Duschen, Kühlschränke und in den Praxisräumen, wenn es denn Strom gab, sogar etwas wie eine vorsintflutartige Klimaanlage. Nur draußen für die vielen tausend Menschen gab es nichts davon. Dreck, Elend, pure Not, Konkurrenzkampf ums Lebensnotwendige, dazu fehlte ganz einfach zudem die Infrastruktur sowie das Personal und das Material für eine einigermaßen zufrieden stellende Versorgung. Im Grunde war es schlimmer als auf den Straßen vor vier Monaten. Unfälle, Überfälle, verschleppte diverse Krankheiten, Unterversorgung und dazu die Kinder. Jede Familie hatte gefühlt zehn. Deren Zuhause; Schule und Spielplätze waren die schattenlosen staubigen Geröllfelder zwischen den Baracken und Containern.

Sarah hätte nie gedacht, dass das Fehlen von Bäumen oder besser von jeglichem Grün so deprimierend sein würde. Hatte sie nicht immer die Lava-Landschaften auf Lanzarote so geliebt? Ihr erster Eindruck, als sie mit den anderen Neulingen im klimatisierten Van durch diese Geröll- und Sandflächen düste, war der, dass sie sich an trostlose, monochrone Mondlandschaften erinnert fühlte und sich gleichzeitig fragte, wo und was die Kinder hier spielten. Abwechslung, wenn sie es so nennen wollte, ins Landschaftsbild brachten lediglich ausgebrannte Autowracks, Straßensperren, wilde Müllkippen und ab und an ein nicht mehr genau zuordbarer Tierkadaver. Wahrlich kein Ort, an dem man gerne bleiben oder sich wohlfühlen konnte

Ganz anders erschien jedoch die ehrliche Dankbarkeit, die Freude der Menschen. Bereits wenn sie nur den weißen Jeep sahen, strahlten sie, denn medizinische Hilfe, noch dazu kostenlose, war ein kostbares Gut. Natürlich gab es immer Leid, Schmerz und Misserfolge – aber auch genauso viel Lob, Lächeln und allergrößten Respekt. Ihren ersten persönlichen Erfolg verbuchte sie, nachdem sie den kleinen, schlecht ernährten Jungen allein mit Transfusionen und eine Dosis Antibiotika von seiner permanenten Schwächung aufgrund einer verschleppten Grippe, erlöste. Als sie ihn zum dritten Mal besuchte, kam er in ihre

Arme gestürmt. Die viel zu junge Mutter lächelte endlich wieder und schenkte ihr verlegen ein selbstgeflochtenes Armband aus gefundenen Plastikstreifen, allein die grüne, eingearbeitete Holzperle, sagte mehr als jeder Gehaltsscheck.

Gelegentlich war sie selbst überrascht, wie schnell man sich an die widrigen Bedingungen, den Gestank, die elendige Not und, das, ohne Hilfe von außen, nicht zu beseitigende, unmenschliche Leid hier draußen, gewöhnen konnte. Rundherum lebten Menschen ohne Lobby, ohne weltweit hörbare Stimme.

Improvisieren, mit dem Wenigen auskommen, Tipps geben, reden reden reden. Es war natürlich ganz anders als in Deutschland, letztlich sogar schwieriger, zermürbender, wenn da nicht der oft nur stumme Dank in den Augen der Menschen gewesen wären.

So verging ein Jahr. Mal arbeitete sie in den Flüchtlingslagern auf der einen Seite der Grenze, mal in denen auf der anderen Seite. Oft in zerbombten Dörfern oder in teilweise verlassenen Kleinstädten. Die politische Gemengelage veränderte sich beinahe ständig – sowie ebenso unvorhersehbar. Rebellen, Abtrünnige, Regierungstruppen, ausländische „Berater" der Großmächte, Milizionäre von eigenen Gnaden und Söldner aus allen umliegenden Staaten gaben hier abwechselnd den Ton an. Gefahr bestand immer, oft hörten sie Detonationen und Schüsse oder behandelten eindeutige Kampfverletzungen oder Wunden aufgrund fehlgeleiteter Kugeln oder Granaten. Das Adrenalin im Einsatz verdrängte stets die Angst. So auch an diesem Mittwoch. Der Morgen war trüb, die Sonne milchig und die Hitze kam noch nicht zu tragen. Sarah goss die, mittlerweile fast einen Meter hohe Sonnenblume, welche in einem viereckigen Blechbehälter, der einst Suppenbrühen-Extrakt enthielt, von ihr gepflegt wurde und die ihr etwas Freude in die triste Unterkunft brachte. Dazu war es ihr freier Vormittag – d.h. lesen, mailen oder einfach relaxen und der Pflanze beim Wachsen zusehen. Als ihr Handy vibrierte, wusste sie bereits Bescheid: „Frau Lilienweiß-Einsatz. Abfahrt in fünf Minuten!"

Eine UN-Truppe bat um Hilfe, ein Konvoi mit Flüchtlingen sei einige Meilen vor der Stadt scheinbar verunglückt. Man sah durch die Ferngläser die ineinander verkeilten LKW und Menschen, die im Staub lagen. Ihr Team war eingespielt, Minuten nach der Meldung rasten sie über staubige Halbwüsten-Pisten zum Unfallort. Die meistens schlecht gewarteten uralten LKW und Privatfahrzeuge verunglückten häufig, es gab aufgrund fehlender Airbags und Sicherheitsgurte schwerste Verletzungen, sie rechneten alle mal wieder mit dem Schlimmsten. Dieser entpuppte sich nicht als Ort eines Unfalles, sondern als der eines Überfalls. Aus das geschah regelmäßig, wenn auch selten. Vor allen die involvierte internationale Friedenstruppe bat gelegentlich um Mithilfe, wenn es dringend nötig war. So sammelten alle Helfer unfreiwillig Erfahrungen im Umgang mit Schuss- und Hiebverletzungen. Echte Gräueltaten waren ihnen bisher entweder erspart oder jeweils von den um Hilfe bittenden Blauhelmen grob kaschiert worden. Das bisher Gesehene reichte allerdings aus und hinterließ stetig Narben auf der Seele.

Nichts und niemand konnte sie jedoch auf das hier Geschehene vorbereiten. Dutzende Männer lagen um die Fahrzeuge verstreut, keiner lebte. Mehreren war der Kopf abgeschlagen und auf die Motorhauben gelegt worden. Den Frauen hatte man den Leib aufgeschlitzt oder die Geschlechtsorgane herausgeschnitten. Alle Kinder lagen erschlagen unter den LKW, einige noch Babys. Frauen als auch Kindern wurden zum Teil die Hände mit Kabelbindern auf dem Rücken gefesselt.

Das Mädchen, vielleicht vier, fünf Jahre alt, fand sie unter einer umgestürzten Kiste. Scheinbar lebte das Mädchen noch, es reagierte und schaute stumm aus großen Augen. Vorsichtig versuchte sie das Kind hervorzuziehen, spürte zweierlei gleichzeitig. Zum einen eine große Feuchtigkeit aufgrund des vielen Blutes und diverser anderer Körpersäfte, dann wie die Augen für immer stehen blieben. Sie ruckte an dem kleinen Leib, der ihr entgegen rutschte, hielt plötzlich zwei Drittel des Mädchens im Arm, die linke Schulter und das Bein waren mit einem Schwert unsauber abgetrennt worden. Brechreiz und Tränen kamen gleichzeitig mit der Erkenntnis, dass es mal wieder reicht. All ihr persönlicher Einsatz und der der vielen anderen Helfer und Kollegen wurden mit einem Schlag zunichte gemacht durch fundamentalistische Wirrköpfe, die für das Volk und die Region in Anspruch nahmen, es zurück ins Mittelalter zu führen: Keine weltoffenen Bildungsmöglichkeiten, schon gar nicht für Mädchen und Frauen, keine freie Presse oder ähnliches, marode Verwaltungs- und Hierarchiestrukturen, Macht und deren Missbrauch.

Alles in Namen eines Gottes, der dies so niemals gewollt hätte.

Soziale Einrichtungen, Krankenhäuser, ach die gesamte Infrastruktur seit Jahrzehnten nicht erneuert oder fehlend. Ausbildung, Jobs, Perspektiven-Fehlanzeige. Die Milizen und Warlords konnten Geld und Tätigkeiten versprechen. Alles wieder im Namen eines Gottes, der sich längst verzweifelt abgewandt hatte. Korruption, Unfähigkeit oder damit einher gehende Vetternwirtschaft erschienen da als die kleineren Übel. Ein einheimischer Helfer sagte ihr einmal, als sie fast euphorisch die Einrichtung der kleinen in Containern beheimateten Krankenstation mit der steinernen Zwergschule feierte:

„Alles schön und gut – aber in absehbarer Zeit wird alles wieder platt gemacht. Glaub mir, dieses Land, ja die gesamte Gegend wird niemals Frieden finden. Euere edlen Spenden und Hilfsgüter werden hier nicht ankommen. Vielmehr wird das Geld für immer neue Waffen ausgegeben und letztlich wieder bei euch landen. Für euer Gewissen glaubt ihr an Schulen, Hospitäler und Öko-Projekte. Warte nur ab."

Sarah fand ihn damals einfach nur negativ eingestellt und deprimiert, heute dachte sie ähnlich. Das helle Licht am Horizont stammte doch maximal von brennenden Dörfern.

Warum sie würgen musste und kaum atmen konnte, schien nicht erklärbar. Der niemals vergessende Geruch von Urin, Kot und Blut, den die Leichen ausströmten, war ihr bekannt. Auch von den extrem grausamen Gräueltaten kursierten immer wieder Geschichten. Etwas war neu und doch so nie erahnt. Einerseits erinnerte es sie wieder an Köln: Uringeruch, Blut und dieses Nichterklärbare. Anderseits hatte sie sich hier aber immer sicher gefühlt, natürlich in dem Wissen, dass diese Sicherheit auf die Anwesenheit und den Schutz durch die UN-Truppen basierte. Was, wenn dies nicht mehr völlig gewährleistet werden konnte? Sie war zudem eine junge Frau, die ihr Haar meistens weiterhin offen trug, eine Ungläubige dazu. Bange machen gilt nicht, war Großmutters Leitsprach nach den Erfahrungen des zweiten Weltkrieges. In diesem Augenblick schrie jemand, es würden noch weitere zerstückelte Kinderleichen im Graben liegen.

Warum muss sie dieses Helfersyndrom nur so ausleben? Immer die

Erste, die Stärkste, die Anpackenste vor Ort sein? Beim Anblick der entstellten Gesichter, der abgetrennten Gliedmaßen, der mit System aufgeschlitzten Leiber und den teilweisen Enthauptungen versagten ihr zunächst die Beine, dann wurde alles heiß und grell, dann nur noch Schwärze und Rauschen. Körper und Geist forderten ihren Tribut – ohne lange vorzuwarnen. Sie ergab sich.

Komatöses Liegen, gepaart mit Albträumen. Sarah erwachte mit Fieber in einem Feldbett, es dauerte Tage, bis sie sich wieder einigermaßen ohne Hilfe zu bewegen schaffte. Ebenso dauerte es, bis sie durchsetzen konnte, nur noch in der Krankenstation eingesetzt zu werden. Das Ende der Fahnenstange und ihrer Zeit hier schien erreicht – nur was dann? Tief in sich spürte sie seit längeren den Zweifel, den Hauch von Selbstbetrug. Wovor rannte sie eigentlich fort? War es Deutschland, die Familie, die unterschwellige Angst ohne Partner zu leben. Niemand den sie kannte, führte so ein Leben auf Dauer. Es zermürbt, macht verletzlich und angreifbar an Leib und Seele, etwas muss kommen, was eine echte Richtungsänderung bewirkt. Nur was kann sie, außer dem in Studium und Praxis Gelernten? In einen Szeneladen servieren, im Solarium, Fotoshop oder bei der Hausaufgabenbetreuung aushelfen. Nur ist es nicht das, was sie sucht und antreibt, worauf sie hingearbeitet hat, wofür es sich zu leben lohnt. Vielleicht wäre ein Anfang erst einmal zu leben. Nur hatte sie verdrängt, wie das wirklich funktioniert. Konnte man Geißel sein, ohne es selbst zu bemerken? Gefangene der eigenen Persönlichkeit, Bedürfnissen – oder was?

Ein israelischer Sanitäter, den alle nur spaßeshalber den Perversen nannten, weil er als potentieller Feind im Moslemland half, hatte ihr sein einziges deutschsprachiges Buch geliehen: Siddhartha von Hesse. Sarah las es zum zweiten Mal, erkannte einen Hinweis für sich selbst und suchte das Gespräch mit dem Sanitäter, der nach seinem Wehrdienst, wie so viele Israelis, erst einmal eine Auszeit in Südasien genommen hatte. Nur eben nicht in Thailand, auf Bali oder Sri Lanka, sondern auf den Spuren Buddhas im Grenzgebiet von Nepal und Indien. Gideon, ein nicht besonders attraktiver Krankenwagenfahrer aus Nethanya, veränderte sich, wenn er von seiner Reise erzählte. Mehrmals erwähnte er, es war eine Reise, kein Urlaub. Und ob sie nicht Novalis, den deutschen Dichter der Romantik, kennen würde?

„Alle wahren Reisen gehen nach Innen!" Wie kann ein israelischer Sanitäter so viel und dazu Lehrreiches über die deutsche Literatur und Sprache wissen? Ganz einfach: Thomas-Mann-Gymnasium in Tel Aviv. Mein Urgroßvater – du verstehst. Er strahlte und leuchtete beinahe, wenn er hingegen vom Geburtsort Buddhas berichtete, dem Baum, unter dem dieser einst erleuchtet wurde, den Orten, die er sonst noch bereist hatte. Hier traf es zu, die Reise ging sowohl nach außen in ein, zwei fremde Länder und nach innen, tief in einen selbst. Sarah lächelte seit langem mal wieder, als Gideon anbot, sie quasi als Reiseführer zu begleiten, wenn sie denn jemals nach Indien oder Nepal wollte, denn er hätte ebenfalls noch ein ungestilltes Bedürfnis. Nein, nein – diese Reise müsste sie alleine planen, beginnen und sich entwickeln lassen. Außerdem hatten sie in Deutschland immer noch die Nase voll von einem Führer, das musste er doch verstehen. Nun lachten sie beide. Reise? Was redete sie da, noch saß sie in diesem überhitzen stickigen Raum, draußen herrschten 45 Grad im Schatten, die gnadenlose Sonne, staubiger Wind und dieser brachte ab und an das Geräusch von Kanonendonner wie aus weiter Ferne mit sich. Näher als noch gestern klangen die Maschinengewehrsalven. Nicht jetzt sofort reflexartig wie auf der Flucht den Job verlassen und fliehen. Kam nicht in Frage. Doch die inneren Bilder von gelb und rot gewandeten Mönchen, Statuen, Tempel, Dagobas und Elefanten bekam sie nicht mehr von ihrer inneren Festplatte gelöscht. Die Saat war erfolgreich gelegt und keimte bereits.

Der Auflösungsvertrag mit der Pariser Zentrale war kein großes Problem, ehe die lange Wartezeit bis eine geeignete Nachfolgerin für den Innen- und Außeneinsatz gefunden und eingearbeitet war. Zum Glück funktionierte vor allem nachts das Internet. So besuchte Sarah buddhistische Seite, Seiten des Auswärtigen Amtes, die und die zahllosen Tippgeber-Seiten von Indien, Nepal – und verliebte sich in den Himalaya.

Irgendwann verlor Zeit jede Bedeutung und daher war es nicht überraschend, wie scheinbar schnell es zum Ende dieses Kapitels ihres Lebens ging. Verabschiedung, Rückflug nach Köln, schnelle Klärung der wichtigsten Dinge daheim, die nötigen Papiere besorgen, kurze Beratung im Reisebüro, drei Impfen und über Frankfurt ging es im Morgenlicht nach Indien.

Mel urlaubte in jenen Tagen mal wieder mehrere Wochen auf Gome-

ra, wünschte ihr per SMS Glück und Zuversicht, freute sich auf ihr
Wiedersehen. Ein Nachtflug hätte den Vorteil gehabt, dass sie morgens
gelandet wäre. Aber sie wollte unbedingt tagsüber fliegen, alles bewusst
aufsaugen. Also kam sie gegen 22 Uhr in New Delhi an. Der Flughafen
war das reine Chaos, zum Glück fand sie schnell ihren Rucksack. Draußen warteten gefühlt hunderte von Taxifahrern auf unerfahrene, reiche
Westlerinnen. Statt in einem einfachen Hostel oder bezahlbaren Fami-
lienhotel landete sie, naiv und vertrauensvoll dem Schlepper folgend,
in diesem Luxusschuppen. Na gut – zwei Tage wollte sie sich leisten.
Beim Einchecken bemerkte sie das kleine Reisebüro in der Halle, welches sowohl Gruppen – als auch Individualtouren anbot. Morgen – jetzt
nur einen Tee und dann schlafen, schlafen, schlafen. Traumlos glitt sie
in die Finsternis, erwachte kurz um zu pinkeln, Rücksturz ins Nichts.
Beim Erwachen orientierungslos – es dauerte ganze Minuten, bis sie
das Hundegebell, das Vogelgezwitscher, das Klappern von Geschirr und
ein nicht ein zuordenbares Stimmengewirr diesem anderen Kontinent
zuordnen konnte. Dann noch dieser undefinierbare Ton – ach ja, sie hatte um einen Weckanruf gebeten… „Mrs. Lilienweiß – it is now 7.30 am
– welcome in the Shangrila Hotel Delhi. Breakfast is ready for you!"

Vielleicht würde sie ja Sicherheit, Seelenruhe und Frieden finden, ihr
Magen sehnte sich nach Tee, Toast und Eiern. Alles andere müsste sich
gaaanz langsam ergehen. Tempel und Dagobas standen dort seit Jahrhunderten. Die heiligen Orte in den Bergen und diese Massive selbst
existierten seit Menschengedenken. Ein paar Tage in Luxus und klimatisierten Räumen, mit sauberem Wasser zubereitete Speisen und sogar
hippe Cocktails konnten da nicht schaden.

Kapitel 5   Hobby-Lobbyist oder Kapitalismus
         für Ahnungslose

So müssen Glückskinder aussehen, dachte Sebastian, während er sein Spiegelbild im Abteilfenster musterte. Verstärkend dazu kam noch dieser Top-Posten bei dem Global Player mit H. Sein Top-Posten! Alle früheren drei Hs hatten ihm bis hierhin unglaubliches Glück gebracht; in der richtigen Reihenfolge: Hagen, Hamburg, Harvard. Jetzt saß er beruflich im Erste-Klasse-Zugabteil von Paris über Antwerpen nach... egal. Dazu nun noch der Jackpot, dass sie ausgerechnet Hanna hieß. Okay – eigentlich Johanna – aber was zählte, waren das große Anfangs-H. Quatsch – absoluter Quatsch. Wie konnte man so fühlen? Was war mit seinen Gedanken? Entscheidend waren doch wohl zunächst diese tiefgrünen Augen, Seen in denen man tauchen und/oder ertrinken konnte. Ihm war beides gleichzeitig passiert, als sie mit einem kurzen Blick auf die aufgeschlagene Wirtschaftswoche mit diesem herrlichen Akzent fragte: „Ist dieser Platz hier Ihnen gegenüber noch frei?"

Er stammelte irgendetwas vermutlich richtig Blödsinniges, denn sein Sprachzentrum nebst Hirn waren sekundenlang abgeschaltet, als er nämlich registrierte, welch vor Erotik sprühender Körper zu den Augen gehörte. In Hagen hätte man diese junge Frau seinerzeit als „Geschoss" bezeichnet, nun traf ihn dieses Geschoss mitten ins Herz und in die Genitalien. Schlagartig registrierte er wie lange er seit der Trennung von Pattie in den USA und seiner Beförderung nach Europa Single mit kaum weiblichen Kontakten war, außer den bezahlten Escort-Diensten. Ungewöhnlich für einen sportlichen Mann, der gerade Mitte dreißig war. Wie kann man vor lauter Arbeit, latenten Aufstiegschancen, Geld scheffeln und Karriereplanung die Liebe und den Sex vergessen – also den Sex und die Liebe. Oder? Okay – Liebe ohne Sex ist jederzeit möglich, umgekehrt leider auch... Gehören zu grünen Augen immer so lange Beine, eine etwas rötlich schimmernde Löwenmähne, dazu diese Maße, die genau seinen favorisierten Idealen entsprachen? Irgendwie erinnerte sie verstärkt an Linda, zwei Klassen über ihn, unerreichbar, hatte einen Freund, der schon Auto fuhr. Der früheste unerreichte Traum erster schlafloser Nächte: etwas Hippiefrau, etwas Punk, eine Prise Exotik. Kurzgesagt: Damals unerreichbar. Dies musste Linda 2.0 sein. Ein kleiner fester Busen wippte unter der dünnen indischen Bluse und die enge Jeans betonte nicht nur diese Beine, sondern auch den phantastischen Po. Verlegenheit war ihm eigentlich unbekannt, vermutlich war er nur etwas aus der Übung und war daher umso überraschter als sie, sofort nachdem er seine Zeitung zusammengefaltet hatte, fragte, ob sie die zwei Stunden bis Antwerpen nicht etwas plaudern sollten. So kam es, dass er seine Pläne, Aufträge und letztlich seine aufgesetzte steife Beherrschtheit und höfliche Zurückhaltung verlor. Er, d.h. er bildete sich ein, eigentlich sie beide, mutierte zu einem wilden, lieben Tier, das schnurrend nur ausdauernd gestreichelt werden wollte.

Hanna erzählte zwanglos, sie sei schon 22 und auf dem Weg nach Antwerpen, einige Tage chillen und Spaß haben. Danach würde es wie immer um diese Zeit zunächst nach Spanien, dann in die Welt hinaus gehen. Was sie dort genau trieb, wo sie ihre zweifellos vorhandenen Einkünfte her bezog und überhaupt – das meiste lag im Halbdunkel. Er hingegen brauchte etliche ungelenke Anläufe, bis er einigermaßen geradeaus reden konnte. Dabei half sie durch kluge und leitende Fragen, schon und dazu noch intelligent.

„Ach so – Arbeit und BWL und Informatik-Fernstudium in Hagen. Und dann Hamburg? Quantenphysik? Danach also Harvard. O la la."

Und er griff den Ball auf, breitete in geballter Kurzform nicht nur den erfolgreichen akademischen Werdegang über Finanzierung, Rechnungswesen und Controlling bis hin zum Master of Desaster in den USA: Internationales Management und als Chip auf die Zukunft: Umwelt-Ökonomie – nein er öffnete sich wie lange nicht mehr. Erzählte ungefragt und wie ein Wasserfall rauschend von Kindheit, Geschwistern, Hund, Hockey, Tennis und Lieblingsclubs in Europa, alles, was sie beeindrucken oder positiv stimmen konnte. Ehrlicherweise berichtete Sebastian auch knapp vom Studium der dritten Dimension und der Quantenphysik, den riesigen Rechnern und wie wenig er am Ende verstand, beinahe verzweifelte zwischen Wissenschaft, eigenen Kenntnissen und dem Riss zwischen einem diffusen Halbglauben und der modernsten Forschung. Sein Glück bestand darin aus der diffusen Ahnung um künstliche Intelligenz, Quantencomputern und einer weitgehend kommenden digitalisierten Zukunft, die für ihn richtigen Rückschlüsse zu ziehen. D.h. auf dem ökonomischen Markt der Möglichkeiten die richtigen Fonds, Aktien und Start-Ups zu befeuern. Nachhaltigkeit und Ökologie sind für Romantiker, er als purer Realist bediente die nahe Zukunft.

Sie lächelte meistens, warf ab und an etwas oft leicht zynisches ein wie „Bits and bytes means bitcoins, means capitalism in Reinkultur" oder „Krieg den Palästen, Friede den Hütten."

Scheinbar nahm sie vieles leicht, ihre Einstellung entsprach wohl am ehesten der einer Anti-Globalisierungs-Aktivistin oder von Attac, aber mindestens Amnesty International, Greenpeace, Legalisierungsinitiativen. Dagegen wirkte er steif, verkrampft, wie aus einer anderen Welt. Was ja auch stimmte. Wie wenig greifbare, reale Erfahrungen der Welt da draußen er doch hatte. Er spielte aber weiter sein Spiel. Ob er ein reales Ziel mit diesen sachlichen, ernsten Reden verfolgte, vermochte er selbst nicht zu sagen. Erst als sie nach einer halben Stunde die Schuhe auszog und schräg durch das Abteil auf den Sitz neben ihn legte, übernahmen die brachliegenden Hormone endgültig die Herrschaft. Er betrachtete die kleinen nackten, braungebrannten Füße, registrierte den klaren Nagellack auf den Fußnägeln und fragte sich, ob ihre Brüste auch gebräunt oder eher weiß waren. Der Versuch spontan, witzig oder wenigstens nicht langweilig zu werden, misslang zunächst.

Auf den Hinweis in Hafennähe gäbe es ein 2-Sterne-Restaurant und direkt daneben eine wohl sehr angesagte moderne Kunst-Galerie, deren reichen, aber naiven Eigentümern er chinesische Fonds mit Umweltgarantie angedreht hatte. Von Essen verstünden die Belgier möglicherweise eine Menge, aber China, wo doch jeder…

Sie unterbrach und meinte, alle Kunst und Kultur, einschließlich der Gourmet-Tempel seien reiner Mainstream, nur den super Reichen vorenthalten. Da bevorzuge sie auf jeden Fall z.B. das Burning Man Festival: Wüste, Musik, LSD und jede Menge freie Liebe.

Für zwei Minuten herrschte Stille, was u.a. daran lag, dass sie ganz ungeniert einen kleinen krummen Joint „für nachher" drehte. Sebastian betrachtete derweil dieses Prachtweib. Vor einigen Jahren entdeckte er, dass jeweils die hübschesten und erotischsten Frauen in den Einkaufsstraßen meistens einen orientalischen oder asiatischen Touch hatten. In den sogenannten angesagten Bars und schicken Clubs fanden sich nur aufgedonnerte Exemplare der Sorte Möchtegern-Modell. Dieses Exemplar hier wirkte ur-europäisch, wenn auch die exotisch hohen Wangenknochen und die leicht schrägstehenden Augen, oder war es nur diese

Hippie-Kleidung, einen indianischen oder südasiatischen Einfluss nicht völlig unmöglich erscheinen ließen. Heimlich schaltete er sein Handy ein. Ein Dutzend E-Mails und dazu noch mehr WhatsApp-Nachrichten – ok, aber erst nach Antwerpen. Erst jetzt stellte er fest, dass er seinen Laptop noch nicht einmal hervorgeholt hatte, geschweige dann, irgendetwas darauf gecheckt oder bearbeitet. Muss halt warten.

Dieses kleine Stück Auszeit hatte er sich ja wohl redlich verdient. Wenn er allein an die Prämien für den letzten Abschluss dachte. Vielleicht sollte er sich mal heute Nacht einen sündhaften Escort gönnen. Denn so einfach wie in den USA, wo er als süßer German-Wunderboy abschleppte und ablegte wie noch nie. Dort war er der Jäger und wenn er ein Wild erlegt hatte, war es bereits kurz nach dem Sex uninteressant geworden. Zum Glück hatte es sich bei der Häufigkeit der wechselnden Partnerinnen nie etwas eingefangen. Nervös klappte er den Laptop auf und zu, fühlte sich ein wenig wie ein Wild, das wusste, der Jäger hätte das Zielfernrohr angelegt, der Schuss wäre meisterhaft, aber der Kadaver würden liegen bleiben.

Freelancer zu sein brachte auch Vorteile, seine wichtigsten Kunden brauchten ihn mehr als er sie. Niemand redete ihn in seinen Ablauf und seine Geschäfte. Allein er entschied wieviel Stunden, Tage echte stressige Arbeit, wo und wie welche Freizeitaktivitäten und wie lange er diese ansetzen konnte, um ein wenig kleines Glück zu finden. Dazu gab es reichlich fancy Restaurants, Edel-Boutiquen, Luxus-Hotels und weit und breit keine Liebesbeziehung oder Zwischenmenschliches, das Einfluss auf ihn als ein scheinbar freies, unabhängiges Individuum nehmen konnte. Gelegentlich wünschte er sich ein Haustier, nur passte dies nicht in sein Leben. Ha – er war schon Ego-Shooter, lange bevor das Wort selbst existierte.

„Kannst du dir vorstellen all deinen elektronischen Kram mal eine Zeit lang nicht zu benutzen? Drei Tage bis zu einer kleinen Woche? Keine Mails, kein FB; Insta und auch keine Telefonate, WhatsApp etc.? Nicht einmal die Apple-Watch und einfach nur leben?"

„Natürlich, ist doch easy. Was meinst du, wie ich Urlaub mache? Am Handy und PC, mit Uhr und ständig checkend und reagierend??"
„Genau das meine ich. Hör gut zu! Wie wäre es, wenn du für ein paar

paradiesische Tage alles vergisst, einfach mal richtig loslässt. Du
scheinst ganz nett zu sein wir könnten eine Menge Spaß haben.
Kochen, ausgehen, tanzen, Musik hören oder einfach im Garten liegen
und chillen. Ich habe den Schlüssel für ein geiles kleines romantisches
Altstadt-Apartment. Also wenn du mitwillst, dich etwas Unvergessli-
ches zu erleben traust – raff dich genau jetzt auf und folge mir einfach."

Der Zug lief soeben in den Bahnhof ein. Hanna stand auf, nahm ihre
Tasche und den kleinen Rucksack, zwinkerte kurz und küsste ihn auf
die Wange. Ihr Knie strich langsam an seinem Oberschenkel entlang,
durch die vollen Lippen sah er schneeweiße Zähne sowie die Zungenspitze Der Intercity hielt genau drei Minuten, er brauchte keine Minute
um Laptop, Reisekoffer und Jacke zu schnappen und hinter ihr her zu
hecheln. Was sollte schon groß geschehen? Oder besser: Was würde er
alles verpassen? Sie hatte eigentlich nichts versprochen, doch er ahnte,
dass die Tür zu einem ihm bisher verborgenen geheimen Biotop einen
Spalt offenstand. In seinem Hinterkopf köchelte das Adjektiv „paradie-
sisch" vor sich hin. Bloß nichts anbrennen lassen. Vom Glück servierte
Paradiesäpfel.

Aus einem Schließfach am quirligen Hauptbahnhof holte sie den
Wohnungsschlüssel. Das Apartment lag in einer ruhigen Seiten-Straße
der Altstadt. Das obere Stockwerk wurde separat vermietet und hatte
einen eigenen Eingang. Deswegen gehörte der Garten, der zwar nur
so breit wie die Wohnung war, jedoch von alten Mauern begrenzt, fast
zwanzig Meter in der Länge zu einer Gracht hinab führte, einzig ihnen.
Das Wetter spielte mit, sommerliche Temperaturen und aus dem großen
Wohnraum drang bereits Summer In The City.

Denn Hanna sortierte gekonnt und lässig aus der umfangreichen Plat-
tensammlung bereits diverse Stapel; klassische und indische Musik für
die Nacht, für den Morgen Sommerrock, ansonsten viel Psychedelic,
Alternative und Modern Jazz. Aus diesen vier Sub-Genres sollte Sebastian neue Klänge hören, die er niemals wieder vergessen bzw. auf ewig
mit den Tagen in der Hafenstadt verbinden sollte. Ihr Hauptaufenthalts-
refugium neben dem Garten für die nächsten Tage sollte der gemütliche eigentliche Wohnraum sein, Durchscheinkammer genannt, da die
Sonne morgens durch das Südostfenster hineinschien und abends hinter
dem Südwestfenster unterging. Daneben gab es nur noch eine winzige

Küchenecke, ein Schlafzimmerchen und ein Bad mit Dusche. Während Hanna duschte, schaute er die großformatigen Bilder und die vielen, gerahmten Schwarz-Weiß-Fotos von Musikern an. Dabei meditierte er darüber, was er hier eigentlich machte, was er erwartete. Seinen Laptop hatte Hanna sicher in der Vorratskammer verstaut. Frisch geduscht, bekleidet mit einem knappen Röckchen und einem Paisley gemusterten Top zog sie ihn zum kleinen Markt.

Während sie zielsicher frische Pasta, französischen Wein, Cremes, Meeresfrüchte, Gemüse, Brot an den verschiedenen Marktständen einkaufte, musterte er ihren Körper immer wieder: diese schlanken, braunen Beine, die kleinen Brüste, deren Warzen leicht durch ihr Shirt schimmerten, das lange Haar. Wenn sie ging, war es wie ein Tango, so erotisch bewegten sich Hüften und Po. Vermutlich waren seine Erwartungen total daneben gewesen, letztlich hatte sie nichts versprochen, das, was er meinte, angedeutet bekommen zu haben, war vermutlich irrtümlich aufgrund seiner langen Abstinenz und ihrer überbordenden weiblichen Sinnlichkeit, von ihm aufs peinlichste fehlinterpretiert gewesen. Wie ein Teckel dackelte er hinter ihr her durch die schmalen Gassen, bereute schon seine Spontanität. Nach dem Abendessen würde er einen Notfall konstruieren und mit einem halben Tag Verspätung sein Ziel doch noch per Taxi erreichen. Eine fette Provision winkte.

Kaum waren sie wieder daheim, nahm sie ihm die Einkaufskörbe ab, stellte diese in der Küche unter, nahm seine Hand und zog ihn zum Doppelbett, dort flüsterte sie nur: „Komm, wir machen uns nackig."
Was nun folgte, übertraf alles, was er bisher erlebt, erträumt oder sich in einsamen Nächten ausgemalt hatte. Denn Sarah kannte nicht nur keine Hemmungen, sondern beherrschte das Spiel des Reizens, zwischenzeitlichen Entspannens, gepaart mit nie erlebter Offenheit und Wärme, wie eine Künstlerin. Als sie sich endlich auf ihn setzte, ihn langsam aufnahm, dann ganz leicht zu schaukeln begann, fühlte er, als ob dies nicht ihr erster gemeinsamer Akt sei, sondern als wenn sie ein längst eingespieltes Liebespaar seien. So spielerisch leicht, so emotional, fast fühlte Basti sich verliebt.

Hanna musste seiner Meinung nach vierzig oder etliche Jahre zu spät geboren sein. Krautrock, Tim Learry, Abbeyroad, Love and Peace, ein Hauch Woodstock, Furchtlosigkeit und viel indischer Hanf wehten durch die Räume. Für Sebastian dazu noch innere Räume, von deren

Existenz er nicht einmal wusste. Seien es die neuen Kultur- und Drogenerfahrungen oder die sinnlichen und sexuellen. Wenn er bisher dachte, dass es genügt, wenn ein Mann eine Frau zum Orgasmus bringen konnte, so lernte dieses junge Weib, dass es neben dem vaginalen und den klitoralen auch noch den Orgasmus gab, den die Inder „das Wecken der Kundalini-Schlange", die frühen Hippies hingen unprosaisch nur „One Man Band" nannten. Ach, wenn er doch nur einen echten besten Freund hätte, dem er all dies würde detailliert berichten können. Von nun an würde er mit Sicherheit der Damenwelt ganz andere Freuden bereiten können.

Die knappe Woche während des zu kurzen Sommers der Liebe teilte er nach der ersten Liebesnacht im Nachhinein ein in den Tag/die Nacht des Weines, den des Haschisch, den der Klarheit, des Kundalinis und den Tagen von allem etwas. Gemessene Zeit wurde absolut bedeutungslos, stand mal still oder verging wie im Flug. Sie schlenderten zu allen Tages- und Nachtstunden Hand in Hand durch die Altstadt zum Hafen, kochten abwechselnd füreinander, lagen nackt im Garten, gingen selten in eine Bar oder einen Club, ein Restaurant, eine Ausstellung. Zwischenzeitlich immer wieder ungezwungenen, wunderbaren, wilden Sex und Zärtlichkeiten. Mal nur einen fünfminütigen Quickie, mal mehrere, heiße Stunden lang, frei indischen Liebesspielen nach dem Kamasutra nachempfunden.

Antwerpen bildete den emotionalen Höhepunkt seines bisherigen Lebens, nicht nur was die vielen erotischen Momente anbelangte. Zusammen schweigen stellte kein peinliches Problem dar, sondern war reine pure Entspannung. Ebenso wie die stundenlangen Gespräche über Kunst wie Literatur, Musik oder Malerei, wobei Sarah eindeutig die weitaus größere Expertin darstellte. Genauso wenig zu vergessen die beiderseitigen Reiseerlebnisse. Anfangs dachte Sebastian noch, er hätte, auch weil zehn Jahre älter, mehr in Europa bzw. in Süd- und Nordamerika gesehen.

Sie berichtete hingegen innerlich strahlend von nie gehörten Landschaften in Zentralamerika, ihm nur vom Hörensagen bekannten Inseln im pazifischen und indischen Ozean, sowie von Rundtouren durch Australien, Afrika sowie Teilen Asiens. Ihre absolute Lieblingsgegend, wo sie mindestens zehn Dörfer oder Täler mit sehr erotischen Tempeln, entsprechenden Kursangeboten und Viel-Männerei kannte, war allerdings der Himalaya. Von Kaschmir über Indien, Nepal bis nach Bhutan musste sie viele Wochen entweder beim Tracking oder geheimen Sitzungen dort verbracht haben. Wie konnte das sein bei einer so jungen Frau? Zeit? Schule? Geld? Scheinbar war sie vom Glück erwählt worden.

Das Exotischste, das Sebastian entgegenhalten konnte, waren die Öl-Massagen am Strand von Koh Samui. Woraufhin Sarah ihre in diversen Workshops erlernten Kenntnisse der Tantra-Massage wohlwollend demonstrierte und bereitwillig weitergab.

Telefonkonferenzen, Tabellen, Statistiken und Diagramme aller Art wurden im Hier und Jetzt tief verschüttet. Das Leben, der Genuss, die Liebe waren es, die zählten. Keine Erinnerung oder auch nur stilles Vermissen seiner bisherigen Lebensmitte. Das Fehlen und Ignorieren von elektronischen Endgeräten, von langen Arbeitssitzungen, stupiden ellenlangen Verträgen, trägen Verhandlungen oder dem stetigen Bewerten in Dollar bzw. Euro fiel weder auf, noch belastete es auch nur im Geringsten. Die möglichen, wahrscheinlich sicheren Konsequenzen für sein Handeln langweilten, weil sie nicht weiter wichtig waren. Lieber noch einen kleinen Stick rauchen.

Was zählte war einzig dieses Wunder von Weiblichkeit. Hanna sagte zwar oft, dass jede Frau schön sein; sie verkörperte für ihn jedoch absolute Schönheit. Nicht nur der Sex mit ihr entpuppte sich als erotischste aller Kunstformen, vielmehr genügte oft schon ein Lächeln, eine hochgezogene Augenbraue, die Art wie sie ging, tanzte, schlief. Heimlich zählte er die Sommersprossen auf ihrer Nase oder ihrem Arm, gab diesen Inseln zärtliche Namen, vergaß in ihrer Nähe, dem Zusammenleben mit ihr, seinen Job, seine Bestimmung, sich selbst. Wie selbstlos diese Frau doch lebte, während er hingegen stets nur in Geld, Anteilen und Fonds gelebt hatte. Echte Menschen existierten für ihn nur als Beiwerk. Die Familie? Na ja – ab und an eine Mail, ein Kurzbesuch. Freunde? Zwei Klassen: Geschäftsfreunde, die Geld bedeuteten und alte Klassenfreunde, die ihn langweilten.

Sebastian erwachte, da die Sonne bereits hochstand, er schwitzend neben sich griff, die andere Hälfte des Bettes leer vorfand. Was für eine Liebesnacht! Unvorstellbar bis vor wenigen Tagen. Diese neue Intensität, diese Stellungen, die Zärtlichkeit und nie fordernde Nähe. Bestimmt holte Hanna frische Baguette, vielleicht kochte sie ihren italienischen Kaffee, er quälte sich aus dem Bett, fand das Apartment verweist. Nun gut, sie ist bestimmt einkaufen. Mit einem Glas Wasser setzte er sich in den Garten, betrachtete die Bäume und die Finken an der Wasserstelle, nickte noch einmal richtig tief ein.

Im Haus rief er mehrmals ihren Namen, schaute abermals ins Bad, ins verwaiste Schlafzimmer. Irgendetwas stimmte nicht. Ihre Tasche und Schuhe waren fort, ihre Utensilien aus dem Bad ebenso. Nachdem er auch in die Vorratskammer geblickt hatte, wusste er, was er bereits ahnte, auch sein Handy und der Laptop fehlten. Dann erst sah er den kurzen Brief auf dem hölzernen Tisch, der mal zu üppigen Gelage mit Fisch oder Aufläufen, Tapas oder Salaten, mal zweckentfremdet für einen raschen Liebesakt diente. Dass er den unsccheinbaren Zettel mit ihrer Jungmädchenschrift nicht gleich beim Aufstehen bemerkt hatte.

Mein Gott – ich bin kein totaler Macho oder Chauvi oder nur total schwanzgesteuert. Hanna schien vom Himmel gesandt, seine vermisste zweite Hälfte, nicht nur ein Abenteuer für einige Tage. Diese Begegnung sollte mehr sein als eine Schleusenbekanntschaft, gehofft/gefühlt hatte er auf Dauer, denn ewig wäre evtl. doch zu lang. Vorsichtig drehte Sebastian den Zettel in seinen Händen, kein Smilie, kein Herz, nicht mal etwas schnell hin Gemaltes wie Rosen, einen Vogel, eine Frau mit Hut oder doch eine Telefonnummer, eine Internet-Adresse – nichts davon, lediglich flimmernde Buchstaben, die sich zu Wörtern verformten, ein seltsames Zeichen.

Das Lesen fiel schwer und wirkte absolut unwirklich, wie aus der Zeit vor ihrem Aufeinandertreffen. Jetzt bloß nicht wieder die alte kalte Welt des Vorher. Nur nackter Text, dort stand in ihren so typischen Schrift geschrieben:

Mein lieber Basti!

Du bist noch längst kein Sebastian, aber auf einem guten Weg. Zum Glück bist du noch nicht vollständig an den Turbo-Kapitalismus verloren! Die Tage mit dir waren ganz nett. Jetzt muss ich aber weiter, such mich nicht. Die Yacht, die mich hier abholte, ist jetzt bereits auf hoher See. Und sorry – ich hab deinen elektronischen Kram mir auf Dauer entliehen! Nicht nur, weil ich sie auf meiner Tour benötigen werde, sondern weil ich dir so die unverhoffte Möglichkeit biete, loszulassen! Also – nimm etwas mit aus unseren gemeinsamen Tagen. Waage es ja nicht zu heulen wegen dem PC und dem Handy bzw. all den Daten und Kontakten, fuck it. Wie ich dir bereits sagte, wieviel Zustände kennt ihr Digital Bohemians? Zehn! 1 und 0.

Om mani padme hum, bum bum. Daneben ein gezeichnetes Shanti-Symbol

Deine Johanna

PS: Meine Freunde nennen mich Jo und nicht Hanna.

PPS: Vergiss mich. Versuche auch nicht, mich zu finden. Was sollte es bringen? Das Leben spielt nicht in Hollywood. Finde erst einmal dich selbst. Danach auch die Liebe, oder was du (bisher) dafürhältst.

PPPS: Du brauchst nicht aufräumen oder putzen. Gegen Abend kommt die Putzfrau, leg den Schlüssel einfach in die Vogeltränke und dazu vielleicht ein paar Euro Trinkgeld

An Spülen, leere Flaschen wegbringen etc. hatte er nicht gedacht, aber Om? Es war ganz nett? Nicht suchen? Keine Adresse, kein Anhaltspunkt, kein Hoffnungsschimmer. Aus dem Paradies gestürzt und direkt in der Vorhölle gelandet. Hanna hatte ihm nicht nur den Boden unter den Füßen weggerissen, sondern auch Fallschirm, Rettungsboot und Sicherungsnetz mitgehen lassen – außer vielleicht dem Om. Nur war dies ein Tipp, ein Anker oder ein weiterer versteckter Schlüssel? Hieß es nicht: Suche mich nicht.

Unbegreiflicherweise entspannt im Hier und Jetzt spülte er trotzdem ab, fegte die komplette Wohnung, goss, wie sie es abends tat, die Blumen und wartete auf die Putzfrau. Diese wusste nichts von Jo oder Johanna, geschweige dann von einer Hochseeyacht. Die Wohnung gehörte einem Rentenfond der Uni Antwerpen. Die würden sie auch informieren und vor allem bezahlen. Sebastian gab der Frau ein Trinkgeld und fragte, ob er noch einen Moment im Garten sitzen bleiben dürfe.

Oh, Göttin der Liebe, der Kunst, des Lebens. Gab es dich wirklich? Vielleicht bist du ja ein Engel oder ein Zwischenwesen. Quatsch – Engel werden nicht morgens wach und furzen laut und ungehemmt – die gemeinsamen Tage stellten das Lebendigste in seinem bisherigen sogenannten Leben dar. Nie wieder wollte er zurück in die graue Zwischenwelt, in die Gruft, um nach letztlich wertlosen Dingen zu jagen. Hanna hatte ihm die Augen geöffnet, warum sollte er weiterhin als Halbblinder durch diese Welt taumeln. Lass los. Einfach gesagt, schwierig zu realisieren. Entropie als Vorstufe zu ADHS in einer Kunstwelt der Banken, Versicherungen, Großkonzerne. Sein bisheriges Heim schien rückblickend eher wie ein Luxus-Gefängnis.

Die Ausbruchhelferin türmte noch vor dem befreiten Gefangenen, aber immerhin war er jetzt frei. Doch was tun, wenn man bisher als Kettenhund vegetierte und mit einem Mal spürte, dass gar keine Kette existierte? Vielleicht zunächst wie vorgeschlagen einfach nur leben? Hunger. Also schnappte er sich den Koffer, hob einen kleinen Kieselstein vom Hof als Andenken auf und schlenderte drauf los.

Die belgische Küche ist auf eine angenehme Art letztlich beschränkt: Muscheln mit Patatjes, mit Fisch, mit Brot… Ihm gelüstete nach etwas Außergewöhnlichem, und asiatische oder südamerikanische Restaurants gab es in Hülle in Fülle. Auf der van Geert Straat fand er ein taiwanesisches Restaurant. Einfach, preisgünstig – und daran angeschlossen einen kleinen Laden mit Nahrungsmitteln, Figuren, Porzellan – sowie einem winzigen Reisebüro. Wie im Rausch nahm er Platz, blätterte in bunten Prospekten, ohne auch nur etwas über das anvisierte Land zu wissen – und verließ den Laden mit einem Flugticket von Antwerpen nach Taipeh und dazu gebuchter einwöchiger Rundreise, alles inklusive für keine 2.000 Euro! Nicht mehr nachdenken. Dann mal los. Taiwan erwies sich nicht unbedingt als sein Traumland. Die schnelle Ablenkung und Abwechslung taten gut, die Eindrücke der Rundfahrt mit zu bunten Tempeln, leckeren Garküchen, den Stränden und Städten auch nicht verkehrt, aber letztlich zu viel China trifft Amerika.

Dazu kamen die mitreisenden Touristen, die begierig Kitsch und Kram kauften, manche architektonische oder landschaftliche Schönheit nur kurz am Rande bemerkten. Eingepfercht in einen Bus mit Amerikanern, Engländern, Franzosen, Japanern – da war es nicht viel anders als im Job. Das asiatischste waren allein die Mahlzeiten, wo es bereits Reisgerichte oder Suppen zum Frühstück gab.

Natürlich gab es in Ansätzen das, was er gesucht hatte, nur waren der US-amerikanische-Einfluss viel zu groß. Hierbleiben würde er nicht, dies war noch nicht einmal der geglaubte Anfang. Mit dem Taxi zum Airport, der Zufall sollte mitspielen. Dort zum Last-Minute-Büro: Wo kann ich als nächstes innerasiatisch hinfliegen – eine Einschränkung: Visa on Arrival. Man bot ihm Bangkok in Thailand, Phom Pen in Kambodscha und Colombo an. Die Wahl fiel völlig willenlos auf den nächsten verfügbaren Flug.

So landete er in Colombo, schmutzig – umtriebige Hauptstadt Sri Lankas. Die Frau im Reisebüro erwiderte gestern auf seinen Einwand, dass er nicht nach Columbien wolle, es sei die Insel, die früher Ceylon hieß. Peinlich. Aber okay, Sri Lanka klang verheißungsvoller als Taiwan. Noch mehr mochte er aus unerklärlichen Gründen den alten Namen Ceylon. Daraufhin musterte die Frau im Reisebüro ihn kurz und meinte auf dieser undurchschaubaren asiatischen Art nur knapp „Taiwan was former known as Formosa,"

Teil 2 – DIE KARMA-CONNECTION

Kapitel 1   Alle Wege führen hier letztlich nach Benares

Roman konnte sich nur noch sehr schwach an die enorme Vielzahl der
Gerüche, die wimmelnden Menschenmassen und das Gefühl, als wenn
jemand einem einen heißen Waschlappen ins Gesicht drückt, erinnern.
Umso heftiger traf ihn diese Welle aus Saunaluft, Jasmin- und Urindüf-
te, Gehupe und das Geschrei der vielen Schlepper, die bereits draußen
vor der voll klimatisierten Flughafenhalle warteten. Bisher war alles
glatt verlaufen, dennoch blickte er verstohlen, wie in einem zweitklassi-
gen Spionagefilm, über die Schulter nach möglichen bzw. eher zufälligen Verfolgern. In Amsterdam hatte er sich im Deka-Supermarkt noch
einen großen Vorrat an Kopfschmerztabletten besorgt, wovon er nun
eine abzwackte und diese am nächsten Chai-Stand runterspülte. Peni-
bel hatte er darauf geachtet, nicht mehr als 8 Kilo Gepäck in seinem
kleinen, als Handluggage durchgehenden Rucksack mitzuführen. Das
allernötigste nur. Selbst die Seife wurde daheim halbiert, dazu kamen
Travelhandtuch, ein kleines Moskitonetz, Feuerzeuge, Schnur, Fahr-
radschloss, eine dünne Regenjacke, sein Lieblingshoodie von Element
of Crime „Too old to die young", zwei T-Shirts und Boxershorts zum
Wechseln, Adapter, diverse Kabel und Powerbag für Handy, Laptop und
natürlich stärkere Medikamente. Alles andere trug er versteckt am Leib,
einschließlich des geheimen und des sichtbaren Dokumentengürtels.

Im ersten Touristenladen außerhalb des Flughafens kaufte er einen größeren Rucksack, in welchen er zunächst seinen kleineren stopfte, dazu
noch ein leichtes Paar Gummilatschen, ein blaues T-Shirt mit einem
Buddha-Kopf der Kopfhörer trug, zwei Vorhängeschlösser, Tabak und
mehrere Päckchen Blättchen – genug Dope würde es schon unterwegs überall geben – eine Trinkflasche, den gelungenen Nachbau eines
Schweizer Messers und ein kleines Notizbüchlein. Plötzlicher Durst –
und etwas Kreislaufbeschwerden wegen der Hitze. Dann entdeckte er
den kleinen Teestand unter der Krone eines riesigen Bo-Baumes.

Tonscherben, farblich wie der kleine Tonbecher, den er in Händen hielt,
lagen überall herum, unter den Tischen, vor der Mauer, direkt vor dem
Stand. Als er dem Chai-Wala bat, seinen Becher aufzufüllen, meinte
dieser „For good luck" und deutete mit Gesten an, ebenfalls den Becher
zu zerdeppern. Von der Wegwerfgesellschaft geflohen, um nun den
einmal benutzten Becher gegen die Wand zu donnern? Oder sammeln

sie die Scherben und recyclen neue Becher daraus? Hoffentlich. Nun denn – durchschnaufen, abwarten bis sein Kreislauf sich etwas angepasst hatte, eine Motorrikscha zum Busbahnhof, dort das Glück oder den Zufall entscheiden lassen – es sollte nur der nächste Überland-Bus irgendwohin sein.

Wie leicht im Nachhinein doch alles gewesen war. Sorgfältig, aber stetig das Bemühen vorzubereiten und dennoch keinen Argwöhn zu erwecken. Bargeld abheben, Kreditkarten checken, nach und nach die Utensilien für den Rucksack besorgen, eine falsche Spur legen: Vom Internet-Café die Mail an ihn selbst, doch für zwei, drei Tage in die vergessene Hütte seiner Ex-Kicker-Kollegen ins relativ nahe Sauerland zu kommen. Bier, Grillen, Reden und in die Sterne schauen.

Nach der stationären Reha war dies seit langem mal wieder ein echter Wunsch – wer hätte da Verdacht geschöpft, zumal er mehrmals täglich SMS oder Voice-Mail-Nachrichten verschickte, allerdings würde dieses Handy in wenigen Stunden im Ganges landen. Ganges! Erst morgen würde sie ihn vielleicht vermissen – drei Tage hatte er sich erbeten. Ha! Mit dem Taxi in die nächste Stadt, danach per Regionalexpress an die Grenze, von dort mit dem ÖPNV in die nächste Großstadt. Leider gab es keinen Flughafen, also weiter nach Antwerpen. Stand-by nach Istanbul – sechs Stunden Aufenthalt und den Nachtflug nach New Delhi. Klingt ein wenig nach Agentenfilm. Klappt wie erwartet und lange geplant, doch fest stand nur, dass er noch eine Rechnung offen hatte: den Dalai Lama sehen, besuchen oder was auch immer. Dharamsala!

Kaum stieg er aus der Riksha, hupte ein Bus direkt vor ihnen, ein Blick auf das Fahrziel sorgte dafür, dass er dem Busfahrer signalisierte mitfahren zu wollen. Die zweistündige Fahrt nach Agra für lausige 12 Rupien, der Fahrer schrie den mitfahrenden Helfer an, dem neuen Fahrgast einen Sitzplatz freizuräumen und gefälligst den Rucksack zu tragen. Was acht Rupien Trinkgeld ausmachen können. Zum alles krönenden Abschluss fuhren sie noch eine kleine Umweg-Schleife und stoppten direkt neben dem kleinen Hostel. Vor dreißig Jahren war er bereits hier gewesen, total begeistert von der unglaublichen Schönheit des Taj Mahal, verändert schien kaum etwas, nur der Verkehr erschien ihm lauter und dichter. Seinerzeit sprach vor allem die strategisch günstige Lage und der große, schattige Garten im Innenhof für diesen Ort. Hier verbrachte er die Tage mit Steve, einem Ouzo-Trinker aus Neuseeland. Ein wenig Lächeln, musste er nun bei der aufkommenden Erinnerung schon:

„Listen Roman! You know what it means I N D I A?"

„Of course: Cows and saints, very poor and very rich people, beautiful landscapes and ladies. And nearly a continent! between stoneage and silicon – valley, also äh no"
„Bullshit. India means I NEVER DO IT AGAIN!"

Jetzt hockte er, gerade gelandet und doch schon wieder gestrandet, in einem der schönsten und elendsten Länder der Welt, stocherte in seinem Lamm-Curry, beobachtete die Sittiche und Hörnchen in den Bäumen und fühlte sich irgendwie glücklich. Heut Abend einen sentimentalen Rundgang um das Taj Mahal, das Handy in den dahinter träge vor sich hinströmenden, stinkenden heiligen Fluss und danach ins Traveller-Viertel, zunächst in das hoffentlich noch existierende Tibet-Info-Center und anschließend zum nächsten Reisebüro.

Beim Anblick das Taj Mahal flossen tatsächlich einige Freudentränen. Nie hatte ihn ein altes Gebäude, wenn auch von absoluter, beinahe zeitloser architektonischer Harmonie so geflasht. Wo war die Zeit geblieben? Wo der junge unerschrockene taffe Kerl von damals? Und wie wurde das Gebäude, welches ja eigentlich ein Mausoleum, ein Denkmal der unvergänglichen Liebe war, nochmal genannt? Perle im Antlitz der Ewigkeit? Könnte sein. Der riesige, parkähnliche Garten, die Gebäude – alles wie damals. Selbst der heilige Fluss, der hinter dem Taj lang floss, stank noch genauso ekelerregend wie einst. Schweratmend beschloss Roman, dass die Zeit für Sentimentalität und Nostalgie vorbei sei oder erst noch kommen sollte. Er nickte dem Ensemble wie einem alten Freund kurz zu und ließ sich mit einer Fahrradrikscha zum Ganesh-Reisebureau ins Traveller-Viertel fahren.

Vierzehn Stunden und einige tausend Kilometer später wurde Leyla beinahe erschlagen von der bunten Pracht, den fremdartigen Geräuschen, den anstrengenden Gerüchen und der feuchtschwülen Hitze. Sie war nicht unvorbereitet, alles auf einmal war zu viel. Sie musste sich beruhigen und vor Augen führen, sie sei schließlich freiwillig hier.

Zum Glück wurde sie abgeholt. Der Fahrer hieß Abiram, war kleiner als sie, jung und lächelte in einer Tour. Er würde sie zum Resort fahren, keine zwei Stunden. Aus zwei wurden drei, sie döste immer wieder ein. Zum Glück verfügte der weiße Toyota über eine Klimaanlage, die seltsame Musik versetzte sie in einen nebligen Zustand, die Landschaft schwamm derweil draußen vorbei, nur kurz die Augen schließen, den Tönen folgen. Jedes Mal, wenn sie einnickte und ihr Kopf leicht gegen die Fensterscheibe stieß, öffnete sie kurz die Augen. Zunächst Slums oder wie auch immer man diese schäbigen Behausungen inmitten der Müllberge auf den weiten Weg raus aus Colombo nennen wollte, dann ein Tempel, bunt – vermutlich hinduistisch. Viele Kinder, magere Rinder, Krähenvögel, die ersten Palmen, war da gerade ein Elefant oder doch ein Wasserbüffel? Dann urplötzlich der indische Ozean mit Palmen, Fischerhütten, bunten Booten, Sandstrand. Die letzten Kilometer auf der Küstenstraße genoss sie wie selten zuvor etwas.

Das Singa-Ayuveda and Spa-Resort entpuppte sich als charmantes kleines Mittelklasse-Hotel. Zwar nicht am Meer gelegen, dazu musste man schon zehn Minuten durch Unawatuna laufen, aber mit einem großen tropischen Garten, überall Liegestühle, Hängematten und freundlich lächelnde Männer in roten Sakkos und Frauen in grünen Saris. Morgens Yoga, dann Früchtefrühstück dazu unterschiedliche Kräutertees, Massagen und andere Anwendungen und zum Lunch gab es meistens eine exotische Suppe, Ananas mit eingelegten Kokosnussstückchen und Lime-Soda. Den Rest des Tages bis zum 17-Uhr-Tee verbrachte sie am Strand. Warmes, türkisfarbenes Wasser, kleine Strandhütten-Cafés, die ihre Liegen in den Schatten der Palmen stellten. Sie las viel aus den Hinterlassenschaften der Gästebibliothek, schnorchelte ab und an zu dem nahen Korallenriff und fütterte die Hunde des Strandes mit trockenem Toast.

Die Hippies, die diesen Ort vor einer Ewigkeit für sich entdeckten, hatten seinerzeit tatsächlich einen winzigen Zipfel vom Paradies entdeckt: Alle lächelten, selbst die Bettler – dazu die Farbenpracht der Natur, der Gewänder, tropische Vögel in den Bäumen, Affen, fliegende Hunde und kleine Warane. Das sanfte Wiegen der Wellen und der leichte Wind, der soeben die Palmwedel streichelte, versetzte sie ganz ohne Dope in einen tranceähnlichen friedvollen Zustand.

Nach etwa zwei Wochen langweilte sie sich schleichend in ihrem alltäglichen Rhythmus. Das Meer eigentlich zu warm, das Essen sowie
der Tee zu gesund, der Ort und der Hotelgarten wie gemalt, aber halt
gemalt. Die Yoga-Lehrerin riet zu einem Tapetenwechsel, zum Beispiel
zu einer Inselrundfahrt. Den möglichen Fahrer kannte sie ja.

Sieben Tage mit Abiram als Chauffeur zunächst nach Galle, der alten
Hafenstadt. Dann Tempel, den Sigiriya-Felsen, den liegenden Buddha in Polanaruwa, hoch ins Bergland mit Teeplantagen und richtigen
Bergen. Die alte Hauptstadt Kandy gefiel ihr besonders: Kandy-Lake und hoch über der Stadt der Tempel des Zahns: Sie besuchten mit
vielen Gläubigen die heilige Zahnreliquie, die Buddha angeblich auf
einer Missionierungsreise vor über 2.500 Jahren dort „verloren" hatte.
Danach noch einmal quer durch den Yala-Nationalpark mit wilden Ele-
fantenherden, Unmengen von Affen sowie fliegenden Füchsen, zurück
an die Küste zu den berühmten Stelzenfischern – und letztlich wieder
im behaglichen Ressort gestrandet.

Etwas hatte sich geändert, ausgelöst durch die unvorstellbaren Eindrücke und ihren neuen Informationen über die Insel, die Menschen und
deren Religionen. Abi erzählte unterwegs mehr als sie. Er berichtete
von seiner ebenso jungen Frau, den kleinen Zwillingen, seiner harten
Zeit an der strengen, katholischen Missionsschule und den Versuchen,
ihn umzukrempeln – und doch hatte er seinen Glauben nie verloren.
Es gab für ihn Aufstände, Konflikte zwischen den großen Religionen,
erstaunliche uralte Bauwerke von mindestens drei Religionen auf Sri
Lanka – und eben den Erleuchteten. Prägend wie Studium und große
Weltreise es nie vermitteln könnten. Alles, was sie über Buddha, dem
großen und dem kleinen Fahrzeug des Buddhismus, der Erleuchtung
und selbst den Bo-Bäumen wusste, stammte direkt von Abiram, einem
gebildeten, einfachen Mann aus dem Volke – auch die Info, dass die
Nordspitze Sri Lankas nur 60 Meilen vor Indien lag. Indien klang wie
ein Versprechen, wie ein neuer Weg. Die Grundidee ward geboren.

Vermutlich spielten auch die neuen Gäste eine entscheidende Rolle.
Zunächst fiel ihr auf der Straße ein dicker Deutscher auf, den sie insgeheim nur den Metzgermeister nannte. Seine kleine Freundin war
eindeutig zu jung, zu hübsch, zu asiatisch. Später am Strand belegte
Liegen an ihrer Lieblings-Strandbude. Gut, dann eben mit einer Soda

in den Sand. Die Sprache der Neuankömmlinge war rau, russisch oder gelegentlich arabisch. Langsam schaute sie hinüber: Männer mit Bäuchen und Skorpionen an den Hals tätowiert ließen sich von ihren Freundinnen eincremen, massieren oder mit Bier und Wodka versorgen. Diese kleinen thailändischen oder ceylonesischen Mädchen waren um die zwanzig, bereits verlebt und genauso rau und derb wie ihre Kerle. Crystal hilft – und du kannst fast alles – ertragen.

Dank dir lieber Gott oder Göttin, dass ich fliehen konnte. Für einen Bruchteil sah sie die gealterten jungen Dinger, die von Loverboys oder Sugar-Daddys in die Laufhäuser getrieben wurden. Sie erinnerte sich an die besoffenen Freier, an die gierigen Blicke, an das Gefeilsche um Preise, Stellungen oder Praktiken. Dachte unaufgeregt kurz an billigen Champagner – aber auch an Crack und Heroin Und dann waren noch da die verlebten, bereits zu alten Frauen. Mühsam ihre Falten und Dellen kaschierend, erzählten sie immer noch von der Boutique oder der Kneipe, die sie bestimmt in ein, zwei Jahren eröffnen würde. Oh Mann, hatte sie Glück und eine kluge Ratgeberin gehabt. Diese Privatkunden in dem Privatclub waren eine andere Ebene – oder etwa doch nicht? Belog sie sich gerade? Ungewollt kam nur der plötzliche Absprung – und jetzt saß sie in Asien. Farah! Ihr schien es wie vor Jahrzehnten: Farah half schon bei ihrer ersten professionellen Website als Shorttime-Escort: keine Gewalt, keine Betrunkenen, keine ungepflegten Gäste – und immer das Recht „nein" zu sagen und die Dienstleistung zu verweigern. Wie hatten sie gekichert. Farah schlug vor: 80 Euro die halbe Stunde, 120 die volle Stunde. Sie bestand auf 100 die halbe Stunde, 180 die Stunde. So würden mehr Kerle nur für ein halbes Stündchen buchen, sie hätte mehr Freier und zwischen den einzelnen Klienten etwas Zeit für sich. „Du süßes Luder – abgezockt – außerdem statistisch brauchen fast alle keine zehn Minuten. Der Rest geht für Aus- und Anziehen, Waschen und Erzählen von Muttis Vanillekuchen drauf", meinte Farah damals lapidar. Wie es wohl Farah geht und meinem kleinen Hund? Eine winzige Nachricht haben sie verdient. Ein Prepaid-Handy gekauft und nur ein Emoji mit einem Grinse-Gesicht, einer Palme und einem dicken Buddha und „Demnäxt mehr" gesimst.

Layla las in den nächsten Tagen alte Reiseführer, versuchte sich an den Siddhartha und diverse Schinken über den Buddhismus bzw. den Hinduismus. Nach weiteren drei Tagen der Besinnung ließ sie sich von

Abiram zum Airport bringen. Er wünschte ihr Glück und Erfüllung und drückte sie vorsichtig. An Farah schrieb sie lediglich eine kurze schnelle Textnachricht, dass sie weiter auf den Subkontinent musste. Kein Wort zu viel, Spuren zu hinterlassen, könnte gefährlich sein.

Sebastian schielte unauffällig rüber. Die junge Frau las eindeutig in einer alten deutschsprachigen Geo-Ausgabe. Jung war sie und sehr hübsch, nicht direkt sein Typ – aber unheimlich attraktiv. Nur gucken, nicht anfassen. Diesmal würde er spontan einfach die Initiative ergreifen.

„Hallo, ich bin Bastian. Darf ich mich zu dir setzen, wenn ich nicht störe. Du sitzt vor Gate 14 – und ich fliege auch nach…"
„Klar, hock dich hin, ich bin Layla, wir haben zwei Stunden Zeit, ich hab so richtig Lust Deutsch zu reden und zu hören. Aber erzähl mal, wo du herkommst und wo du hinwillst, wenn du Lust dazu hast!"

Und ob Sebastian Lust hatte. Er begann in Taiwan – zu grell, zu heftig der Mix aus China meets USA, die internationalen Restaurants, Automarken und Hotelketten. Landschaftlich und von der älteren Architektur her überzeugend – aber nicht das, was er suchte. Was er genau suchte, konnte er nicht in Worte fassen. Nenn es Zufall, Schicksal. Kismet – Sri Lanka hatte es ihn mehr angetan. Von Colombo war er gleich hoch ins Bergland: Worlds End-Leoparden hatte er keine gesehen – aber genug Warnschilder, die vor den Raubtieren warnten und dazu blutrünstige Märchen abends in den Gasthäusern. Dann des Nachts – tagsüber sei es viel zu heiß – den heiligen Adams Peak bestiegen. Er würde sich nicht als unsportlich bezeichnen, aber der steile Aufstieg, teilweise über hunderte von krummen Steinstufen unterschiedlicher Größe, verlangten ihm alles ab. Zum Lohn ein atemraubender Sonnenaufgang, das Land wie frischgewaschen tief unter einem, dazu durfte er eine kleine Tempelglocke läuten, die direkt über dem großen Fußabdruck hing, der angeblich von Adam stammte und den dieser hier hinterließ, als er sich von der Bergspitze abstieß, nachdem ihm befohlen war, das Paradies zu verlassen. Es lag an der Mischung: Die selige Erschöpfung, die jungfräuliche Natur im Morgenlicht, die Mythen und Legenden. Sebastian durfte nur einmal läuten, denn er hatte den Berg nur einmal bestiegen. Der Klang der Glocke, der sanfte Nachhall, das Warten auf ein Echo – er verliebte sich in Land und Landschaft. Beim Abstieg kam ihn ein alter Mönch entgegen, bestimmt fast siebzig, dachte er, freundlich nickten sie einander zu. Er stieg hinab, der Mönch hinauf, kurzer Zeit später die Glocke. Einmal. Zwei-, dreimal – bei dreißig zählte er nicht weiter.

Später mietete er ein kleines Yamaha-Motorrad mit 80 ccm. Kandy war faszinierend, sowohl als Stadt am Kandy-Lake als auch drum herum landschaftlich. Dschungel, Berge, der große Tempel sowieso, ebenso das Elefantenwaisenhaus 50 Meilen nördlich an einem Fluss. 34 alte und 11 junge Tiere, die morgens gemeinsam vom Waisenhaus zum Fluss marschierten. Besucher konnten die im flachen Wasser liegenden Jungelefanten mit runden Steinbrocken abreiben, Mensch und Jumbo hatten gleich viel Freude.

Frischer Tee in Nuwara Elia, inmitten der immergrünen angeblich besten Teeplantagen der Welt. Weiterfahrt ohne Plan. Mal ein Kloster, eine Dagoba, einen Markt besichtigt. Überall Buddha-Statuen. Einige nur einen Meter hoch, andere über zwanzig. Runter zur Südküste nach Tangalle. Frischer Thun- und Haifisch. Mit den Fischern früh raus und an den Riffen schnorcheln. Mehrmals sah er Rochen oder Wasserschildkröten. Einen jungen mutterlosen Affen auf der Wanderung durch die Reisfelder, dessen Mutter vermutlich überfahren war, gefunden und zu einem Einsiedler gebracht. Mit dem Einsiedler von der Höhe herab auf die unterschiedlichen Grüntöne der Felder und der Bäume gestarrt. Sie hatten kaum gesprochen, Tee und Kekse geteilt – und dennoch blieb das tiefe Gefühl, hier etwas besonders erlebt zu haben. Beim Abstieg zurück drehte Sebastian sich noch einmal um, um zu winken. Der Mann saß genau wie die mit Kreide an die Felswand gezeichnete Buddhafigur auf dem Boden und schaute ins Namenlose. Ein unglaublicher Anachronismus selbst hier, mitten im 21. Jahrhundert.

Abschließend die Westküste hoch bis nach Hikkaduwa. Der Ort galt immer noch als etwas Besonderes. Vom Geheimtipp der sechziger, siebziger Jahre spürte man hingegen kaum noch etwas. Die Bucht und das Hinterland wunderschön, der Strand jedoch zugebaut. Wo früher Bungalows und Cabanas standen, reihte sich heute Hotel an Hotel. Dazwischen Fress-Buden, Boutiquen, Clubs und Bars. Statt Reggae nun Diskosound, Techno und gelegentlich deutsche Schlager. Der Tourismus erwies sich als Segen und Fluch zugleich. Zum Glück hatte er im Uhrzeigersinn die Insel erkundigt – umgekehrt wäre er vermutlich schon längst woanders. Nur wo war woanders? Wo war es noch ursprünglich, echt und dennoch auch für verwöhnte Mitteleuropäer lebenswert? Und dann war da ja noch diese Suche…

Sri Lanka ist so groß wie Bayern – und er wusste, dass da noch der Norden und die Ostküste waren – aber mittlerweile erschien ihm die Insel als zu klein. Beim Abendessen wartete er auf seinen geliebten Seafood fried Rice und blätterte gelangweilt in einem zerfledderten Airline-Magazin. Air-India – irgendwie klang dieser Name nicht besonders vertrauenserweckend. Dann entdeckte er die Karte mit den Flugverbindungen. Wie riesig Indien doch war, Sri Lanka nur ein Wurmfortsatz, ein kleines Blatt vor der Südspitze in Meer. Auf den weiteren Seiten Fotos aus Goa, New Delhi, Rajasthan, Kerala und dem Himalaya. Berührt sah er ein Bild von Gläubigen im Ganges – da wusste er, wo er hinmusste, um von dort sich neu zu orientieren und dann zwanglos weiter zu sehen.

Seit langem dachte er nicht an Hanna und ans Om, vielmehr war er in dieser verschwitzten Flughafenlobby sicher, genau das Richtige entschieden zu haben. Letztlich bat er Layla doch auch mal etwas zu berichten.

Natürlich ließ sie die Vorgeschichte weg, erzählte von ruhigen ultra-langsamen Entspannungsübungen, schwimmen und tauchen, von Ausflügen, der Inseltour. Und in zwei abschließenden Sätzen über ihre Neugier nach dem Land des Buddhas. Sebastian war schon überrascht als sie fragte, ob sie am Schalter klarmachen sollte, dass sie den Flug nebeneinandersitzend verbringen könnten. Auch wenn sie unbedingt und sehr bestimmt anmerken musste:

„Nicht, dass du mich missverstehst. Ich suche keinen Reisebegleiter und schon gar keinen Freund oder Liebhaber. Es ist einfach die Freude mit dir entspannt und dann noch Deutsch zu plaudern!"

Dieses Wort plaudern tat einen Moment lang schon etwas weh – aber später im Flieger, während sie sich aus Reiseführern vorlasen, fremde Begriffe nachschlugen und planlos und aufgeregt ihrem Ziel entgegenflogen, waren beide glücklich und beschlossen nach der Ankunft ein Taxi zu teilen und evtl. auch gemeinsam ein Guesthouse in Flussnähe zu suchen. Indien ist anders. Beide wussten dies, anders, vielleicht gefährlicher als der kleine Nachbar Ceylon, auf jeden Fall wilder, rauer, reicher und gleichzeitig abgrundtief arm, grell und geheimnisvoll. Das Wichtigste war aber das Visum – ach, wird schon.

Für Herman war Bombay nur die Fortsetzung von Bangkok. Groß, modern, versifft, laut und übervoll. Hier in Mumbai wie es heute politisch korrekt heißt, würde er nur so lange wie unbedingt nötig bleiben. Eine Großstadt ist eine Großstadt ist eine Großstadt. Nur dass hier die Gegensätze extremer waren. Modernste Hochhäuser, Banken, Versicherungen, überall Computer-Reklamen. Daneben die Straßenkinder, ausgemergelte Rinder, Obdachlose, Bettler, Huren und Behinderte, die ihre verstümmelten Körper quasi ausstellten. Würde er noch malen, wäre dies Hieronimus Bosch 2 Punkt Null. So viel Reichtum und dann die aus Europa oder Südamerika nicht in diesen Ausmaßen bekannte sichtbare Armut. Verhungern erschien nicht mehr als ein Verb aus einem anderen Jahrhundert, sondern war hier Teil der täglich erlebbaren Realität. Im 21. Jahrhundert.

Der sintflutartige warme Regen stoppte schlagartig, sogar ein wenig Sonne drang durch die dunklen Wolken. Über 30 Grad im Schatten, die Luftfeuchtigkeit pendelte zwischen 80 und 90 Prozent.

Herm saß auf einer verfaulten wirkenden Mauer und beobachte einfach nur die Umgebung, aß gelangweilt ein übergroßes Baguette ähnliches Ungestüm von Sandwich. Der Bordstein zur Straße war vermutlich auch wegen der Monsun-Fluten bestimmt 40 cm hoch. Eine achtköpfige Familie legte Bambusstangen schräg an den Bordstein, darüber eine Plastikplane vom Bau, darunter mehrere aufgerissene Pappkartons, woraufhin alle unter der großen Plane verschwanden, sich aneinander kuschelten. Busse, LKW und Taxen rauschten nur wenige Zentimeter an ihren Köpfen vorbei. Zwei alten Bettlerinnen, die ihm ihre verkrüppelten Beine präsentierten, gab er eine Handvoll Münzen, auch wenn dies kurzfristig sein Gewissen beruhigte, so konnte es nicht weitergehen, fast empfand er das Eingehen auf die Stricher, Kranken, Bettler und Schnorrer als Sühne, Freikaufen bzw. Wegegeld. Ein angerostetes längliches, großes Emailschild auf der gegenüberliegenden Straßenseite verkündigte: Das Sterben auf der Straße ist bei Strafe verboten.

Unauffällig zog er sein Handy hervor, dies musste er fotografieren. Um die Hände freizubekommen, warf er das halbe Brot in ein Gebüsch, woraufhin wie aus dem Nichts mehrere schmuddelige Kinder auftauchten und sich darum balgten. Hier wollte er nicht bleiben, er stoppte ein schwarz-gelbes Taxi, shit – too much Borussia Dortmund, und ließ sich in ein Luxushotel bringen. Geld hatte er wohl genug, sinnlos verprassen wollte er es nicht, aber Bangkok war gegen Mumbai ein Kindergarten gewesen, eine Nacht in Sauberkeit und luxuriöser Ruhe genügten, dann stand sein Plan. Vor einigen Jahren hatte eine befreundete französische Künstlerin ihm erzählt, wie sie mit einem Schiff oder einer Fähre in drei Tagen die Küste runter nach Goa gefahren war. In seiner Erinnerung klang es wie relaxtes Reisen, Erholung auf See und stets begleitet von Delphinen. Goa selbst war auch nicht mehr das frühe Goa der Hippies, aber neben Kerala der Bundesstaat mit der höchsten Bildung, den meisten Schulen und Krankenhäusern, der geringsten Säuglingssterblichkeit, dazu gab es sehr viele Christen – für uns Europäer weitaus angenehmer dort zu leben, exotisch und etwas westlich zugleich, berichtete sie seinerzeit. Dazu dann die wahrlich kilometerlangen Sandstrände, das Hinterland mit Dschungel und angenehmen Städten. Also Goa, so Gott will.

Gott wollte nicht auf Anhieb. Am nächsten Morgen mit dem Taxi zum Fährhafen. Große Überraschung und Enttäuschung. Wegen des Monsuns fahren in den nächsten Wochen keine Boote südlich. Also bleibt nur die Bahn. Am Bahnhof unbeschreibliches Gewimmel – letztlich nur mit Hilfe eines Journalisten, dem der hilflose Tourist aufgefallen war, ein Ticket für den nächsten Tag ergattert. In 24 Stunden mit dem Mumbai-Goa-Express in die Hauptstadt Panjim – nur dass der Zug erst morgen Vormittag fahren würde. Herm beschloss nicht ins Hotel zurückzukehren, sondern wie hunderte anderer Reisende auch, hier am Bahnhof zu warten bzw. zu schlafen.

Eingedeckt mit reichlich Wasser, Obst und Kuchen lagerte er in der Höhe einiger australischer Freaks, die wohl auch nach Goa wollten und schlief rasch ein. Zwischenzeitlich geweckt durch die Ratten, die seinen Kuchen anknabberten und schamlos über ihn hinweg trippelten. Die Sonne ging gerade auf als ein Dutzend Uniformierte mit hölzernen, überlangen Schlagstöcken auftauchten. Vermutlich war das Schlafen in der Bahnhofshalle über Nacht doch nicht erwünscht. Die Polizisten

knüppelten auf sämtliche Liegenden ein – erschöpfte Reisende, schein-
tote Bettler, aber auch Männer, Frauen, Kinder, Alte – alle bekamen die
Stockschläge ab, sammelten schnell ihre Sachen zusammen und verschwanden. Nur die Touristen ließ man ungeschoren weiter dösen. Was
für eine Kluft tat sich auf.

Die Zugfahrt von Mumbai über Poona nach Goa dauerte wegen eines
Maschinenschadens sogar 30 Stunden. Die Abteile eng und stickig, die
Landschaft glitt nur in Zeitlupe vorbei und sein Versuch, ein Schlafab-
teil zu bekommen, scheiterte. Als er überhaupt nicht mehr eingeklemmt
sitzen konnte, stehen im übervollen Gang war keine Alternative, be-
stach er einen Schaffner, der das Gepäcknetz frei räumte und ihm für
einige Stunden dazu verhalf, wenigsten die Beine auszustrecken und
ein wenig zu schlafen.

Die Expresszugfahrt entpuppte sich als wahre Hölle, aber auch Goa
strahlte nicht wie das Paradies. Regenschauer, riesige Pfützen und
überflutete Straßen und Felder. Der Rikshafahrer, der Herm trotz der
braunen Seenlandschaft zu einem Hostel an der Küste bringen wollte,
meinte ganz glücklich, beim nächsten Vollmond würde der Regen aufhören und endlich die trockene Jahreszeit beginnen.

Goa erwies sich als ganz okay. Abhängen am Strand, abends in einen
Musikclub, manchmal Fußball in einer Sportbar, einige Ausflüge zu
Tempeln und beschaulichen Dörfern. Eines Abends saß ein älterer
italienischer Priester im Fish and Curry. Wie es so ist, wenn sich zwei
Europäer in Indien treffen, kamen sie ins Gespräch. Als der Priester erfuhr, dass Herm auf der Suche nach eigentlich nichts Bestimmbaren sei,
nicht einmal mehr Inspiration suchte, Zeit und auch Geld keine Rolle
spielten, er eigentlich nur versuchte eben diese Zeit irgendwie ange-
nehm zu verbringen, meinte er, dass Herm dann auch genauso gut nach
Kuba oder Florida oder in die Dom Rep hätte fliegen können. Palmen,
Meer, Clubs, Frauen, chillen. Der Pfaffe lächelte.

Irgendwie kam ihm dieser Spruch bekannt vor und Hermann begann
den Priester systematisch auszufragen, da er im Grunde nichts über
Indien wusste. Beinahe eine Woche lang unterhielten sich die zwei
jeden Abend, dann stand zumindest ein weiteres Ziel und evtl. sogar ein
bisschen Weg, wenn schon kein Ziel, danach fest. Nur würde er diesmal

unbedingt einen Inlandsflug buchen. Ökologisch eine Sünde, aber er war bereit zu büßen.

Sarah genoss sowohl die andere Art von Hitze, nicht mehr trocken und staubig – sondern eher feuchtwarm, ebenso wie die Menschen hier. Keine Flüchtlinge, Traumatisierte, Verzweifelte – sondern viele lächelnde Kinder, dazu richtig arme Menschen, Bettler, heilige Männer, alles bunt: indisch und westlich gekleidete, dazu Mengen überdurchschnittlich auffallend wohlhabende Inder, ferner Mittelklasse-Typen beinahe wie sie – und Touristen aus allen Herrenländern. Sie fühlte sich nicht so sehr als Touristin wie die US-Amerikaner, die Italiener, die Japaner – und all die anderen in Gruppen auftretenden. Trotz ihres vermeintlichen Individual-Reisenden-Status, dem Einzelgängertum, der Pilgerschaft – blieb sie nicht zuletzt aufgrund der blonden Haare Touristin. Suchende und Religiöse, Pilger und Yoga- oder Buddha-Fans gab es hier zuhauf. Schlendern war nicht länger Luxus; ohne Zeitdruck im Fort den Streifenhörnchen oder den Sittichen Sonnenblumenkerne zuwerfen, im Bazar Flip Flops, Nüsse, eine weiße Bluse kaufen, mit der Fahrrad-Riksha sich entschleunigt durch die Altstadt und zu empfohlen Sehenswürdigkeiten fahren lassen Es gab viel zu entdecken, vom Gandhi-Haus, zum India-Gate, den Stufenbrunnen, die Lodi-Gärten, den Connaught Place. Aber dies war nun mal nicht das Indien ihrer vagen Vorstellung. Der Großraum Delphi gilt als Heimatstadt für 32 Millionen. Sie fühlte sich wie ein Regentropfen im Rhein.

Einer Eingebung folgend packte sie um, deponierte eine große Tasche im Lagerraum des Hotels, bestückte ihren Rucksack neu und kaufte eine Fahrkarte 1. Klasse, nachdem ihr das halbe Hotel geraten hatte, nur nicht im Zug so weit und lange in der 3. – ach, nicht mal in der 2. Klasse – zu fahren. Nachdem die Diesellok zwei volle Stunden durch den Slum-Gürtel düste, der Delphi wie alle indischen Großstädte umgab, schloss sie die Vorhänge. Menschen, die draußen von aller Welt ihre Notdurft verrichteten, Kinder mit aufgeblähten Bäuchen, Alten die vor Hütten aus Pappe und Plastikfolie im Schlamm saßen und bestenfalls eine Ratte grillten, hatte sie zur Genüge gesehen.

Rishikesh, das Tor zur Pilgerstadt Haridwar, liegt zu Füßen von mehreren hundert Meter hohen Hügeln. Der Ganges kommt hier klar und eiskalt direkt aus dem nahen Himalaya gestürzt, eher als heilig verehrte

Fluss als verdreckte stinkige Leiche tausende Kilometer weiter südöstlich im Golf von Bengalen mündet. Sarah erinnerte sich an den Namen der Stadt aus dunkelster Vergangenheit. Wilhelm, ihr großer Bruder, erzählte seinerzeit dem kleinen Mädchen, dass die Beatles einst hier ihren Guru besucht hatten. Sie kannte damals weder die Beatles, noch wusste sie, was ein Guru sei – allein der Name Rishikesh blieb hängen, wie das Poster der Hängebrücke über den Ganges, die den Ost- mit dem Westteil Rishikeshs verbindet. Sie übernahm Willis Dachzimmer nach dessen Auszug, das Poster wurde Einschlafhilfe, Reisewunsch, Verheißung und auch Mahnung – je nach Gemütslage. Und der Name hielt, was sie sich erhofft hatte. Eine Stadt von 70.000 Einwohner, durch den noch wilden Ganges in einen eher weltlichen und einen eher spirituellen Teil geteilt, die Vielzahl der Tempel und Ashrams, die Frauen und Männer, die als Pilger zu den heiligen Orten ins nahe Garhwal-Gebirge aufbrachen, der berühmte Wasserfall, die landwirtschaftliche Schönheit der näheren Umgebung. Hier gab es spannende Ablenkung und dennoch totale Ruhe, Meditationskurse und trotzdem fancy Restaurants, geführte, angebotene Wanderungen zu den Sadhus und folkloristische Musikveranstaltungen. Dennoch war ein fahler Beigeschmack stetiger Begleiter.

Eine Morgens, sie frühstückte wie stets in der Nähe des Trivani Ghats, hatte sie statt den üblichen Toasts oder Joghurt-Schüssel, Lust auf Eier. Sie bestellte zwei Spiegeleier als der Kellner entsetzt rief:

„Madame! Holy-City!! No eggs or fish or meat."

Ach. Aber überall Haschisch im Lassie, im Tee, im Kuchen. Stimmt, heiliges Zeug. Und die jungen Amerikanerinnen gestern? Oder waren es Engländerinnen? Doppelmoral oder Geschäftsstrategie? Denn auf deren Wunsch hin gab es als Sundowner Wodka-Lemon. Vielleicht hätte sie vor ihrer Bestellung einen Rupien-Schein gefaltet auf das Tablett legen sollen. Fleisch okay, verstand sie – aber Eier?

Die nächsten beiden anvisierten Orte, immer wieder von den anderen Travellern empfohlen, hielten zwar, was sie versprachen – aber nicht das, was sie bewusst oder unbewusst suchte. Pushkar erwies sich als toll, eine Kleinstadt am Pushkar-See, zwei heilige Hügel. Angeblich hatte Brahma hier einst eine Lotusblüte verloren und… Schmarrn. Die

Pilgerindustrie war auch im heiligen Pushkar unglaublich kreativ. Besteigung der Hügel mit Pilgergruppen, individuelle Kamelausflüge mit Übernachtung in der nahen Wüste, Kurse und Sitzungen für dies und das. Dutzende Schneider auf westliche Suchende eingestellt, Guides und Reisebüros an jeder Ecke. Okay, dann vielleicht eher hoch an den Rand des Himalayas. Sie genoss die Tage, musste aber weiter; Von der Wüste Rajasthan in die Berge. Das Dach der Welt, Orte an denen die Götter hausen, oder heilige Männer. Letztlich war es seine Heiligkeit. Einer der wahren spirituellen Führer der Welt.

Dharamsala entpuppte sich als Klein-Tibet in Nordindien. Niemand konnte etwas dafür, dass es so vermarktet wurde und auch so bei ihr ankam. Der Dalai Lama und seine Anhänger fanden hier nicht nur nach der Flucht über den Himalaya Exil, sondern auch dauerhafte Bleibe, bauten einen Palast und das tibetische Zentrum. Es gab Momos an den zahlreichen Grillständen, überall T-Shirts mit „Free Tibet", Gebetsmühlen und jede Menge rotgewandeter Mönche. Sarah ergaunerte sich ein kostenloses Ticket für die dreitägige Lessons mit dem Dalai Lama: 5.000 Mönche und einige hundert Touristen wurden beköstigt von kahlköpfigen Nonnen und unterrichtet durch das geistige Oberhaupt selbst. Dazu musste sie allerdings für fünf Dollar ein kleines Radio mit Kopfhörer – Made in China, ausgerechnet! – erwerben. Denn gepredigt wurde nur auf Tibetisch. Während die Mönche oftmals lauthals loslachten, wenn der Dalai Lama einen Witz riss, hieß es vom Dolmetscher mit der monotonen Radiostimme nur: „His Holiness is joking."

Sie verschenkte das Radio und ließ den dritten Tag Lesson ausfallen. Stattdessen beobachtete sie einen Buddha-Figuren-Schnitzer. Aus Weichholz hatte er bereits dutzende Figuren geschnitzt, sein Sohn färbte diese schwarz und trieb dicke Nägel in den Sockel: So wurde aus billigem Holz in Minuten Hartholz und aus einem echten geistigen Führer ein massentaugliches Souvenir wie der Kölner Dom oder der Eifelturm aus Bronze.

In diesem Moment erkannte sie, dass es die Roots, das Verschüttete war, was sie finden und suchen musste. Die Erinnerung an den Sanitäter und seine Geschichten lagen scheinbar nur bewusst vergraben. Sie versuchte, sich zu besinnen. Da erkannte sie, sie musste nach Benares. Nur dass es dieses Benares nicht mehr gab.

22 Kilometer sind es vom Flughafen mit dem Air-India-Bus direkt ins Herz der Altstadt, keine 400 Meter von Mutter Ganges entfernt. Layla und Sebastian traf dennoch ein mittelschwerer greller Kulturschock, nachdem sie aus dem klimatisierten Zubringer stiegen. Die Stadt der Pilger und Suchenden wogte wie eine Tsunamiwelle. Über eine Million Einwohner, dazu die tausenden außerasiatischen Touristen und die einheimischen Gäste aus dem gesamten Subkontinent, die hofften, dass das Bad im Ganges zu von allen Sünden freiwaschen würde. Heilige und unheilige Kühe fraßen Müll, standen auf den Kreuzungen und beäugten wiederkauend das Drama um sie herum. Ein Schlepper („Clean and cheap! And many holy men around") führte die Erschöpften in fünf Minuten zum Gasthaus.

Romans letzter Besuch in dieser heiligen Stadt lag 20 Jahre zurück – es waren ein paar hunderttausend mehr Einwohner, der Fluss roch eher noch stinkiger und das Gewimmel sowie die Hitze waren genauso unerträglich. Nach Delhi und Agra erschien ihm dieser Ort wie Sankt Pauli oder Amsterdam im Vergleich zu Kassel, nur nicht in sexueller, sondern in spiritueller Hinsicht. Zwei Mal fragen, schon stand er vor dem Shanti-Guesthouse. Einfach, sauber, eine Institution. Hier erst einmal bleiben, von der Terrasse aus das Heer der bunten Pilger und Sadhus beobachten. Bei einem Tee musste er sich eingestehen, dass der Dalai Lama nicht mit seinem Besuch rechnen sollte. Da wuchs etwas zu schnell in seinem Kopf, er hatte die Dosis der Schmerzmittel erhöht, zudem erkannt, dass es wohl zeitmäßig nicht reichen würde für den Exil-Ort des Dalai Lamas – der zudem auch möglicherweise selbst gerade auf Reisen weilte – und seinem eigentlichen, ursprünglichen Ziel. Zwei Tage am Ganges, dann Richtung Norden reisen. Reisen! – nicht hetzen. Sobald er in Nepal war, würde er Bishwa anrufen. Oh Mann – Bishwa!

Herm folgte unauffällig dem deutschen oder österreichischen Pärchen, die scheinbar einen Guide hatten, durch das Gewimmel der Altstadt. Die beiden wirkten sympathisch und vermutlich kannten sie eine angemessene Unterkunft in Flussnähe. Ansonsten blieb ihm immer noch das Handy und irgendein Portal. Die zwei Menschen folgten einem Jüngling in ein ansprechendes Hostel. Von außen sah es nicht allzu abgerockt aus, im Hintergrund schimmerte ein wenig Fluss durch die Verkaufsstände am Ufer und außerdem war es draußen viel zu heiß und hektisch. Drinnen im kühleren Gastraum neben der Rezeption fand er sich irgendwie ein wenig daheim.

Sie würde nie wieder, ohne nach dem Preis zu fragen, wie in Deutschland in ein Taxi steigen. Also handelte sie am Hauptbahnhof etliche Minuten, wechselte dann von den unverschämten PKW-Taxen zu den Motor-Rikshas und fuhr für weniger als die Hälfte des vorher genannten Preises ins Zentrum des Zyclons. Okay – es wären nur drei Euro Unterschied gewesen – aber hier ist Indien, zudem gab es gewisse Prinzipien für Reisende. Sarah lachte auf, klar: Prinzipien wie z.B. nach den politisch-korrekten Namen von Städten oder Gegenden sich zu erkundigen. Niemand sprach doch noch von Zigeunern, Sinti und Roma sind zum Glück feste Bestandteile des größten Teils der deutschsprachigen Bevölkerung geworden. Dass sie gestern am Fahrkartenschalter nach Benares statt nach Varanasi fragte, beschämte und belustigte sie doch ein wenig. Egal – was für die Christen und Juden Jerusalem oder für die Moslems Mekka ist, ist dieser Ort für Millionen Hindus. Und quasi ein Katzensprung auf die wahren Spuren des Buddhas, der schließlich auch als Hindu geboren wurde. Oder? Der Rikshafahrer erwähnte das Gasthaus seines Cousins in Flussnähe „Lady – Only look!?" Sie schaute, sie blieb.

Im Gasthaus hang am schwarzen Brett ein handgeschriebener Hinweis, dass übermorgen eine geführte Tour ohne Stress und langem Feilschen auf dem Fluss an allen 80 Ghats vorbei in verschiedenen Ruderbooten vom Hostel organisiert angeboten würde. Man sollte nur seinen Namen und evtl. die Nationalität eintragen. Aus der Liste würde dann per zufällige Auswahl die jeweilige Besetzung der einzelnen Boote erstellt. Ein Witzbold hatte daneben gekritzelt: Der Glaube an den Zufall ist der Aberglaube des 21. Jahrhunderts. Darunter, wie an jeder zweiten deutschen Uni, jedoch gestochen scharf in Druckbuchstaben, stand: „Du irrst – der Zufall ist ein Pseudonym von Gott, also von dir, Vater. Dein Sohn"

Tatsächlich hatten sich bereits etliche Reisende eingetragen: Japaner, Australier, ein Schweizer, zwei Isländer – nur noch kein Deutscher. Na dann – einer nach dem anderen der späteren Gefährten trug sich im Laufe des Tages ein. Dazwischen waren schon mal drei Frauen aus Israel oder der dicke Mann aus Mexiko, Südafrikaner, sogar Russen und mehrere Belgier oder Niederländer. Niemand wusste genau, was sie erwartete, der Preis und der Service schienen zu stimmen. Aber 4:30 Uhr wecken, nur einen Chai und dann los – das Leben war hart. Auf dem kurzen Weg zum Ganges herrschte bereits ein dichtes Gedränge, das unten am Fluss allein kaum zu verkraften wäre: Junge Mädchen verkauften selbst gebastelte kleine Bastbötchen mit Teelichtern, die Glück bringen, wenn man sie auf der Mutter Ganga aussetzt. Viele andere Frauen flochten einfarbige oder bunte Blumengirlanden, boten Räucherwerk oder Süßigkeiten an. Eine große Gruppe heiliger Männer mit Po langen Rastafrisuren hatten ihre Dreizacke an eine Mauer gestellt, rauchten aus Chilloms Haschisch, beobachteten dabei das Treiben am Wasser: Frauen badeten im seichten Fluss, Täufer tauchten ganze Familien in die schmutzige Flut, kahlgeschorene Männer in großer Zahl wuschen sich von allen Sünden rein. Denn direkt am Ufer saß alle fünf Meter ein Barbier, der die Männer glattrasierte und kahlschor. Die Haare trieben mit den Bastbötchen, den Blumen – aber auch dem ein oder anderen krummen Fäkalienbröckchen, einem toten Tier, Plastikmüll oder übrig gebliebenen Holzstücken von einer der achtzig aktiven Verbrennungsstätten vorbei. Dazwischen Gurus, Diebe, Bettler, Kranke, Mönche, Kühe. Der leichte Nebel über dem Fluss lichtete sich bereits, und die ersten vollgepackten Ruderboote verließen das schlammige Ufer. Dazu das Surren und Klicken der Kameras und Handys der unzähligen Touristen beständig wie bestellte, störende Hintergrundgeräusche.

Der Manager hatte die fünf Deutschen nicht rein zufällig in ein größeres Boot zusammengesetzt, dazu noch sechs Südamerikaner, die für ihn auch im Weitesten als Europäer durchgingen. Viele hunderte, wenn nicht tausende Gläubige und neugierige Reisende säumten die Ufer – und doch schien es äußerst ruhig und erhaben wenig später dann mitten auf dem Fluss zu treiben. Los ging es am Dashashwamedh Ghat – dem Zentrum des religiösen Trubels und Gewimmels. Die beiden Ruderer steuerten an allen Ghats vorbei, einige bereits in Betrieb, andere in Vorbereitung. Das Boot teilte die auf den Wellen schaukelten, mit Kerzen bestückten kleinen bunten Glücksschiffchen und das schwimmende Blumenheer mitten durch. Während die anderen Boote einfach nur vom Startplatz aus mitten auf den Fluss raus ruderten, um dann schnell umzukehren, an einem Ghat anzulanden und neue Passagiere aufnahmen, konnten sie das Treiben in aller Ruhe genießen, wenn nicht dieser leichte dauernde Gestank wäre. Weil die beiden Bootsführer nichts erklärten und mal Sarah, mal Layla immer wieder etwas nachfragten, sah Roman sich gemäßigt in Kurzform zu erläutern:

Einerseits gilt der Ganga, auch wenn man ihn total verschmutzt und misshandelt, als heilig, daher reinigt bereits ein Bad im Fluss von allen weltlichen Sünden, wer das Wasser trinkt, wird angeblich sogar von Gebrechen und Leiden geheilt. Also eine Pflichtveranstaltung für jeden gläubigen Hindu. Andererseits liegen hier in Varanasi die meisten Ghats dicht an dicht. Diese gemauerten Verbrennungsstätten sind quasi nichts anderes als steinerne, circa fünf mal zwanzig Meter lange Plattformen, die in den faulig riechenden Fluss hineinragen. Rund um die Uhr wird hier von Sonnenauf- bis zum Sonnenuntergang verbrannt. Der Reichtum des Toten gibt dabei vor, wie viel und welches Holz es gibt. Reichere leisten sich einen wahren Scheiterhaufen aus Hartholz, während arme Menschen sich verschulden, mit schnellbrennendem Weichholz oder gar Bambus Vorlieb nehmen müssen. Dann kommt es schon mal vor, dass nicht alles vollständig verbrennt und Leichenreste, Knochen und die Asche zusammen in den Fluss gefegt werden.

Sie sahen im langsamen Vorbeifahren wie Opfergaben zu den Leichen gestellt wurden, wobei blitzschnell Affen vorbei huschten, um etwas Obst oder Süßigkeiten zu stehlen. Oder wie eine brennende Frau, mit lodernden Haaren, sich scheinbar noch einmal aufrichtete, das sind die Körpersäfte, meinte Roman, er hätte dies schon öfter, vor allem bei armen Leuten in Nepal, gesehen. Herm meinte dazu, es sehe weniger noch Beerdigung als nach Hexen-Sabbat aus.

Am letzten Ghat wendete das Boot, die Ruderer baten um Trinkgeld und hielten das Boot für einige Minuten rudernd auf der Stelle. Take Fotos, good Fotos for your friends in the world – was niemand von ihnen tat. Auf dem einen Ghat brannte eine Leiche lichterloh, während zwei Helfer auf dem vorletzten Ghat die Asche und Überreste schon in den Fluss fegten und spülten. Ein toter Hund trieb vorbei, dann etwas, was wie ein Arm oder ein Bein aussah. Ein Geier landete auf dem Hund und riss größere Stücke weichen Fleisches heraus. „Eigentlich werden nur Kinder, heilige Männer, Nonnen und Mönche nicht verbrannt." Als er die fragenden Blicke sah, fügte er hinzu: „Sie werden unverbrannt dem heiligen Fluss anvertraut." Unweit vom Ghat tauchten Kinder in der drüben Fluten, sie suchen nach Ringen, Goldzähnen, Fußkettchen oder was sonst von Wert war. Gelegentlich schrie einer der Schwimmer im Wasser auf, als habe er etwas besonders Wertvolles in der trüben Brühe gefunden.

Nachher gingen die Germans, wie sie von den übrigen tituliert wurden, gemeinsam erschöpft, zufrieden und erfüllt zurück ins Guesthouse. Es gab einiges nach zu besprechen, viele offene Fragen nach der Tour. Zuerst dachte man über ein gemeinsames spätes Frühstück nach, doch alle waren zu müde, also traf man sich früh abends im Shakti-Club auf ein paar legale Biere und kleine, halblegale tolerierte Tüten. Roman hatte auch zugesagt, irgendwie gefielen ihm die „jungen Leute" und diesen gefiel die entspannte, lockere Art des Älteren. Wie lange hatte er Bowies Sound and Vision nicht mehr gehört? Irgendwie passend, sowohl zum Ort als auch zur Situation. Morgen würde er halb illegal ein starkes Opiat besorgen müssen. Heute genügten die Joints und die paar Bierchen, um vorübergehend vom gelegentlich stechenden Schmerz abzulenken. Angst machte ihm der Gedanke nur, dass der Fremde in ihm, plötzlich zu stark werden würde, dann drohten unvorstellbare Schmerzen und sein Plan könnte scheitern. Scheitern – noch dazu in Indien – kam nicht in Frage.

Nach und nach erzählte einer nach dem anderen seine Geschichte. Mal auf den Punkt gebracht, mal etwas geschummelt, mal mehr oder viel weglassend. Ilayda, genannt Layla begann. Ihre Kurzgeschichte handelte von dem Wunsch nach einer Ayurveda-Auszeit, einer Sri Lanka-Rundreise und wie sie Sebastian in Colombo getroffen hatte, was sie vorher gemacht hatte, interessierte scheinbar niemanden. Basti erzählte ganz kurz ernsthaft von seinem Studium, zunächst Quantenphysik, anschließend Ökonomie, er zerlegte Taiwan in wenigen Sätzen, doch Sri Lanka gefiel ihm. Mehr allerdings der kleine Zipfel Indiens, den er bisher zu fassen bekommen hatte, beide betonten sie, dass sie gerne Reisegefährten waren, aber kein Liebespaar und auch keines werden wollten.

Roman kam als dritter an die Reihe – berichtete knapp von seiner Arbeit, gab einen leichten Burnout als Grund für die Reise an. Den Namen des Clubs, Roxy, glaubte niemand zuvor gehört zu haben, wohl aber die der Bands wie Captain Peng, Tocotronic, die Sterne, Get well soon. Ob sie hingegen nie von den älteren Bands des international gefeierten und akzeptierten Krautrocks gehört hätten? Wie Can, Amon Düül, Embryo, Guru Guru – alle lachten. Und die internationalen Acts? Herman Brood, Giant Sand, Hugo Race & The true Spirit? Nein – Schande. Quatsch, nicht schlimm – einzig der Maler und Sarah schienen etwas von alternativer Musik zu verstehen. Der Club würde von seinen Teilhabern weitergeführt, er musste noch ein, zwei Ziele auf seiner Seelenlandkarte bereisen. Welche? Er zuckte nur mit den Schultern, erwähnte kurz noch, dass für ihn Agra und auch Varanasi die ersten Erinnerungsperlen in seinem Rosenkranz waren. Die Endperle des Kranzes galt es aufzusuchen. Niemand fragte nach, obwohl etliches nachzufragen lohnte, denn Herm begann.

Ohne seinen Nachnamen zu nennen bzw. auf seine bisherige von der Kunstwelt gelobte Ausstellungen und seinen Karriereweg näher einzugehen, berichtete er von einer Art Schaffenskrise und Flucht, um die Leere zu füllen und die Sinnlosigkeit zu besiegen. Seine Kreativität verschüttet, nur wollte er nicht graben – sondern mehr oder weniger ziellos reisen und nicht gereist werden. Bangkok, Bombay – alles nichts Wahres. Goa hingegen schon eher – sonderbar nur, dass ausgerechnet ein katholischer Priester ihn letztlich in diese Hindu-Hochburg getrieben hatte. Mal schauen, was noch kommt. Der Zufall oder die Fügung haben bisher ganz gut gearbeitet, sollen sie ihn ruhig weiterleiten. Offen und unabhängig wollte er pilgern.

Am ausführlichsten erzählte Sarah: Ehemals auf einem Notarztwagen in Köln unterwegs. Später Ärztin ohne Grenzen, ihre schockierenden Kriegserlebnisse, der Wunsch nach Ruhe und innerer Einkehr. Die Suche nach dem wahren Indien. Über New Delphi nach dem Traumziel ihrer Jugend Rishikesh. Schön am noch jungen Ganges und am Fuße des Himalayas liegend. Doch das erhoffte Traumziel war es noch nicht. Weiter nach Pushkar, heiliger See, Pilger und auf Kamelen in die Wüste Rajasthans. Auch dies war unbeschreiblich, auch dies war Indien, nur nicht jenes, welches sie zu finden immer noch hoffte. Von dort nach Dharamsala, wo in Nordindien eine Art tibetische Kirmes mit Nähe zum Dalai Lama und gleichzeitigen Ramschverkauf stattfand, die Lessons mit dem Dalai Lama sehr beeindruckend – leider auf Tibetisch. Und zu viele Touristen wie sie, daher auch Ramsch und Kommerz. Von Buddha keine Spur und letztlich einer Ahnung folgend, die nächste Station Varanasi, wobei sie insbesondere heute…

Hier unterbrach Roman, entschuldigte sich sofort und fragte sehr gezielt nach dem Dalai Lama, den Touristenmengen, den religiösen und politischen Wandmalereien oder möglichen Meditationskursen – Sarah antwortete so gut sie vermochte, woraufhin Roman dabei nun endgültig seinen Wunsch nach Dharamsala zu reisen begrub und nur meinte, dass der Buddha seit zweieinhalbtausend Jahren nicht mehr auf Erden weile und es dennoch zum einen möglich sei, authentisch den Spuren des Buddhas zu folgen, anderseits würde gar nicht so weit entfernt von Varanasi jenseits der Grenze ein gigantisches Buddha-Disneyland existieren. Grell, überladen, Kitsch und doch auch ein wenig spiritueller als vieles andere in Indien, weil eben der Mensch Buddha, der ehemalige Prinz und spätere Mönch dort gewesen war.

Dieses imaginäre Bild gefiel dem Maler und Hermann besorgte eine weitere Runde Kingfisher Bier, während Layla schweigend fleißig kleine Joints rollte, wie beiläufig leicht beschwipst dabei anmerkte, dass Roman sie alle ja als so eine Art Reiseführer auf die Spuren Buddhas, sogar zum Disney-Buddha-Park und wenn sie ganz lieb seien, zum unbekannten Ziel seiner Reise, führen könnte. Sie würde gerne in Begleitung mit den anderen und ihm noch etwas rumreisen. Letztlich hätten sie alle nur einen unbestimmten Wunsch, eine nicht in Worte zu fassende Sehnsucht in sich. Nur halt noch kein genau bestimmtes Ziel, dafür Zeit, Lust und Vertrauen. Zumal man sich hier an diesem besonderen Ort getroffen hatte, sollte man tatsächlich nicht einfach ziellos weitersuchen, pflichtete Sarah bei. Sie sei persönlich schon sehr interessiert an den Wurzeln des Buddhismus. Alle nickten und klatschten spontan, Herm zauberte eine Flasche karibischen Rum aus dem Duty-Free auf den Tisch, ausgerechnet Romans Lieblingstrink. Im Hintergrund lief mittlerweile – Zufall oder auf Wunsch? -Reggae von Burning Spear.

„Vergesst alles, was ihr über Whiskey oder Gin zu wissen meint. Rum ist die wahre Religion unter den gebrannten Spirituosen. Überall – von den Antillen über die Kanaren bis nach Asien – wo es Zuckerrohr gibt, brennt man Rum, lasst uns anstoßen. Auf das Leben und die Liebe, das Spirituelle in uns und den Gläsern, die Frauen und die Blauen!"

Lag es an der heutigen morgendlichen Tour, den Drinks und Joints, der Stimmung oder den Schwingungen untereinander? Vielleicht war es zunächst nicht mehr als eine pure Schnapsidee, aber in dieser Nacht wurde der Grundstein für alles weitere gelegt. Jeder trug sein Denken, seine Ideen mit bei, Sarah weinte fast vor Vorfreude und Roman moderierte eigentlich ungewollt, Einzelgänger wie er sich gerne selbst nannte, was auch nur zum Teil stimmte. Und bastelte gleichzeitig aus allen Ideen und Wünschen, gepaart mit seinem Wissen sowie den relativ leicht von Varanasi aus erreichbaren Zielen so etwas wie einen Plan, aus dem später die vorläufige erste Reiseroute werden sollte. Visa wären kein großes Problem.

Basti und Herm stellten lustige Fragen nach Zwang zur Erlösung, was es zu essen gibt, wie man sich fortbewegt, wo man wie übernachtet. Die Frauen interessierte mehr, ob man feste Schuhe, warmes für den Abend brauchte und ob es Wasser gab. Wasser? Ja, zum Trinken, Duschen, Wäsche waschen. Trinken – nie aus der Leitung – was für beinahe ganz Asien gilt, bleibt auch Regel Nr. eins in Nepal. Jeder sollte mindestens zwei bis drei Liter pro Tag trinken, aus verschlossenen Plastikflaschen. Duschen gibt es tatsächlich bereits fast überall, also in den Hotels und Gasthäusern. Die Wäsche kann man dort auch waschen lassen oder wirklich an jedem Kiosk gibt es kleine Tuben wie bei uns Uhu mit Waschpulver. Willkommen im 21. Jahrhundert. Laut lachend, summend und angeregt miteinander redend, verließen sie sehr spät den Club, je näher sie der Unterkunft kamen, um so stiller wurden alle. Bei der Verabschiedung wirkten, mit Ausnahme Romans, alle leicht verunsichert, ob aus der Idee auch etwas werden würde, bis Layla Roman direkt ansprach:

„Unsere gemeinsame Weiterreise ist doch nicht nur leeres Gewäsch – oder? Du fühlst dich nicht überrumpelt, nickst und denkst nein, ich will bloß meine Ruhe haben vor diesem unerfahrenen Haufen? Wir reden morgen weiter – und gehen alles ruhig, aber bestimmt an! Sagt mal was, Gedanken zur Nacht!"

Roman drückte sie sachte, dann die anderen, murmelte immer wieder „Na klar, gehen wir's an." – die anderen lächelten dabei nur zustimmend und Basti zeigte in den Himmel auf den abnehmenden Vollmond: „Am Ende bleibt nur der halbe Mond. Und selbst wenn er nicht mehr zu sehen ist, bei Neumond ist er doch da. So wie wir!"

Kapitel 2   Hinein ins Buddha-Disney-Land

Sarah und Basti saßen als erste im Frühstücksraum, kurz danach kamen
Roman, dann Layla, zuletzt Herm. Zunächst grinsten sie alle wieder
etwas verlegen, aber schnell war klar, dass es allen ernst war mit der
gemeinsamen Tour. Roman nannte Orte, weitere Namen, Zeitabläufe,
etwaige Kosten und bot sich an, zusammen mit Sarah die organisa-
torischen Vorbereitungen zu treffen. Alle waren leicht angeschlagen,
stimmten gerne zu und man vertagte sich auf den Nachmittag im kleinen Park des Durga Tempels, um für übermorgen Nägel mit Köpfen zu
machen.

Eine Herde äußerst aggressiver Affen sorgte mit dafür, dass zunächst
Sarah und Roman ungestört erste Vorbereitungen treffen konnten, ehe
die anderen dazu kamen. Die Affen griffen filmende Touristen regelrecht an, rissen Brillen von Nasen, klauten Essbares aus Taschen und
Händen, sprangen Menschen unverhofft in den Rücken oder fletschten
einfach nur die Zähne. So dass der Park nach und nach menschenleer
wurde, eine Seltenheit in Indien, die beiden im tiefen Schatten hockenden Gestalten ignorierte die Affenbande.

Sie hatten einigermaßen genaue Landkarten von Nordindien und Südnepal besorgt, dazu ergänzend für Roman noch Trekkingkarten des
Dhaulagiri/Anapurna-Arenal. Während Sarah sehr gewissenhaft die
Visumbedingungen checkte, zeichnete Roman diverse Routen und
Alternativen auf. Nur weil Sarah gezielt nachfragte, berichtete Roman
äußerst knapp von seiner geplanten weiteren Tour, was Sarah nur noch
stärker animierte, weiter nachzubohren. Zum Glück kamen die drei
anderen und lauschten gespannt den Vorschlägen. Zunächst ging es
darum, wer der historische spätere Buddha wirklich war, wo er als Fürs-
tensohn geboren, später als Pilger erleuchtet und gepredigt hatte, wo er
letztlich starb – also ins Nirwana einging.

Alle redeten durcheinander, witzelten und schienen aufgeregt wie eine
Schulklasse kurz vor der Abschlussfahrt. Sarah moderierte, eröffne-
te dabei immer neue Wege, weitere Routen, neue Reihenfolgen. Wie
schnell sie alles aufgezogen und begriffen hat, dachte Roman. Ich muss
steuernd eingreifen, sonst verliere ich mich selbst und meinen Weg aus
den Augen, so sehr er die zwei Frauen und Männer auch mochte. Die

Zeitbombe in seinem Hirn tickte.

„Hört mal ganz kurz zu. Gestern sagte ich, dass es eine Freude für mich wäre, euch den Einstieg zu den Spuren Buddhas, aber auch zum Nachbarland Nepal zu zeigen. Mit Sarah haben wir verschiedene Pläne angedacht. Glaubt mir, jetzt beim Zuhören kristallisierte sich für mich letztlich ein einziger, einfach zu realisierender Plan heraus. Auch, aber darüber möchte ich bitte wirklich nicht weiterreden, habe ich noch etwas sehr, sehr Wichtiges in Nepal zu erledigen. In reiner Kurzform: Ich schlage vor, wir starten mit Lumbini in Nepal – hier ist sowohl der Geburtsort Buddhas als auch das von mir so genannte spirituelle Disneyland. Danach muss ich weiter nach Norden. Ihr werdet dort genug Tipps und Anregungen für die nächsten Wochen bekommen. Vielleicht will der ein oder andere ja auch weiter mit zum Pokhara Lake, zum Relaxen in göttlicher Natur im Himalaya – nach so viel Religiosität und Kirmes. Dies wäre nämlich meine Richtung. Auf Buddhas Spuren zurückkommend, schlage ich für euch alle vor, nach dem Geburtsort, den vermutlich heiligsten Ort des Buddhismus, nämlich den der Erleuchtung Buddhas in Bodhgaya aufzusuchen und letztlich zum Sterbeplatz und dem Verlassen der irdischen Welt ausgesuchten Städtchen Kushinagar weiter zu reisen. Depends on you, alles nur Vorschläge. Hat jemand zufällig aber noch eine Dose Bier dabei – oder wenigstens einen von eueren kleinen Stickies?"

Die folgende Abstimmung, ohne längere Diskussion, ergab vier Mal Zustimmung für Romans Vorschlag. Also nach Lumbini, dort in den Buddha-Park, alles andere sollte sich zwangsfrei ergeben!

Per Zufall gab es genau noch fünf Plätze im vollgepackten Minibus zur indisch-nepalesischen Grenze, neben ihnen ein irisches Pärchen, ein Ungar, ein Koreaner. Nach der Grenze sollte man einfach den Government-Bus nehmen. Herm gibt auf Drängen Laylas zu, dass er doch noch ein größeres Stückchen Dope in Varanasi gekauft hatte, man könne ja nie wissen, wo man strandet. Roman warnt vor der möglichen Grenzkontrolle, also rauchen sie während der Fahrt, was das Zeug hält. Die kurzen Teepausen werden verlängert, ein Platten bejubelt, weil man am Fluss sitzen kann und der Stau im Grenzort Sonauli bringt alle langsam wieder runter. Natürlich ist noch ein walnussgroßes Stück Haschisch übrig, zu schade, um es wegzuwerfen, wie alle befinden. Die Männer drücken daraufhin schmale Streifen des weichen Haschisch in die Rillen der Sohlen ihrer Wanderschuhe. Bei Entdeckung könnte man versuchen zu erklären, man sei zufällig hineingetreten. Na ja. Oder dem Zöllner ein Geschenk machen.

23 Uhr mittlerweile, vermutlich zu spät. Die Ausreise aus Indien erwies sich jedoch als total problemlos. Alle tauschen ihre übrig gebliebenen indischen Rupien in US-Dollar. Der Zollbeamte am nepalesischen Schlagbaum schlief bereits. Ungehalten mokiert er die fehlenden Fotos bei Bastian und Herm. Lustlos meinte er nur, sie sollten einreisen, ins 200 Meter weiter liegende Hotel Paradiso einchecken, dort könnten sie auch Fotos machen lassen und morgen früh bei seinem Kollegen die Pässe abstempeln. Ach, und vielleicht von jedem einen Dollar für seine Hilfe. Das Hotel erwies sich eher als schlichteste Jugendherberge, aber okay, sie bekamen zusammen ein Sechsbettzimmer und die Dusche funktionierte sogar.

Bei Sonnenaufgang zurück zum Schlagbaum, Roman gab dem neuen Zöllner sofort fünf Dollar, dieser stempelte zügig die Visa in den Pässen, zeigte freundlichen auf einen sich nähernden Bus, den sie bis Bhairawa nehmen sollten und dann seien es nur noch 20 Km bis nach Lumbini. Taxi is cheap in Nepal – for you mister.

Die Lumbini Village Lodge erwies sich als absolut perfekt. Chillig, sauber, klein, zuvorkommendes Personal, Fahrradverleih und nur zwei Kilometer bis zum Park. Den Nachmittag verbringen sie im Garten und lasen sich gegenseitig vor, was sie über Buddha, seinen Weg bzw. Philosophie sowie den Park erfahren konnten. Roman kannte so ziemlich alle aufgeführten Details, rechnete im Stillen seinen Weg bis zum Ziel in Tage und Kilometer um, achtete auf die fremde Stimme in seinem Kopf und tat als höre er zu.

„Vermutlich 580 vor Christus als Prinzensohn Siddhartha Gautama geboren, entsprechend seiner adligen Herkunft führte er ein total beschütztes, abgeschirmtes, sorgenfreies luxuriöses Leben, bis er bei Umkippen seiner Sänfte in einem Dorf das menschliche Leid in Form einer Kranken, eines Greises und eines Verstorbenen mit eigenen Augen erblickte."
„Heimlich verließ er als 29-jähriger kurz darauf seine Familie, Frau und

Kind, führte sieben Jahre lang ein Leben unter strengster Askese, die ihm seinem Ziel der Erkenntnis nicht näherbrachte, sondern eher an den Rand des physischen Zusammenbruchs führte."

„Also wählte er zwischen der Askese und dem Leben im Überfluss, den mittleren Weg, den der meditativen Versenkung als Weg von den Begierden der materiellen Welt zur Loslösung von allem. Jahre vergingen mit Übungen der Versenkung, bis er an den vorbestimmten Ort seiner irdischen Zeit kam. Nach sieben Tagen ununterbrochener Mediation erlangte er unter einem Bo-Baum die Erleuchtung, die durch befolgen der vier edlen Wahrheiten, die da sind: Alles Leben ist Leiden. Das Leiden wird durch Begierden geweckt. Leiden kann durch Auslöschung der Begierden vernichtet werden. Sowohl Leid und Begierden müssen durch die Praktizierung des achtfachen Pfades überwunden werden – was letztlich nach einer Vielzahl von Wiedergeburten zum Nirvana führt."

„Die acht Prinzipien wären rechte Anschauung, rechte Gesinnung, Reden, Tun, Lebensführung, Streben, Überdenken, Versenken. Folgt man dem Pfad konsequent, wird man jeweils im nächsten Leben auf einer höheren Daseinsstufe wiedergeboren."

„Zum Ende durchbricht man schließlich aufgrund der strengen Beherrschung der Prinzipien, der Meditationen, der Yoga-Übungen und der möglichst daraus resultierenden Erleuchtung den Kreis der Wiedergeburten, tritt in das Nirvana ein und wird ebenfalls vorher noch auf Erden zum Buddha."

Sarah meinte, nun verstehe sie endlich Herman Hesses Bücher und Weltsicht besser, Layla empfand den Weg als klar und logisch, doch als Westler im Alltag kaum zu realisieren, von Hesse hatte sie noch nichts gelesen. Herm hingegen stieß sich sarkastisch mehr an dem zu viel „rechten" als flache Anspielung auf rechte Parteien, nur Bastian murmelte spätestens als er etwas von diesem deutschen Kult-Schriftsteller mit halben Ohr hörte, eine junge Erinnerung, die tief in ihm schlummerte: Om mani padme hum. Bum Bum.

„Der Lumbini-Friedenspark in Südnepal wurde 1997 von der Unesco als Weltkulturerbe eingestuft."

„Der World Peace Park liegt auf einem mehrere Quadratkilometer großen Gelände mit Teichen, einem künstlichen Kanal, riesigen Baumgruppen, Wiesen und den knapp über siebzig Tempeln aus buddhistischen und anderen Ländern, die dort einen Tempel nach eigenen Gutdünken errichteten."

„Es ist beinahe eine Weltreise: ein wenig mit dem Rad – und du bist von Myanmar nach Sri Lanka gereist, etwas weiter liegt bereits der japanische Tempel, es gibt sogar einen deutschen: Falls die Gläubigen in einem Land genug Spenden aufbringen können, darf zu Ehren Buddhas im Park nach eigener Gestaltung und Kreativität ein Tempel oder Kloster der jeweiligen Nation zu Ehren des Buddhas errichtet werden."

Am nächsten Morgen radeln sie los, zunächst gemächlich bis zur Eingangspforte, kaufen die benötigten Tickets, erfahren dort, dass die 250 Rupien Eintritt komplett in den Lumbini Development Trust für den Erhalt, Ausbau und die Pflege des Parks gehen und sie sich alle Anlagen frei und uneingeschränkt anschauen können. Die Damen kaufen ein blaues und ein gelbes T-Shirt mit der Aufschrift: Lumbini A Symbol of Unity in Diversity und Lumbini The Fountain of World Peace. Und schon beginnt die spirituelle Welttournee auf Buddhas Spuren. Begeisternd registrieren sie die ersten bunten Tempel, die goldene Stupa der burmesischen Residenz, strampeln weiter, um einen ersten Überblick zu erhalten. Etliches erinnert an bereits Gesehenes auf ihrer Reise, gemeinsam macht das Erkunden jedoch weit mehr Freude. Zwischen den Klöstern und Tempelanlagen liegen große Wiesen, Teiche, Waldflächen, immer wieder Bachläufe und mit reichlich Abstand die jeweiligen großflächigen geistigen Zentren. Besichtigt werden die Tempel von Sri Lanka, Korea und Frankreich. Zwischendurch picknicken sie im Schatten eines riesigen Baumes an uralten Mauern, wo vor einem Jahrtausend bereits ein Tempel stand.

Am späten Nachmittag dann zum eigentlichen, weil heiligen Zentrum des Parks. Der sogenannte Heilige Garten gibt den wahren Geburtsort Buddhas wieder, keine bestimmte Stelle, sondern der gesamte Garten wird verehrt. Betende Mönche und Nonnen, ein Teich voller Schildkröten, steinerne uralte Tempelmauern. Mit Fähnchen und bunten Bänden geschmückte Bo-Bäume, weil der Legende nach einst der spätere Buddha unter einem Vorgänger-Bo-Baum erleuchtet wurde. Die tiefstehende Sonne, die roten und gelben Gewänder der Nonnen und Mönche, der liebliche Duft der Blumenkranz-Spenden und der Räucherstäbchen verbreiten eine spürbare, anrührende Stimmung. Selbst der ansonsten stets eher skeptische Herm zeigt sich beeindruckt. Schweigend, ein jeder seinen Gedanken nachhängend, radeln sie im verwaschenen Abendrot heim. Vogelschwärme suchen nach Schlafbäumen.

Im Gosainkundhar Restaurant ließen sie den Tag Revue passieren, obwohl bis auf Roman alle den Park ähnlich positiv empfunden haben. Fast vergasen sie zu essen und freuten sich wie Kindergartenkinder vor ein Kasperle-Aufführungsich auf morgen.

„Ich hatte es greller, schlimmer erwartet," meinte Sarah. „Mehr Kommerz und Touri-Scharen. Die betenden Mönche, die Schlichtheit der vielen Tempel verbreiteten für mich eine irgendwie greifbare, vielleicht sogar leicht spirituelle Stimmung."
Basti pflichtete ihr bei: „Wenn man bedenkt, dass hier tatsächlich einst der junge Gotama gelebt und gewandelt ist, dass hier diese Religion oder Philosophie oder was auch immer ihren Ursprung und Weg in die Welt genommen hat, beeindruckend und heftig!"
„Im Ernst: Auch die Idee hier einen kosmopolitischen Religionspark zu errichten, ohne Dogmatismus, Zwang oder moralingesäuerten Regeln ist phantastisch. Letztlich bleibt doch jedem freigestellt, ob er später tatsächlich erleuchtet oder wie er wiedergeboren werden will. Es liegt an dem Menschen selbst." trug Herm nun bei.

Layla kämpfte mit den Tränen: „So schön. Die Weite, die bunten Tempel und erst recht der heilige Garten – also ich habe irgendwie tief in mir gespürt, dass dieser Ort etwas ganz Besonders ist."
„Leute, haut rein. Das ist ein phantastisches Curry, morgen radeln wir fast die doppelte Strecke und dann zeige ich euch, was ich mit Disneyland meinte. Schön, wenn wir alle meinen, dass das Leben trotz all des Unsinns um uns herum, der Kriege, des Hungers, der Katastrophen vielleicht doch einen tieferen, uns verborgenen Sinn haben könnte, heaven knows" entgegnete Roman nur.

Sofort nach dem Frühstück ging es erneut in den Park. Zunächst der vietnamesische Tempel mit den vielen Lotusblüten in den Gräben, danach zur japanischen Anlage. Kraniche als Symbole der ewigen Treue werden freilaufend gehalten, wenn auch mit gestutztem Gefieder. In der chinesischen Anlage zum ersten Mal sehr viele Touristen, Stände mit kitschigen Souvenirs, diverse Foodstände, Profifotografen und -reiseführer. Gewusel und Geschreie.

In der deutschen Anlage wurde noch hingegen kräftig gepinselt und zum Teil gepflastert. Diesen Bau kannte Roman auch noch nicht. Überall Gerüste und malende Arbeiter. Geruch nach Farben, dezenter Baulärm, aber Ziel verfehlt, irgendetwas fehlte. Im Vergleich zu der Schlichtheit des einfarbigen Tempels von Myanmar mit dem goldenen Stupa, war es hier eindeutig zu falsch bunt, zu unentschieden, letztlich doch zu Deutsch und fehlplatziert – fanden einstimmig alle.

„Die Deutschen können halt besser Kirchen bauen."
„Wenn ihr den deutschen Tempel schon seltsam findet, wartet bis ihr den US-amerikanischen seht, wir müssen einmal quer durch den Park – dann versteht ihr mich vielleicht noch ein bisschen besser."

In der Tat hatte niemand in diesem Park der Stille und der Meditation so etwas erwartet. Betende Mönche, religiöse Musik – aber das hier sprengte den Rahmen. Laut und schrill schon die Farben, genauso die die Menge devot begrüßenden Tempeldiener. Reichlich überladen, uneinheitlich und eben total amerikanisch, waren die zärtlichsten Umschreibungen. Herm lobte zwar ausdrücklich den beinahe psychedelischen Stil, das Pop-Art-hafte, aber auch ihm war es zu viel Pomp. Die Bescheidenheit, Demut der anderen Tempel fehlte, Basti fühlte sich an Cover von Bands wie Gradful Dead, Yes, Santana erinnert, die ihm vor scheinbar tausend Jahre eine große Liebe mal in Belgien gezeigt hatte. Nichts fühlen konnte Layla hier, es war wie eine Werbeveranstaltung einer Sekte auf Mescalin – alle lachten über ihren Vergleich, staunten gleichzeitig, dass sie diesen Begriff kannte und schimpften über die zahlreichen stinkigen Reisebusse, die wie aus dem Nichts mit Touristen aus Thailand, Japan, China oder woher auch immer auf den gestern noch einsamen Wegen durch den Park düsten, die Radfahrer ins Wanken brachten und dunkle Dieselwolken in die Luft bliesen. An verschiedenen Stellen wurden nun zusätzliche Stände aufgebaut mit Andenken, Postkarten, Blumen oder Nahrungsmitteln zum Spenden, Bildbänden, magischen Medaillons. Zelte mit Drinks und Food, sogar fahrbare Toilettenkabinen. Der Parkwärter an der Pforte freute sich dennoch über den Trubel und verabschiedete sie sich verbeugend: „Saison beginns again and it s weekend. See you soon again, friends."

Später in der Lodge waren sie etwas ratlos, was sie insgesamt vom Park halten sollten, fanden aber insgesamt die Idee und Umsetzung eher gelungen, besonders hatte es ihnen der heilige Garten, zum Glück noch ohne die vielen Besucher, nur mit den versunken betenden Mönchen, angetan. Disneyland sei zwar etwas übertrieben – aber mit der Lehre, dem mittleren Weg zu folgen, hatte dies nur noch bedingt zu tun. Sarah wünschte eine Mischung aus Einsamkeit, Demut und Gottesnähe, Layla entwaffnend naiv und ehrlich einen „echten Tempel, wo man den Buddha spürt" und Basti erinnerte sie daran, dass am Kandy Lake auf Sri Lanka immerhin eine Zahn-Reliquie Buddhas verehrt wurde. Ein Stück Buddha zum Anbeten?

„Sorry – dass ich euch unbewusst schon beeinflusst hatte. Aber dies ist ja nur der erste Step – für euch. Besucht doch auch noch die anderen Orte auf den Spuren des Buddhas. Wird euch gefallen. Ich persönlich habe für mich mehrmals erfahren, dass Gott oder wie auch immer ihr diese höhere Kraft nennen wollt, nicht in den goldprotzenden Kirchen, Tempeln oder Synagogen wohnt. Gott erfahren kann man nur ganz woanders."

Als Roman die fragenden Augen auf sich gerichtet sah, führte er fort: „Nun ja – setzen wir einmal voraus, es gibt ein höheres Wesen, eine Kraft, Energie oder kosmischen Sinn. Die einen behaupten, dass Gott tief verborgen in einem selbst lebt. Durch bestimmte Pilze, Kakteen, Kräuter kann mit ihm kommuniziert werden, ganz ohne die übliche Vermittlung von Schamanen oder Priestern. Unsere Layla hat schon Mescalin erwähnt, daneben gibt es Peyotl, LSD, Ayuhasca usw."

Herm bewegte als einziger zustimmend sofort leicht den Kopf. Erinnerungen, die er sogleich wieder ablegte, kamen in ihm hoch. „Wieder andere sehen Gott in der Natur wohnend. In den großen Bäumen, in Wüsten, auf Bergen, in den Meeren. Wenn ich nur für mich sprechen soll, so hatte ich spirituelle Erlebnisse mit diversen psychedelischen Drogen – aber auch in der Natur, insbesondere im Himalaya, wo die hohen Gipfel nicht nur bei den einheimischen Stämmen als Wohnstätten der Götter gelten. Und mein weiterer Weg wird hoffentlich bald erneut in diese Richtung führen."

Jetzt überschlugen sich die Stimmen, Fragen über Fragen. Übereinstimmend suchten sie ein Open Air-Restaurant nahe der Lodge auf. Die eine wollte etwas über den nepalesischen Himalaya wissen, ob es dort oben auch Klöster oder Tempel gab, der andere etwas über bewusstseinserweiternde Drogen. Ob es denn möglich wäre diese hier halbwegs legal zu erwerben und zu zelebrieren.

„Basti!! Wirklich zelebrieren?" Herm konnte vor Spaß kaum reden. „Du meinst werfen, schlucken – was auch immer. Also ich hätte schon große Lust mit Gott oder Göttin mal ein paar ernste Worte zu wechseln, ganz zwangsfrei und draußen in der noch wilden Natur."
„Also ich als Ärztin muss natürlich etwas warnen, aber interessieren würde mich die Wirkung schon. Im Gegensatz zu Layla habe ich ja diesbezüglich keine Erfahrungen, Kiffen zählt ja nicht – außerdem hätten wir ja einen erfahrenen ausgeglichenen Reiseleiter dabei."

Einerseits fühlte sich Roman etwas überrumpelt, anderseits auch geehrt und er hatte ja selbst den Stein ins Rollen gebracht. Da ließe sich bestimmt etwas machen. Und wenn er seine Restlaufzeit aufs Spiel setzte? Diese Menschen wären es ihm wert.

Als er nickte, brachen alle Dämme. Layla jubelte, Herm holte Bier, Basti drehte Kippen für alle und Sarah musste versprechen, mit ihren weiteren Fragen zu Romans Pilgerreise wie sie sie nannte, auf ein unbekanntes „später" zu warten. 30 Minuten später glaubte man sich nicht in einer nepalesischen Ebene nahe eines religiösen Parks zu befinden, sondern in einer Kneipe in Köln oder Amsterdam.

„Eins nur noch! Nicht dass wir uns falsch verstehen! Wir reden hier nicht über eine Partydroge. Dieser Trip kann euer weiteres Leben beeinflussen. Ihr werdet in Gebiete in euch selbst reisen, von denen viele nicht mal wissen, dass sie existieren. Im Grunde kann zwar nichts passieren, aber ihr solltet vorbereitet sein auf Geister, Götter und Dämonen. Zum Glück haben wir Zeit, ihr seid alle Erwachsene, eine Ärztin ist auch dabei – und ich kenn da ein stilles Plätzchen, etwas abgelegen an einem kleinen See. Für zwei Tage könnte dies unser neuer Mittelpunkt der Welt werden. Ein alter Freund vor Ort wartet viel zu lange schon auf ein Lebenszeichen. So Gott denn will. Salute."

Sie blieben noch einen weiteren Tag chillend in der Lodge, Roman musste dort seit langem mal wieder telefonieren, nur nicht in die Heimat, sondern über das Festnetz des Hotels ins lokale Netz. Es war ihm wichtig, einen zuverlässigen einheimischen Begleiter zu finden, der ein Zelt und weitere Ausrüstung besorgen und u.a. auch kochen konnte. Zudem hatte sich zwischen dem Deutschen und dem besagten Nepalesen im Laufe der vielen Jahre eine tiefe, innige Freundschaft entwickelt. Dazu hatte dieser Mann auf früheren Fahrten auch Kontakte gehabt zu einem vertrauenswürdigen Lieferanten, der diese Psilocybin-haltigen Pilze hergestellt. Diese gab es hier in der südlichen Ebene zwar gelegentlich auf Kuhfladen, aber sicherer sei es, diese über zwar illegale, aber seriöse Quellen direkt in Chitwan zu besorgen.

Bishwa fiel vor Freude fast um, als er Romans Stimme am Telefon hörte. So lange hatten sie nichts voneinander gehört. Sieht man von der obligatorischen Geburtstagskarte ab. Aber das seinerzeit erlebte schweißte zusammen und konnte ihnen niemals wieder genommen werden. Er lebte immer noch bzw. immer wieder in der Nähe von Chitwan. „Roman! Mein Freund! So viel gibt es zu erzählen. Deine Stimme holt mich aus einem tiefen Loch. Demnächst berichte ich -vielleicht. Und ob ich Lust und Zeit habe, dich oder euch einige Wochen zu begleiten? Spinnst du? Auf jeden Fall. Mann- ich freu mich so. Mein Herz geht über. " Roman atmete schwer durch, ehe er antwortete, dass er so froh sei, ihn bald schon wieder zu sehen und mehr über das tiefe Loch zu erfahren. .

Kapitel 3   Götter, Geister und Dämonen

Chitwan lag zwar per Bus nicht direkt auf dem Weg nach Pokhara, aber der Umweg – neben dem Abholen des befreundeten Guides und der Ausrüstung, lohnte sich aus zweierlei Gründen. Die Straßen waren etwas besser und in Chitwan zwei Tage zu bleiben bedeutete, Besuch des weltberühmten Nationalparks. Bishwa hatte für sie einen mittelgroßen Bungalow am Flussufer reserviert. Hier im Flachland immer nah an Indien herrschten spürbar deutlich höhere, feuchtere Temperaturen als sie in wenigen Tagen nordwestlich am Pokhara Lake erwarten würden. eher schwül drückend, eben indisch-tropisch weniger himalayahaft, wie man sich halt wettermäßig Nepal so vorstellte. Dennoch gefiel allen das kleine bunte Örtchen am Rande des Nationalparks, die unaufgeregte ruhige Betriebsamkeit und vor allem die vielen Arbeitselefanten, die zu täglichen Ausritten in den Nationalpark angeboten wurden.

Während Roman und sein alter Freund sich um die nötige Menge der richtigen Pilze für fünf Leute, ein Transportmittel und die nötigen Nahrungsmittel und weitere Ausrüstung kümmerten, beschlossen die übrigen vier, den auf der anderen Flussseite liegenden Nationalpark zu besuchen. Bishwa würde sie begleiten, bewachen und erwies sich schon jetzt als Hauptgewinn in der nepalesischen Lotterie.

Morgens ging es in einer Art Einbaukanu zu zwölft hintereinander sitzend zunächst über den Fluss, die Handvoll japanischer Touristen störte kaum. Waren es zunächst nur die unzähligen bunten Vögel die begeisterten, die großen Affen in den Uferbäumen, die schlafenden fliegenden Hunde, sahen sie später auf den Sandbänken und an den sandigen Ufern zwei Arten von Krokodilen. Es gab spitzmäulige Garivale – sogenannte Fisheater – und die anderen, größeren Viecher, Meneater genannt. An der Mündung eines Baches in den Fluss beobachteten sie wie ein Raubtier, der Bootsführer meinte ein Leopard, durch den Fluss zurück in den sicheren Park schwamm. Am späten Nachmittag dann per Elefanten, sie saßen jeweils zu zweit hinter dem Mahout. Durch eine knapp einen Meter hohe Furt ging es nun tief hinein in den Nationalpark, in das mannshohe Grasland. Hierhin musste man auf einen Elefanten reiten wegen der möglichen Gefahren aufgrund verschiedener Wildtiere. Die vier betrachteten dies als Folklore und genossen das sanfte Schaukeln und die Ausblicke. In der ersten Stunde sahen sie nur Hirsche, einige Geier und wilde Pfauen. Doch dann auf einer Lichtung ein Nashorn, ruhig grasend und die Elefanten beäugend. Ein Schneereiher flog hoch, dann entdeckten sie im Schatten des Muttertieres das knapp einen Meter hohe Kalb. Schwanzwedel und äsend, nichts ahnend von den Gefahren durch die Gewehre der Wilderer. Der Elefantenführer flüsterte, wie gefährlich die Nashorn-Mütter werden können, wenn sie ihr Junges dabeihaben. Selbst erfahrene Elefanten mit Besuchern seien hier schon angegriffen worden. Schweigend genossen sie die seltenen Einblicke in das Wesen des Parkes und seiner Bewohner.

Nach dem Rückweg berichtete der Mahout von den wenigen Erfolgen der Ranger, den immer besser ausgerüsteten Wilddieben und den wahnsinnigen Preisen, die hinter der Grenze u.a. in China für Eingeweide, Horn und Füße gezahlt wurden. Später dann nach dem Abendessen hockten sie zu sechst am Flussufer, starrten in die Sterne, schwiegen, verdauten das Erlebte, freuten sich auf das, was kommen würde, als Ilayda in die Stille hinein bemerkte:

„So richtig kann ich es immer noch nicht begreifen. Wir sehen dort oben Sterne, deren Licht vor Jahren oder Jahrhunderten ausgesandt wurde und je nach Entfernung uns irgendwann erreicht. Seltsam." „Im Grunde schaust du in die Vergangenheit" meinte Herm „Und möglicherweise kann man auch in die Zukunft schauen, wenn es…" Sebastian unterbrach, steuerte etwas Restwissen über Quanten, schwarze Löcher und die Krümmung der Zeit ein. Die anderen mischten sich nun ebenfalls ein, Bishwa ergänzte mit seltsamen spirituellen Metaphern, die man selbst bei perfekten Englisch-Kenntnissen nicht sofort verstehen, geschweige dann ihnen folgen konnte. Noch kannten sie ihn zu wenig, in wenigen Tagen würden sie nachhaken und ihre Lücken schließen, was zu diesem Zeitpunkt noch niemand ahnen konnte. Man diskutierte, philosophierte, bis Roman meinte: „Na ja. Wir wissen, dass wir nichts wissen. Maximal ahnen." Der Rest bestand aus glücklichem Schweigen.

Okay – der sogenannte Lokalbus hatte seine besten Tage hinter sich, vermutlich vor vierzig Jahren in London. Die Sitze durch, einige Scheiben gesprungen, Risse im Boden notdürftig mit Holzlatten repariert – und doch hatte niemand vorher so eine atemberaubende Fahrt erlebt. Angeblich sollte dieser als Autobahn titulierte East-West-Highway die beste Straße im gesamten Königreich sein. Für die knapp 200 km benötigten sie dennoch knapp acht Stunden. Immer wieder Stopps, wenn Menschen am Straßenrand mitsamt dem Gepäck mitgenommen wurden oder der Fahrer an einem Tempel eine Schale Reis mit Linsen opferte. Dazu etliche Teepausen oder das Verlassen der eigentlichen Straße, um im Schritttempo einen frischen Erdrutsch oder einen Felsbrocken zu umkurven.

Die Langsamkeit der Busfahrt beglückte die Mitreisenden mit phantastischen Ausblicken hinunter auf reißende Flüsse, mega lange schwankende Hängebrücken, winzige Bergdörfer, die wie wilde Bienenwaben an den Felshängen klebten. Ab und an ein Tempel am Straßenrand, dazu Arbeitselefanten, Händler an einfachen Ständen, Kinder, die Wasserbüffel hüteten. Dabei veränderte sich die Landschaft stetig vom subtropischen der Ebene zum Hochgebirge. In weiter Ferne, aber deutlich erkennbar, die ersten gigantischen Gipfel des Himalayas. Die Throne der Götter.

Der neue Busbahnhof von Pokhara lag etwas außerhalb der Stadt, doch nach der langen Fahrt wollten alle die späten letzten, warmen Sonnenstrahlen genießen und die knapp zwei Kilometer am Seeufer zur Unterkunft laufen. Bishwa hatte Zimmer in der Fishtail-Lodge und dazu noch einen alten Land Rover Defender reserviert. Die Stadt erwies sich als größer als erwartet, bunt, sauber und einladend mit den vielen Cafés, Herbergen und Restaurants. Einzig Roman wirkte zunächst unzufrieden, denn wie er erzählte, war bei seinem letzten Besuch in Pokhara nur die eine Seite der Straße, die am See lang durch den Ort führte, bebaut. Das ältere Pokhara liegt hügelwärts, mehrere hundert Meter vom See entfernt. Nun war auch die direkte Seeseite zugebaut mit Konditoreien, Bars, Imbissen, Lodgen oder Souvenirläden – und doch war stets, wenn ein bisschen Gewässer durch die Baulücken schimmerte, der alte Reiz spürbar. Der Fewa Lake mit der kleinen Tempelinsel lag in 800 Meter Höhe, der See war 10 Kilometer lang, an der schmalsten Stelle 4 Kilometer breit und nur bis zu 10 Meter tief. Pokhara-Lakeside wirkte wie eine bunte Flagge am See, ringsherum nach Osten, Süden und Westen alle Grüntöne der Welt, im Norden die Achttausender vom Anapurna – und dem Dhaulagiri-Massiv. Von der Terrasse ihrer Lodge aus blickten sie direkt auf den Fishtail Mountain, dem Machapuchare, dem Hausberg Pokharas, 6.993 Meter hoch. Die dahinter liegenden Bergriesen überragten den wegen seiner Form eben Fishtail genannten Berg nochmal um über 1.000 Meter. Eindrucksvoll und für aus der Ebene Kommenden bzw. daheim im Flachland Lebenden, demütig werdend.

Sie verbrachten nur den Abend in der Stadt mit einem üppigen Fisch-Dinner, bestehend aus karpfenähnlichem Bratfisch aus dem Fewa Lake, dazu Reis vom Seerand und den obligatorischen Linsen Curries. Früh am nächsten Morgen sollte es für drei Tage fort gehen, eher man dann wieder zu der Lodge, und dem teilweise dort gelassenen Gepäck, zurückkehren würde, damit fortan jeder seinen eigenen Ideen bzw. Wegen folgen konnte.

Bei Frühstückstee fanden sie ein kleines Andenken, wie er es nannte, von Herm, seine ersten Zeichnungen seit langen: Auf der Rückseite der Visitenkarte der Lodge hatte er mit schwarzen Filzstift jeweils einige langstielige Pilze gezeichnet, darunter stand : Spitzkegeliger Kahlkopf. Frieden, Glück und Liebe für unser Psilocybin-Abenteuer. Im Hintergrund leicht anskizziert die Gipfel der Bergkette.

Keine 20 Kilometer vom quirligen Pokhara, nicht zuletzt auch aufgrund der von allen Trekkern geschätzten Ausgangslage am Fuße der beiden Himalaya-Massive, liegen zwei weitere Seen. Nach dem Fewa Lake bei Pokahara sind der Begana und der Rupa Lake die größten Seen des weiträumigen Tales. Zwanzig Kilometer – und doch liegen Welten dazwischen. Dort die bunte, auf den Tourismus ausgerichtete Stadt, hier Weite, absolute Ruhe und an jedem der beiden Seen keine Handvoll Fischerfamilien, die ein äußerst karges Leben führen.

Am Rande des Rupa Sees organisierte Bishwa mit der Hilfe der am gegenüberliegenden Seeufer lebenden Fischerfamilie einen perfekten Ort für das geplante Setting. Zwei große Bäume spendeten Schatten, eine kleine Quelle mündete nach wenigen hundert Metern im See und außer Brennholz, Krähen und Nagern gab es nichts, was ihren Aufenthalt stören konnte. Zum Glück kümmerte sich Bishwa nach der Ankunft um den Zeltaufbau, dem Sichern der Nahrungsvorräte und der Anlage einer Feuerstelle. Die anderen erkundigten derweil die nähere Umgebung, badeten im kühlen See oder lagen relaxend im grünen Gras. Das Tal lag idyllisch von hohen Bergen umgeben abseits aller touristischen Routen, was wegen der landschaftlichen Schönheit eigentlich kaum zu glauben war. Doch der Durchschnittswanderer wollte in den wenigen Wochen Aufenthalt in Nepal halt Anapurna und/oder Dhaulagiri umrunden, pro Strecke circa 8 bis 12 Tage. Kaum jemand kam auf die Idee, einen der Riesen zu besteigen, dies blieb allein Profi-Bergsteigern vorbehalten. Das Umfeld lag eher brach.

Der Plan sah vor, heute Abend nur eine leichte Suppe zu essen, den morgigen Tag beinahe fastend – außer Wasser und einige Bananen war nichts geplant – und meditierend zu verbringen, übermorgen die Pilze zu essen und den darauffolgenden Tag langsam klar zu werden, etwas Nahrung und Tee aufzunehmen und dann zu entscheiden, ob man noch Fisch bei der Familie kaufen will und einen Tag dranhängt.

Am Vortag vor dem Pilztrip ergab es sich, dass zum einen jeder über seine reichlichen Erfahrungen bzw. kaum vorhandenen mit vor allem natürlichen Drogen erzählte, zum anderen entwickelte sich so eine fast natürliche Reihenfolge. Denn gemeinsam und gleichzeitig in das wilde unbekannte Land tief in einem einzutauchen, erschien nicht geboten. Schließlich sollte es keine Party werden, sondern eine Reise nach Innen. Die Frage stellte sich nur, ob die erfahrenden User wie Roman, den Sarah liebevoll Alt-Hippie titulierte, und Herm („Ich habe alles nur aus quasi künstlerischen Aspekten ausprobiert – meistens") vorgehen sollten, oder die kaum bis unerfahrenen. Die einen hatten mal mitgekifft, öfter Gras geraucht oder synthetische Drogen wie Crystal bzw. Pep probiert – und dann gab es halt zwei unter ihnen, die Pilze, Kakteen, Lianenextrakte oder ähnliches für ihre so titulierten Selbsterfahrungsausflüge mehr oder weniger reichlich vertilgt hatten.
Beide zitierten unabhängig voneinander Naturvölker, die sinngemäß behaupteten, der weiße Mann habe seine heiligen Bücher, die Institutionen dazu, die Kirchen und Tempel – und all die westliche Wissenschaft. Die Einheimischen hätten stattdessen eben Peyotl oder Pilze, um mit anderen höheren Wesen zu kommunizieren, andere Bereiche des Bewusstseins aufzusuchen, in fremde Welten zu tauchen oder einfacher, um mit Gott oder Göttin direkt zu sprechen. Alle lachten zwar, aber erkannten oder spürten zumindest den Hauch Wahrheit, der hinter diesen Worten zu liegen schien.

Letztlich verging der Tag am See, und dennoch auch inmitten der erhabenen Bergwelt, viel zu schnell und am nächsten Morgen war klar wie es weitergeht. Auf Bishwas Wunsch, der quasi als Begleiter und letzte Instanz nüchtern bleiben sollte, wuschen sich alle beinahe rituell im See, meditierten jeder für sich und dann schlug ihr nepalesische Begleiter leise ein Tambourin und Bastian bekam als erster und unerfahrenster eine Handvoll schrumpeliger Pilze. Er verzog das Gesicht, spülte die trockene Masse mit reichlich Wasser runter und bewahrte auf Anraten drei Pilze, um eventuell später nachzuladen. Zehn Minuten später schluckte Layla alle Pilze auf einmal, fünf Minuten später folgte Sarah und nach wenigen weiteren Minuten Roman und Herm. Auf Anraten der eher Erfahrenen verbrachten die Frauen die erste halbe Stunde im Bungalow. Es könnte etwas peinlich werden. Denn Darm und Magen würden sich evtl. ungewollt entleeren. Da wäre es gut, Toilette und Dusche in der Nähe zu haben.

Bei Basti schien nach nun mehr einer Stunde die Wirkung schnell einzusetzen. An einen Felsen gelehnt starrte er regungslos aufs Wasser. Layla und Sarah kamen etwas blass später dazu, tanzten still für sich im Schatten des Baumes und Herm zog sich auf eine nahe, kleine Anhöhe zurück, um alles zu überblicken. Aus Erfahrungen in Peru war ihm klar, was folgen würde. Deswegen schwamm er bevor er seinen kleinen Hügel erklomm in den Schilfgürtel. Und es kam aus ihm heraus, wie es nur heraus kommen konnte. Er reinigte sich etwas, sah noch erstaunt wie kleine Fische und die ersten Wasservögel nach den oben treibenden Bröckchen schnappten und wollte nur noch auf seinen Aussichtspunkt. Bishwa saß von den anderen ungesehen nochmals knapp fünfzig Meter oberhalb, rauchte einen Beedi, beobachtete alles und bemerkte sofort Romans suchenden Blick. Winkend gab er sich zu erkennen, Roman kletterte den Hang hinauf und flüstere:
„Die anderen scheinen alles gut zu vertragen, der Einstieg ist also gelungen. Nur mir ist kotzübel und es rumort und rumort in meinen Eingeweiden – unglaublich. Hoffentlich ist es nicht etwas Schlimmeres. Erzähle ich dir später. "
„Mein Lieber, du weißt doch noch, dass bei vielen Menschen die typische Katerwirkung vor dem eigentlichen Trip kommt. Vermutlich ist dein Magen noch nicht ganz entleert – und dein Inneres sträubt sich, denn es ist unsicher, ob es oben oder unten raus soll – du verstehst. Besser wäre unten…"

Roman verstand, verdrängte den Gedanken an den Schweinehund, wie er mittlerweile den Tumor nannte, erinnerte sich stattdessen an seine Katererfahrungen vor dem eigentlichen Trip und erklärte Bishwa, er wolle nur kurz hinter dem großen Felsen, der die kleine Bucht abschloss, ins Wasser gehen, um seinem Körper die Auswahl und Möglichkeit zu bieten, alles rauszulassen, was diesen störte. Bishwa verstand und nahm sich vor, noch etwas höher zu steigen, um auch seinen alten Freund genauer im Auge zu behalten.

Entspannt an den tanzenden bzw. liegenden Gestalten im Gras vorbeischreitend, kletterte Roman über die gelbroten Steinbrocken, umrundete den großen Felsen, warf seine Kleidung ins Gras und schritt ungeduldig in den See. Keine Minute zu früh. Zunächst musste er nur sauer aufstoßen, dann erbrach er ein wenig übelriechende Flüssigkeit. Noch während er untertauchte, spürte er wie sich sein Darm in mehreren heftigen Zuckungen erleichterte. Auf dem Rücken treibend genoss Roman das nun wieder gewonnene körperliche Wohlbefinden und das allmähliche Einsetzen des Rausches. Was da in ihm wuchs spielte zum Glück keine Rolle. Zeit im westlichen Sinne wurde belanglos, doch irgendwann verließ er das Wasser, zog seine Kleidung über und kletterte zurück. Wie erwartet saßen oder lagen alle einige Meter voneinander entfernt, blickten in die Wolken oder auf die kleinen Wellen des Sees und flogen in neue, unbekannte Räume.

Im Nachhinein waren alle einhellig der Meinung, der Tag und die halbe Nacht seien regelrecht wie im Rausch vergangen. Zwar hatten sie während der vielen Stunden kaum miteinander geredet, jedoch auf verschiedenste Weise kommuniziert. Sei es ein Blick, ein stilles Lächeln, ein Gesumme, eine Geste – wichtig erschien den Reisenden das Gefühl, nie allein oder einsam zu sein. Die Nähe der anderen ergab ein warmes Gefühl der Sicherheit und Gemeinschaft.
Kurz vor Mitternacht entzündete der gute Bishwa ein helles Feuer in unmittelbarer Ufernähe, ging leise summend und das Tamburin schlagend von einem zu anderen, so dass ein jeder nach mehreren Minuten zurück in die äußere Welt und ans knisternde Feuer fand. Heißer Tee erwärmte die Körper und Seelen, nach und nach kam auch allmählich die Lust zurück, über das Erlebte nicht nur zu meditieren, sondern vielmehr die erlebten tiefen Erfahrungen auszutauschen. Zunächst erwies es sich als äußerst schwierig, Wörter für diesen Trip nach Innen zu finden. Hilfreich war hier das absolute Vertrauen und das so kaum gekannte

Gefühl, dass ein jeder auf seine Art und Weise ähnliches durchlebt hatte. Die genannten bekannten Begrifflichkeiten unterschieden sich zwar, Sarah kam z.B. zunächst mehr aus der medizinisch – psychologischen Richtung, Roman baute auf bereits Erfahrenes auf, Layla als Jüngste gebrauchte farbigste, emotionalste Beschreibungen, die fünf Reisenden einte aber das erhabene, unwahrscheinliche Erlebnis, unbehelligt und relaxt in einer ruhigen, erhabenen Natur den Trip auszuleben, nachhallen zu lassen und mit den anderen weiter zu genießen. Der heftigste Rausch war vorbei, es gab noch Echos, aber langsam kehrten die Wörter zurück. Selbst Bishwa als kundiger Pilzesser konnte bestätigen, vergleichen oder ähnlich gefühltes beisteuern. Stunde um Stunde verging nun, lauschend, selber berichtend, nachdenklich und emotional sowie dankbar in engen Kreis hier am Feuer.

Zunächst begann für alle die Reise beinahe gleich. Der See, die gigantischen Berge, die Wolkenbilder machten es einfach und ähnlich, den Wirkungen der Droge nachzugeben. Bei dem einen mutierten die weißen Wolken zu hunderten von Totenschädeln, die später insgesamt einen Riesen – Buddha bildeten, bei der anderen verwandelten sich die leichten Wellen des Sees in farbige Konstruktionen oder Töne. Jemand anderes sah angstfrei bereits Verstorbene und lebende Menschen aus dem bisherigen Leben, die seine Nähe suchten.

Das Rauschen des Blutes, atmen und sogar das Denken erzeugten Klänge sowie farbige Strukturen. Jede und jeder bestätigte, auch nie Angst gespürt zu haben, selbst als bei geschlossenen Augen die Fahrt endgültig in die tiefen, verborgenen inneren Räume begann. Das Erstaunlichste und Sonderbarste war, dass sie sich nach kurzer Zeit, die ansonsten heute absolut belanglos schien, in einem Kosmos befanden, in dem es zwischen Natürlichem und Übernatürlichen, zwischen Materiellen und Spirituellen kaum noch Unterscheidungen gab. Sie durchschauten die Bedeutung des Daseins sowie des Jenseits, entdeckten Fähigkeiten und neue innere Zufluchtsorte und erkannten das Wesen des Seins. Nahmen sich vor, dies und jenes niemals wieder zu vergessen und doch rutschte etliches in die Lagerräume des Unterbewusstseins, darauf wartend irgendwann mit welchen Methoden oder Mitteln wieder hervor gezerrt zu werden.

Je nach der persönlichen Ideologie, den Vorerfahrungen oder den durch spirituelle Begriffe und Erlebnisse oder der religiösen Erziehung bzw. deren Backgrounds, oftmals jahrzehntelang vergangen oder verschüttet, benutzten sie scheinbar unterschiedliche Wörter und Umschreibungen, doch verstanden sie in diesen Stunden einander wie sich selten bisherige Fremde verstanden hatten. Dabei spielte es keine Rolle, ob Bishwa von der Allseele, der ewigen Mutter oder der immerwährenden Wiederkehr sprach, jemand anders von Reinkarnation, dem Tao, oder dem Nirvana. Sebastian bemühte gar wieder einmal teilweise die Quantenphysik, gepaart mit esoterisch-spirituellen Sprengeln, die das Unerklärliche auch nicht wirklich erklären konnten, eventuell dafür ein wenig einen Hauch von so etwas wie Verständnis oder Sinn mittrugen. Sogar Herm gewann all dem etwas unglaublich Spirituelles ab, stellte ernsthaft die Frage nach einem gemeinsamen Karma, was nur Roman zu bemerken schien.

Und Sarah benutzte das Bild des sich auftuenden Himmels. Layla sprach immer wieder von der großen gefühlten Liebe dort draußen und gleichzeitig in ihr. Für Stunden wurden in der Tat nicht nur der Begriff und das Vorhandensein der Zeit vergessen, sondern alle waren unisono der Meinung, sich einerseits an jede noch so winzige Kleinigkeit erinnern zu können und anderseits nicht bemerkten, wie lange sie im Rausch durch ihr ganz individuelles Universum flogen. Sie durchlebten uralte Erinnerungen, schauten in die eigene Blutbahn und gleichzeitig in die Galaxis oder durchwanderten fremde, nie gekannte, unerwartete Innenräume der Seele. Fluorisierend, vibrierend und ausgestattet mit neuen uralten Erkenntnissen.

In dieser unglaublichen Nacht wurden aus Fremden zunächst Gefährten und später Freunde. Alle öffneten sich absolut ehrlich und unvoreingenommen. Glücklicherweise blieben die auch möglich gewesenen furchtbaren Schreckensbilder und die lauernden Dämonen ihnen erspart, nur am Rande tauchte hier und da ein Tierwesen, ein dämonischer Schutzengel, ein längst Verstorbener oder ein Geistwesen auf. Die Nähe der anderen und das Wissen um den Wächter Bishwa und das Vertrauen zu den Erfahrenen bewirkte, dass ein jeder eine angenehme, wundersame Wärme empfunden hatte.

Später kamen verschiedenste seltsame Strömungen dazu, farblich und auch klanglich so nie gesehen oder gehört. In Laufe der Reise nahm die

Luft eine metallische Dichte an, das Auge sah wie die Welt der Dinge aus Atomen oder Ähnlichem bestand. Die Wirklichkeit wurde nicht verzerrt und verbogen, sie löste sich nach und nach auf, bis andere Dimensionen die Sinne überrannten. Ob es die göttliche Spur, die innere Stimme oder wie Bishwa vorschlug, der Atem der Götter sei, blieb dahingestellt. Die zwei Frauen als auch die Männer bestätigten, nie wie in einem Party-Drogen-Rausch weit entfernt in eingebildeten Galaxien gewesen zu sein, sondern jeder wusste stets, wo man sowohl zeitlich als auch geografisch sich befand, als auch woher die Wirkung der Erfahrungen kam. Absolut kein Vergleich zu dem Haschisch-Gekicher, zu dem Rumgetanze und Gegröle auf den winzigen, bunten Pillen, die es in bestimmten Clubs häufig gab.

So kleine verschrumpelte Trockenpilze, die die Fantasie, die Gefühle, die teilweise vergessen geglaubte eigene Spiritualität auf kräftigste Weise neu anregten. Sie besaßen nun ein jeder eine Seelenlandkarte auf der die tiefsten Erfahrungen und Überzeugungen der eigenen Kultur und des Bewusstseins auf eine übergelegte zweite Folie neu und so nicht gekannt, produziert wurde. Als Gottesbeweis oder erlebte Quanten taugten die Erfahrungen noch nicht. Wichtig erschien allen, sie gemeinsam erlebt zu haben und nun ab und an wieder in diese Räume freiwillig gelangen zu können. Ebenso wichtig hallte in allen die verschüttete Erkenntnis der individuellen Großartigkeit und gleichzeitiger Winzigkeit nach. Lachen, singen, tanzen boten sich als wichtigere Begleiter des täglichen Lebens an als die bisherigen oft materiellen Ersatzfreunde. Sich selbst nicht so überernst nehmen, auch mal loszulassen, finden, ohne zu suchen und zu wissen, irgendetwas da draußen schmunzelt jetzt mit dir und über dich, über die Belanglosigkeiten im scheinbar ewigen Kosmos.

Erst als sich die bald aufgehende Sonne ankündigte, legten sie sich endlich schlafen, um schon wenige Stunden später mit einem kühlen Bad den Tag zu begrüßen. Einige beklagten nun erst leichten Durchfall, andere während der Nacht eine länger anhaltende Übelkeit. Roman erwähnte mal wieder, dass bei diesen Pilzen oftmals der Kater sogar vor dem eigentlichen Trip in Form von Erbrechen oder eben Durchfall auftrat. Was Sarah mit einem „Verstanden, Paps" abtat.

Sie alle hingegen konnten sich gemeinsam glücklich schätzen, nicht zuletzt aufgrund der guten Qualität der Pilze, so eine angenehme, wahrscheinlich nie wieder in dieser tiefen Einmaligkeit und Form zu wiederholende Reise durchlebt zu haben. Wenn zum Schluss nichts bleibt, dann doch die kurze Erkenntnis eine Ausprägung einer wie auch immer gearteten göttlichen Spur gespürt und erfahren zu haben – um am Ende über alles tief und ehrlich lachen zu können.

Kapitel 4   Die Stiftung Karma statt Kola

Rückblickend vermochte niemand mehr genau zu sagen, wie es letztlich zu dieser gemeinsamen Psylocibin-Erfahrung gekommen bzw. wer denn ganz genau der Initiator gewesen war. Irgendwie doch wohl alle. Wer den Funken zum Leuchten brachte, schien auch unwichtig. Sympathie, reine Neugierde und eine nicht genau definierbare Sehnsucht waren wohl die Eckpunkte. Logisch – niemand dachte daran, jetzt nach Pokhara zurückzukehren oder die weitere Reise fortan allein oder zu zweit fortzusetzen. Erst einmal zwei, drei Tage hier runterkommen, die schier unglaubliche Natur zu erleben und gemeinsam nicht nur zu schwimmen oder zu klettern, sondern mehr über alle Teilnehmer dieser Morgenlandfahrt wie Roman sie nannte, zu erfahren. Bishwa erwies sich einmal mehr als perfekter Organisator und Kümmerer. Mit den beiden ansässigen Fischern vereinbarte er ein Appointment: Frischen Fisch, Eier, Obst, Ganja und anderes gegen Öl, Tabak und Tee. Brennholz, Trinkwasser und Zelte, Matratzen – alles stimmig.

„Nicht glauben, ich sei so ein Psychofreak," meinte Herm. „Aber ihr solltet den wahren Grund für meine Fluchten kennen, sowie..."
„Genau – ich unterbreche dich nur ungern. Auch ich würde gerne etwas über mich und die Gründe Deutschland für einige, wenn nicht viele Monate zu verlassen, berichten." merkte Sarah an.
Basti nickte und es entfuhr ihm nur ein „Yeep – so machen wir's."

Nur Roman verzog keine Miene, schwieg eisern und Layla schüttelte den Kopf, weinte heftig, nickte, schüttelte wieder den Kopf, weinte weiter und stammelte unzusammenhängende Silben, während Sarah stumm ihren Rücken streichelte. Es dauerte ein ganzes Weilchen, während ihr in den weiten Himmel blickend, sehr leise entfuhr:

„Es weiß nur meine beste Freundin, aber es kommt mir vor, als seid ihr die einzigen Menschen, denen ich soweit vertraue, um ihnen meine geheime, dunkle, eklige Seite zu offenbaren. Gebt mir ein paar Tage und dann könnte es sein, dass – alles Bullshit. Es muss heute raus, im Hier und Jetzt. Wenn ich darf, fange ich sofort nach dem Abendessen einfach an. Bei mir war es eher eine Flucht als etwas geplantes, gewolltes, auch wenn ich dies so gesagt hatte. Etwas Bier oder Wein wäre dabei hilfreich, damit ich diese bösen, alten Dämonen benennen und vielleicht zähmen kann – Inschallah."

Stumm nickte Bishwa allen zu und machte sich auf zum Wagen, um die geistigen Getränke im nächsten Dorf, 14 Kilometer bis zur Straße, die Katmandu mit Pokhara verbindet, zu besorgen. Und wenn er schon dort wäre, auch noch vorgekochten Reis, Fladenbrot und diverse Gemüse, um die Freunde die nächsten Tage zu bekochen.

„Bring auch ein, zwei Flaschen von diesem selbstgebrannten Zeugs mit. Aber nicht das Gift, das einen fast blind macht – du weißt schon diesen Rum- oder Arak-Verschnitt", rief Roman ihm noch nach. Schweigend spielte er ansonsten mit seinem Armband, vermied es die anderen anzuschauen und schwieg beharrlich weiter. So hatten sie ihn noch nie erlebt, jedoch wollte keiner drängen oder auf welche Art auch immer nachharken. Also warteten sie ab, bis das klopfende Automobilgeräusch des Diesels verklang, vermieden ihn anzuschauen und warteten eine Weile ebenfalls schweigend ausharrend, als Layla anmerkte, dass es kaum so erniedrigend und beschämend sein könne wie ihre baldige Beichte. Roman schien da wie aus einer Trance zu erwachen und antwortete leise an Layla und alle gewandt:
„Vermutlich nicht kleine Frau… Ich hab euch alle echt gern und bin so glücklich, euch getroffen zu haben. Klingt banal oder kitschig – ist es aber nicht! Und doch habe ich noch keine Ahnung, ob ich meinen Reisegrund offenbaren kann. Anderseits, die Kleine kann es scheinbar auch. Mutig und stark, glaubt man kaum, wenn man dieses zarte Wesen sieht. Die Jüngste nun als mein Vorbild, oder was?"
Stille erneut, Roman änderte die Sitzposition, schaute einen nach den anderen an, lächelte kurz, hustete ein, zweimal. Er durchforstete den Dschungel des über ihn plötzlich hereingebrochenen, sortierte innerlich Wichtiges vom Nebensächlichen und begann:
„Okay – ihr sollt es denn in Shivas Namen erfahren. Es wird nicht leicht – weder für mich, noch für euch. Einzig eine Bedingung: Ich bin als der letzte an der Reihe und keine, absolut keine gutgemeinten Ratschläge, klugen Tipps, Fragen oder spontane Anmerkungen. Meint ihr, ihr könnt das? Egal wie geschockt oder ergriffen ihr sein werdet?"

Zustimmung von allen Seiten, denn jeder wusste, dass das frische Band ihrer Freundschaft heut noch fester geschmiedet würde. Mit Tränen, Salz, Schweiß und reichlich Bier, Wein, Ganja – was auch immer. Da würde man sich doch wohl zurücknehmen können!?

Eigentlich Natur-Idylle pur. Sanftes Plätschern des Wassers, die Sonne ging rotverlaufend und breit wie ein zerlaufenes Spiegelei in der Pfanne unter, während genau gleichzeitig bereits die dünne Sichel des Mondes am Firmament erschien. Dazu gelegentliches helles Kinderlachen von der gegenüberliegenden Seite der Bucht, weiße Reiher und Löffler, die in Schleifen ihre Schlafbäume anflogen. Geräuschlos jagend glitten dunkle Wasserfledermäuse über den See. Keine Motorengeräusche, auch keine Musik oder laute Gespräche. Stille breitete ein Tuch über das Tal, doch alle wussten, dass bald schon so etwas wie schlechte Erlebnisse, Traumata, Sünden, Verfehlungen, vielleicht sogar Verbrechen, unter dem dünnen Tuch hervor linsen würden. Tücher waren hier und heute überflüssig, nur der Oberzauberer wusste, was sich darunter letztlich verbergen würde. Nur die Scheu, es zu zeigen, legte sich hier in der anderen Wirklichkeit der Giganten und der umgebenden Natur nach und nach, bis die Bereitschaft fest bestand, sich zu offenbaren.

Ein zwei Gläser von dem Feuerwasser und etwas von dem blauen Rauch, ist alles was ich brauch, zitierte Herm eine scheinbar nur ihm bekannte alte Blues-Nummer.
„Für meine Familie und enge Freunde bin ich Ilayda. Manchmal nenne ich mich auch Layla, Leyla oder Lea, egal, denn das bin nicht ich, sondern eine so nie gewollte, aber dennoch von mir geschaffene zweite Identität, die nur meine liebste Freundin Farah kennt. Meine Eltern glauben immer noch, ich hätte einen sehr gut bezahlten Job in meinem Ausbildungsberuf gefunden, der eine Menge Geld bringt, aber was hingegen Einsatzzeiten und Aufwand betrifft, natürlich auch viel mehr abverlangt als gewöhnliche kaufmännische Berufe es tun. Öfter schon mal am Wochenende, dazu ständig Konferenzen bis spät in die Nacht. „Kind! – wenn du glücklich bist, aufsteigen kannst in eine höhere Position und dazu dieses fantastische Gehalt und die Spesen – dann denk nicht an uns. Geh deinen Weg, er ist dir bestimmt!"

Wenn sie auch nur einen Hauch erahnen könnten, oh mein Gott. Sie sind so stolz auf mich, natürlich geblendet durch mein Apartment, meinen Sportflitzer, die vielen Kurzreisen, meine stetigen Geschenke an alle. Eigentlich hätte ich im Nachhinein wohl auch eine passable Schauspielerin abgegeben, so perfekt funktionierte mein Blendwerk.

Egal – meine Täuschung allen daheim gegenüber ist nahezu perfekt, gewesen – muss ich jetzt zugeben, bis zu jenem Schicksalstag. Schließlich arbeite ich 40 Minuten über die Autobahn entfernt von ihnen, niemand würde mich zufällig sehen oder einen meiner Klienten kennen oder treffen."

Nachdenklich kratzte sie sich am Hinterkopf, selbst ein wenig erstaunt, dass ihre zweite Identität über einige Jahre geheim bleiben konnte und wirklich niemand auch nur einen Hauch der harten Realität erahnen konnte.

„Nie wollte jemand Genaues wissen, eine irgendwie hoch dotierte kaufmännische Tätigkeit mit sehr viel Verantwortung und Einsatz, beinahe schon Managerin, etwas mit Fonds oder so. Eine zweite Telefonadresse war mein familiäres Daueralibi. Bei Anrufen von Freunden oder der Familie über diese Leitung meldete ich mich stets etwas gehetzt mit: International Consulting Limited. Mein Name ist Ilayda Demir – was kann ich für Sie tun? Ach, du bist es Bruder – ja geht klar, natürlich denke ich an den Geburtstag von Onkel Mustafa. Sorry, aber ich bin im Moment sehr beschäftigt. Bis später – Küsschen.

Oder der AB sprang an, weil ich wirklich mit einem realen Klienten beschäftigt war und dann rief ich dreißig Minuten später zurück. Alles schien so durchdacht getarnt, dass ich manchmal selbst mein eigentliches Tun vergesse, wenn ich daheim bei den Eltern bin. Sie glaubten an meine Erfolgsstory, weil sie mir total vertrauten. Und kriegte meine Selbsttäuschung Risse, von wegen Moral oder Gewissen, kaufe ich mir etwas Teures, betäube mich mit Wodka, XTC oder Pep. Ihr schaut so seltsam und versteht noch nichts, weil ich die ganze Zeit um den heißen Brei herumrede."

Sie trank einen großen Schluck, drehte hastig eine kleine Zigarette, inhalierte ungewöhnlich langsam und fuhr, Rausch ausblasend fort:

„Okay – Farah würde sagen ,Escort-Branche', die Wahrheit ist: Ich bin Prostituierte, eine Hure, eine ganz billige Nutte, die ihren jungen Körper seit Jahren verkauft. Obwohl – billig stimmt nicht. Über den Preis pro Stunde reduziert sich bereits der geile Kundenstamm gewaltig. Außerdem habe ich immer betrunkene, verrückte oder unsaubere Klienten abgelehnt. Es fing mit einem bezahlten Erstfick an und wurde zum

Dauerjob. Könnte ich als Entschuldigung jetzt ausführlicher erklären, bringt aber nichts. So fing es auf jeden Fall an. Zu schnell lockte das totale Begehrtsein, die viele Kohle, dazu das genaue Gegenteil eines alltäglichen Acht-Stunden-Berufsalltags. Bis es über einzelne Treffen in Hotels hinaus ging und ich zunächst ein Zimmer, später ein Apartment in diesem bestimmten, etwas abgeschirmten Gebäude der sexuellen Erfüllung, wie wir es im Netz nannten, auf Dauer anmietete.

Klar – das riesige Zimmer mit Bad in diesem speziellen Haus, ein von der Öffentlichkeit nicht einsehbarer „Privatparkplatz" auf dem Hof. Mit einigen Kolleginnen zusammen anzuschaffen machte Sinn. Alles im und um das Haus herum wirkt sehr gepflegt, wir haben eine stille Art von Wachdienst – und doch ist es passiert, das Unvorstellbare. Vielleicht auch als Preis für die persönliche Unabhängigkeit, meine bzw. unsere Naivität zu glauben, die Welt würde sich um uns drehen, es würde unbeschwert immer so weitergehen. Unser sogenannter Wachmann war letztlich nicht mehr als ein besserer Hausmeister und Kleine-Dinge-Besorger, ansonsten ein Weichei. Stets glaubte ich meine eigene Herrin zu sein. Selbstständige Kleinunternehmerin, keine Vermittler, Lover oder Zuhälter – bis vor kurzen. Natürlich war nicht alles easy oder nur ein Job. Die Momente des alltäglichen Ekels, die dummen Gespräche, die Fragen, ob auch ohne Gummi, ob ich für 50 Euro mehr auch schlucke, nach Analsex – nicht total vergessen, maximal verdrängt. Heute könnte ich kotzen. Meine fünf Minuten Entjungferung mit viel Tara für Klamottenkauf, später ein super Taschengeld, hatte sogar etwas Spaß dabei, die letzten zwei Jahre nur noch dreckige Fulltime, mit allen fiesen Nach- und einigen, in erster Linie finanziellen Vorteilen. Komischerweise hatte ich mich nie wie die anderen im Haus gesehen, nicht als Hure, als junge Frau, die sich prostituierte, alterte, dabei ihr Leben verpasste. Sondern mein Selbstbild zeigte mich als ein nicht dummes, junges weibliches Wesen, welches seine Reize nutzte für Dienstleistungen im weitesten Sinne. Frei sein, dazu noch unabhängig, selbstbestimmt. Körperlicher Sex war etwas Normales geworden, halt Sexarbeit, was ganz wenig mit Lust oder gar Gefühlen zu tun hatte, sondern mir ein mehr oder weniger sorgenfreies gutes Leben jenseits der Bürojobs bescherte. Um eine lange Geschichte kurz zu erzählen:

So ein absoluter Dreckstyp, Clanmitglied, Rocker und gewalttätig, hat mich arg verprügelt und gedroht, meine gesamte Familie und alle

Freunde einzuweihen und zudem zu belästigen, wenn ich nicht für ihn anschaffe. Die Erpressung kam so real rüber, ich zittere jetzt noch vor Schiss und Wut. Na ja, ich hab in seinem Bike Dope versteckt, die Bullen anonym informiert – und mich letztlich spontan, alle Spuren verwischend und durch Farah abgesichert, aus dem Staub gemacht.

Glaubt nicht, dass es so leicht klingt wie daher gesagt. Die Mischung aus Ekel, Scham und Fassungslosigkeit war mir nie unbekannt, neu war das Gefühl endgültig an einem End- oder Knotenpunkt gelangt zu sein. Nur so für mich: Einige wenige Klienten mochte ich richtig, teilweise war es witzig, sogar der Sex war nicht nur schlecht... Doch ich verdränge schon wieder. Das endlose Warten, die Gerüche, die schlaffen Körper. Mancher Saubermann entpuppte sich als Stinker, als verklemmter Hardcore-Fan oder einfach als perverses Schwein.

Für Freundschaften oder gar eine feste Beziehung daheim fehlten Zeit, Lust und Vertrauen. Eine Partnerschaft kann man nicht auf einem Haus der Lüge aufbauen. Und wenn er es nicht geschnallt hätte, meine Arbeitszeiten, die Kurzurlaube, das viele Moos – dann wäre es eh nicht der richtige gewesen. Mutter hoffte immer auf Enkel, auch einen soliden Schwiegersohn, drängte aber nie und betonte stets, wenn schon, dann sollte ich nur rein aus Liebe heiraten – nicht wie meine Schwester aus Steuergründen. Heiraten – haha. Statt Honeymoon ließ ich alles zurück, was mir lieb und heilig ist. Nur noch über Farah behielt ich mit meiner damaligen Welt ein wenig Kontakt. Meine vermeintliche Reise ist somit mehr als eine reine Vorsichtsmaßnahme, auch nicht nur eine Flucht aus dem Dunstkreis diverser Freier und anderer Männer. Jetzt sehe ich durch all den Schmutz auch die Chance des totalen Weggehens, des Loslassens. Als ich Bishwas Trommel hörte, dachte ich nur an einen neuen Morgen, an einen Neuanfang. Wie er tatsächlich gelingen soll, wie und was meine Familie erfahren kann, absolut keine Ahnung.

Meine Eltern glauben, ich sei nach der harten Arbeit der letzten Jahre im längeren Urlaub oder zur Kur – whatever. Jetzt sitz ich hier mit euch, schüttle mein Herz aus und bin in einer Gegend gestrandet, die mir bis vor wenigen Wochen total unbekannt und auch nicht erreichenswert erschien. Gott sei Dank habe ich euch getroffen, kann hier und jetzt endlich offen und ohne Scheu, fast eine nicht von mir erlebte fiktive Kurzgeschichte, erzählen, was ich jahrelang getan habe. Letztlich bin ich vor der Motorgang, dem Clan geflohen und vor der blamablen Bloßstellung vor meiner Familie, die mich sofort verstoßen und fallengelassen hätte. Und bin jetzt so, so sicher, dass ich niemals wieder diese Dienstleistungen, wie ich sie mir selbst schöngeredet hatte, jemals wieder anbieten werde – never."

Schweigen, hüsteln, Sebastian begann leise zu klatschten, worauf die anderen einfielen, wieder Schweigen. Bis endlich Bastian anfing:

„Dienstleistung – was für ein Wort, im Grunde genial, nur so stark unterschiedlich besetzt. Bei dir ging es um bezahlten Sex – Klienten zahlten. Vielleicht wäre ich früher auch so jemand gewesen, als reicher Kunde, meine ich… Also ich bin auch Dienstleister gewesen, hab mich ebenfalls verhurt. Wie ich ja schon erwähnte, habe ich nicht gerade erfolglos, u.a. neben zunächst Quantenphysik auch reichlich Finanzierung und Ökonomie an Top-Unis studiert. Allein die diversen Möglichkeiten und Chancen der neuesten Generationen von Quantencomputern… Sie verhießen Hoffnung auf Entdeckung und Heilung, die Simulation komplexester Naturprozesse. Heute noch Unvorstellbares wie vor zweihundert Jahren Düsenjets, Laptops oder E-Mobilität. Im Masterseminar diskutierten wir tagelang über sogenannte strange Algorithmen und einen möglichen Gottesbeweis. Doch ich schweife ab! Belüge mich auch gerade selbst – statt Quanten müsste ich von Dollar-Zeichen in meinen Augen reden. Nicht die Technologie, die Philosophie brachten mich zu einem Top-Abschluss, es war allein der schnöde Mammon. Finanz-Dienstleister und Lobbyist – klingt noch ganz nett. Aber statt, wie einst ein wenig angedacht, irgendwie sinnvoll, z.B. für eine unabhängige Öko-Bank oder eine ökologische Non-Governmental-Organisation zu arbeiten, bin ich sofort dem ekstatischen Rausch des schnellen Geldes erlegen. Wenn du erst einmal in diesen Bereichen gefischt hast, steht dir der professionelle Hochseeangler-Sinn nur noch nach Merlin oder Schwertfisch, nicht nach Hering oder Makrele. Fremde Millionen zu bewegen, reichlich Erfolge und stattlich Provisionen – du hast plötzlich Macht und kannst dir scheinbar alles leisten. Natürlich finanziell und dazu auch gesellschaftlich.

Familie, alte Freunde, Geliebte? Uninteressant, weil unproduktiv. Begleitung und reichlich Sex konnte ich kaufen oder durch Drinks, Restaurantbesuche, noble Geschenke erschleichen, wann immer mir der Sinn danach stand. Und echte Beziehungen? Kein Thema, ich war ein wahres Business-Monster, nur noch geldgeil, rücksichtslos, halt ein Arschloch. Lobbyarbeit macht süchtig. Keinerlei Interesse an alte Gefährten oder Partnerschaft, Elternhaus.

Heute weiß ich nun, dass ich überhebliches Würstchen in diesem großen globalen Finanzspektakel selbst nur ein kleines, auflodernes unbedeutsames Licht war, welches seine vorhandenen Talente verschleuderte. Wie habe ich Menschen benutzt, ausgenutzt – vor allem im Privaten Frauen. Als Lohn für Risikoanalysen, stundenlanges Fondchecken, Berechnungen und Meetings gönnte ich mir alles, was sich für Geld kaufen ließ, wurde ein arroganter, fieser Sexmaniac. Einschließlich Angeber-Uhr, -Handy. -Anzug. Zuletzt fehlte mir sogar für diese Art von Entspannung die Zeit. Time was Money.

Bis ich vor einigen Wochen im Zug unvorbereitet ein unglaubliches Wesen traf, genauso unvorbereitet wie mich der alles andere ausblendende Blitz erwischte. Mir schien sie feenhaft und nicht ganz von dieser Welt zu sein. Allzu Genaues weiß ich nicht mal über sie, ich denke, möglicherweise war sie nicht unvermögend oder hatte reiche Gönner, vielleicht war sie auch so eine Art Dienstleisterin. Nein, nein – nicht für mich, hoffe auch nicht in dieser Branche. Alles reine Spekulationen. Für mich war sie ein Glückstreffer, das große Los, eine sanfte, emotionale Atombombe. Ja doch, im Nachhinein würde ich gestehen, die erste echte Liebe meiner letzten zehn Jahre. Unverhofft und wahr, sie erwischte mich eiskalt, schutzlos und offen wie ein aufgeschlagenes Buch. Dabei ist mir bis jetzt nicht klar, ob ich nur reiner Zeitvertreib war, sie mich einfach mal verführen wollte, weil sie es konnte. Oder ob sie nicht auch wenigstens ein bisschen verliebt war. Letztlich spielt dies heute aber keine Rolle mehr.

Die paar Tage zusammen in Antwerpen sind das Schönste und Beste, was mir bisher passiert ist. Ich als taffer Selfmade-Karrierist schämte mich nicht, von dieser noch jungen Frau aus Seide und Stahl aus der Spur geworfen zu sein. Recht so, vielleicht auch rechtzeitig!? Wie kann man nur so verliebt sein. Wie kann man diese Gefühle, dieses Vertrauen, dieses Einssein nicht vorher gekannt und erlebt haben? Alles aus dem alten Leben, wie unaufschiebbare Termine, die stetige Erreichbarkeit oder den ach so unersetzbaren Job, total vergessen, weil sie da war, mein neues Universum. Arbeit, Beruf – sollte doch von Berufung kommen. Geld, Menschen betrügen, auf Weizen oder Verlust machende Unternehmen und Staaten zu setzen? Bullshit.

Ja – je länger ich erzähle, umso sicherer bin ich: Sie mochte mich auch, wenn es bei ihr vielleicht auch nicht wie bei mir Liebe auf den ersten Blick… Was heißt hier überhaupt Liebe? Leben! Wir redeten, lachten, liebten uns. Was sie über Musik, Kunst und ferne Länder wusste – niemals zuvor hatte ich so eine kluge, schöne junge Frau getroffen. Ein bisschen aus der Zeit gefallen, in den Siebzigern wäre sie die perfekte Hippie-Inkarnation gewesen – und doch top aktuell, schräg politisch korrekt und grün-links engagiert. Meine verloren gegangene zweite Hälfte, meine Seelenfreundin. Und ich? Ein selbstverliebter Yuppie, Banker, Finanzmakler oder Schlimmeres. Jetzt jedoch war ich zum ersten Mal seit vielen Jahren wirklich bei mir. Ich war ich und dabei so froh, glücklich, zufrieden wie ich es noch nie erfahren hatte. Aber merkt ihr was? Ich, ich, ich – sie war der wahre Mittelpunkt des kleinen Paradieses in diesem Haus mit Garten mitten in Antwerpen. Nach einer Woche die Vertreibung aus dem Paradies, denn ich kreiste nur als ein kleiner mitfliegender Satellit um diese Sonne.

Und dann war sie weg. Ein kurzes Briefchen. Such mich nicht, suche lieber nach dir – denn ich habe den wahren Bastian manchmal sehen können, der du sein könntest. Hör endlich auf, hinter fucking things herzujagen, Om – oder so ähnlich. Ich könnte heulen und gleichzeitig lachen, wenn ich an mein vergeudetes sinnloses Leben der letzten Jahre zurückdenke. Auf der Jagd nach letztlich nichts Wichtigem, außer Geld. Und eben fucking thinks. Wie habe ich nicht nur Zeit vergeudet, Menschen wie Güter behandelt und auf mein Gewissen und meine Gefühle nicht mehr geachtet."

Er stoppte, überlegte kurz aufzuhören. Vielleicht besser, sie genauer zu beschreiben, einen halben Tag aus der Zeit in Antwerpen, zehn Songs, die immer noch in seinem Kopf nachklangen? Quatsch ohne Soße, soll ja nicht episch werden. Basti nahm den Faden wieder auf:

„Den Rest kennt ihr irgendwie, durch ihr Om auf dem Abschiedszettel und die Gespräche davor bin ich auf Asien gestoßen, letztlich hier gelandet und wenn es nicht so makaber und angeberisch wäre, müsste ich sagen, dass ich als junger Typ schon genug Geld habe, um in Ruhe nach mir oder ihr suchen zu können. Dabei suche ich doch nur den Sinn dieser rasch verlorenen Liebe, es gibt vier Milliarden Frauen auf der Welt, oder vielleicht auch immer noch sie. Ganz im Klaren bin ich mir nicht, ich weiß heute Abend nur ziemlich genau, was ich nicht mehr will! Hier lässt sich wieder atmen."

Man hörte lautes Ausatmen, Blicke, die von einem zu anderen gingen, jemand legte Holz aufs Feuer, alle versuchten noch die zwei Berichte zusammen zu bringen, dachten bereits an ihre noch zu erzählenden, Roman sollte und wollte zuletzt ran – oder? Wer macht weiter? Herm begann unvermittelt:

„Puhh, ganz ehrlich. Gegen euere Beichte bin ich in der Tat ein armes, verwöhntes Luxusbürschchen. Anderseits treffen Umschreibungen wie Dienstleister, was ist das übrigens für ein Begriff, oder verhuren, bedeutet im Niederländischen nämlich nur vermieten, besser wäre prostituieren – also für mich als freier Künstler. Aber ich drehe mich nur und rede um den Brei, den lauwarmen. Vermutlich denkt ihr gleich: Ach so. Schaffenskrise, Blockade oder ähnliches. So ist es jedoch nicht, mein Problem liegt tief sowohl in mir, als auch im sogenannten westlichen Kunstbetrieb. So viel Insider-Wissen, Frust und Intoleranz – aber ich habe es ja gewählt, so gewollt. Ein halbes Leben kurz geschildert, beginnt damit, dass sich mein großes Selbstbewusstsein in eine kreative Richtung oder Tätigkeit sehr, sehr früh bildete. Auch andere Formen wie Literatur und Musik lagen mir, doch die bildenden Künste waren es letztlich. 12 Jahre Schule und bestes Kunststudium mit leichten Schritten. Immer vorneweg, Avantgarde, selbstverliebtes Arschloch mit Hang zur totalen Überheblichkeit. Die Welt, d.h. genauer ein Teil davon, und zwar der mit Geld der Sammler, Kuratoren, Galerien, lechzte danach. Wenn ich mich reden höre, klingt es in der Tat total überheblich. Ein wenig habe ich ja mal durchblicken lassen, im Stile von New York City bis nach Singapur, überall hofiert, dotiert und den Hintern gepudert. Denn ich war kein kleiner unbekannter Nachwuchskünstler mehr.

Je mehr Erfolg du in dieser Branche hast, um so begehrter wirst du, dabei umschwärmt wie ein Popstar, bezahlt wie ein Bankdirektor. Geld war das wenigste, was mich interessierte, schließlich hatte ich genug. Denke ich zurück an die Anfänge, so war ich auch Visionär, andere

Wege beschreitend, selbstverliebt, etwas genial, aber mit Wucht schöp-
ferisch neu denkend und ausführend. Je schneller und schlechter ich
daraufhin arbeitete, so schien es mir, umso mehr riss man mir alles
regelrecht aus den Händen.

Es begann schleichend, über etliche Wochen, dazu eine schlimme
Tropenkrankheit, dumme Freunde, jede Menge Dope und Schnaps,
Schulterklopfer, Tod einer wichtigen Person – Beifang und doch auch
wichtig. Jedoch ruhte das Virus tief verborgen länger in mir. Als Künstler – und sorry, aber ich bin selbst jetzt immer noch international hoch-
angesehen. Museen und Kunstzeitschriften reißen sich um meine Acts.
Aus dieser Endlosschleife von Leere, Auffüllen müssen, Partys und
leeres, dauerlobendes, dabei so leicht zu durchschauendes Geschwätz
von zu vielen sogenannten Kritikern musste ich ausbrechen. Merkt ihr
es auch, ähnlich wie beim vorher Gehörten. Das Ego bestimmt. Ich, ich.
Radikal. Von jetzt auf gleich.

Zum Glück seid ihr alle, wie ich in den letzten Tagen heraushören
konnte, an Kunst interessiert. Sei es in Musik, Literatur, Malerei oder
what ever. Nur nicht in diesen Dimensionen. Höchstpreisig, eine ab-
geschottete schwerreiche Clique und dazu etliche Kritiker bzw. sehr
rentabel Mitverdienende. Subkultur – aber im umgekehrten Sinne,
nicht ein bisschen revolutionär bzw. anarchisch-kreativ – sondern für
die obersten Schichten der Gesellschaft. Die Werke, die Aussagen, das
Neue – uninteressant, was zählt ist letztlich allein der Zins. Der Künstler schafft und liefert, der Makler oder die Galerien verhökern, was
Superschwerreiche – manchmal auch Sammler oder Kenner – erwerben
und immer mehr als reine Geldanlage nutzen.

Kuratoren operieren mit Kunstwerken wie Fondsmanager mit ihren
Depots. Der Preis regelt auch hier Angebot und Nachfrage – lachhaft,
bei Kaffee oder E-Autos vielleicht. Kunst erweist sich dummerweise
gerade in Krisenzeichen als perfektes Anlagemedium wie Aktien der
Rüstungsindustrie. Hochpreisige geistige Werke – nebenbei aber auch
teuerste hochprozentige Brandys – von etlichen erfolgreichen, sogar
noch lebenden Gegenwartskünstlern haben pro Jahr eine Wertsteige-
rung von bis zu 35 %. Unvorstellbar. Und an dieses rein kapitalistische
System verhurt sich der das Ganze schaffende Maler, Bildhauer, Foto-
graf, Objektemacher, Performancekünstler, Video-Artist – was auch

immer. Der Künstler, seine Seele und dessen Kreativität interessierten dabei nur am Rande. Genau diesem System habe ich mich verkauft – teuer, na klar. Hätte aber auch auf mein Herz, meinen Verstand oder am besten auf beides hören sollen.

Habe selbstlos ausgenutzt, was es auszunutzen gab, auch weil es so leicht war und ich es konnte. Der sogenannte Markt gab es her, dabei sehr gut verdient und ebenso gut gelebt. Wären da nicht diese zunächst kleinen Schaffenskrisen, die Zweifel gewesen – was bis zu einem gewissen Grad sogar normal sein soll. Frei und unbeschwert als Künstler arbeiten kann meiner Meinung nach nur der, der von seiner Kunst nicht leben muss. Ich weiß, ich weiß. Das ist schon Jammern auf sehr hohem Niveau: Begehrt, bewundert, hofiert. Einladungen en mas, Seminarvorträge, fancy Restaurantbesuche, Ausstellungseröffnungen von Madrid bis NYC – und alles auf dem silbernen Tablett. Keine Sorgen um Mieten, Energiepreise oder ähnliches. Doch Glück ist etwas anders als der auch materielle Erfolg und die Anerkennung. Woher genau meine Unzufriedenheit kommt, vermag ich nicht mal ganz genau zu sagen, vermutlich kam in Laufe der Zeit so einiges zusammen. Rausch und Kater, Beziehung und Verlust im menschlichen Bereich, im Kreativen, Ideenlosigkeit bis hin zum Burnout. Dazu wie angedeutet allerlei Drogen, diese verfickte Krankheit, Orientierungslosigkeit. Selbst meine Freunde feierten zuletzt Zufallswerke und verarschende Machwerke, als seien sie das Beste, was ich je geschaffen hätte. Perverserweise wäre auch für diese Machwerke ein Absatzmarkt vorhanden gewesen.

Und wie danach weitermachen? Noch leerer, enttäuscht von allen, ohne Ideen, ohne Visionen. Kein klassischer Burnout, keine reine Blockade. Bis zum Rand voll und dabei doch leer. Der stete Tropfen hatte den Stein ausgehöhlt. Sofortige Flucht war meine einzige Chance, dem dauernden Kreislauf aus lichterloh brennen und verbrennen, zu entkommen. Stand heute, letztlich auch Dank euch, würde ich mich jetzt nicht mehr als Flüchtling bezeichnen, sondern als Pilger. Fast schäme ich mich, aber finanziell geht es mir ähnlich wie Bastian. Zum Glück kann ich mir eine zeitlich unbegrenzte Auszeit erlauben. Und wenn es um Geld geht, würde ich sogar das Angebot und Nachfrage-Spielchen auf den internationalen Kunstmärkten wieder mitspielen können. Schaut nicht so! Angeber, lese ich in euren Gesichtern. Mitspielen würde klappen, nur dann anders, zu meinen Bedingungen und nicht als Marionette von sogenannten Experten, denn beweisen muss ich vermutlich nichts mehr.

Seit unserem Erlebnis spüre ich unbekannte, andere Energien, die ich ganz behutsam – wenn es geht auch bittschön mit euerer Hilfe, neu kanalisieren möchte, egal in welche Richtung. Im Vergleich zur ersten Beichte oder zur verlorenen Liebe beinahe ein Luxusproblem, aber glaubt mir: Ich hatte furchtbar gelitten an dieser inneren Leere, dem Unverständnis und der Kritiklosigkeit selbst meiner besten Freunde und der Sinnlosigkeit meines Schaffens. Last: und unbedingt wichtig. Ich will auch für euch da sein. C'est tout. Ihr tut gut."

Sarah gab einen angerauchten Sticky an Herm weiter, lies niemanden Zeit zum Nachdenken oder Zwischenfragen und meinte: „Diese Richtung greife ich mal auf: neue Energie und Hoffnung, wobei ich wohl auch Hilfe bei den kommenden Kanalisierungsarbeiten von euch brauchen werde. Bei mir war es nicht die Liebe, die Tätigkeit an sich – obwohl... Mit Liebe und der Tätigkeit hat es wohl jede Menge zu tun. Nach so vielen Wochen Abstand und Nachdenken würde ich als Hobby-Psychologin sagen, dass die genaue Ursache bekannt ist, die Symptome deutlich, allein die Therapie ist noch unklar. Für mich nenne ich es nur das ,Dingens' – nicht das Ding aus einer anderen Welt, aber aus einer anderen Zeit.

Es begann in Köln, als ich meinen Job als Notärztin – übrigens auch nicht schlecht bezahlt – na ja, in einem Unfall-Rettungswagen aufgab. Zuviel Müll, Abschaum und Respektlosigkeit. Wenn dich dummes und asoziales Pack angeht, dich beleidigt, filmt oder gar beim Einsatz behindert, besoffen im Weg steht, während du aus tiefster Überzeugung helfen willst, eventuell sogar Leben retten kannst, dann ist das Fass übervoll, irgendwann reicht es. Bis hierhin irgendwie fast wie bei Herm, auf einer anderen Ebene natürlich.

Hier erst wurde mir klar, ich hätte nicht so lange als reine Notärztin durchgehend schuften sollen. Eine längere Auszeit, vielleicht noch in meinem Beruf, jedoch auf einem Schiff, einer abgelegenen Insel, einem Waisenheim, hätten hier vorgebeugt. So aber folgte auf diesem Großstadtjob beinahe direkt im Anschluss ein weiterer, ganz anders gearteter Einsatz. Meine Freundin Mel brachte mich durch unser bahnbrechendes Gespräch darauf, dass es meine Bestimmung war, zu helfen, für andere da zu sein, sie zu heilen oder wenigsten Schmerzen zu lindern. Ich schmiss nicht hin, sondern kündigte und heuerte, begehrt wie ich als erfahrene Unfallnotärztin war, nach einiger Überlegung bei Ärzten ohne Grenzen an. Blauäugig hatte ich auf Zentralafrika, Brasilien oder wenigstens Indien gehofft – stationiert wurde ich im Nahen Osten, in einer Sand- und Geröllwüste, die mal von der einen, dann von der anderen Seite kontrolliert wurde.

Selbst wenn vordergründig Frieden herrschte, nur weil die Waffen zufällig schwiegen, in Wirklichkeit war immer Krieg. Die Isis, die Kurden, zahlreiche verfeindete Gruppen, die selbstherrlichen Warlords, selbsternannte Gotteskrieger, die bekannten Großmächte im Hintergrund – alle hielten sich an nichts. Keine Absprachen, keine Vereinbarung, kein Kriegsrecht. So instabil wie diese Region ist, mittlerweile glaube ich, dass hier niemals wieder Frieden herrschen kann. Über ein Jahr arbeitete ich auf beiden Seiten der löchrigen Grenze in erbärmlichen Flüchtlingslagern. Mein sogenanntes Zuhause war meistens ein Blechcontainer mit Klimaanlage, inmitten dieser unglaublichen Hitze – nichts als Staub, Dreck, Armut, Leid, Krankheit und Tod. Wären da nicht die Kinder und die kleinen Erfolge bei und mit ihnen. Das Lächeln der Mütter nach erfolgter Hilfe, wie mir diese kleinen dreckigen Strolche in die Arme stürmten, mich drückten und vollsabberten…alles wäre auszuhalten gewesen. Selbst die trostlose Abgeschiedenheit, die verdammte Einsamkeit, Langeweile zwischen den Einsätzen, die so nie gekannte Beziehungslosigkeit, wären da eben nicht die Familien, die Kinder, die mich mehr brauchten als Pizza oder Kika. Apropos Wüste und Staub- Mensch, hab ich Durst, kann ich bitte mal ein Bier bekommen?"

Herm reichte ihr eine volle Flasche Kingfisher und staunend von den ums Feuer hockenden beäugt, trank Sarah mit einem kräftigen Schluck die halbe Flasche Bier aus, rülpste leise und begann erneut: „Also helfen konnte ich schon reichlich. Schmerz, Gewalt, Blut, schlimmste Unfallfolgen wie abgerissene Gliedmaße oder tiefe Wunden, dazu Schussverletzungen, Vergiftungen und anderes kannte ich alles aus meiner Zeit auf dem Rettungswagen in Köln. Doch was mich letztlich vollends aus der Spur warf, war diese letzte grausame Wahnsinnstat, zu der wir unvorbereitet gerufen wurden. Wie gesagt, viele schwerstverletzte Minenopfer, angeschossene unschuldige Unbeteiligte, zahllose Schwerstverletzte nach Artilleriefeuer oder Bombenabwürfen bisher – hart, aber in diesem Teil der Welt leider Alltag. Was mir den Boden unter den Füßen wegriss, war dieser menschenverachtende Übergriff.

Glaubt mir, so etwas hatte ich noch nie gesehen und möchte ich auch nie mehr auch nur ansatzweise erleben. Denn die Leidtragenden waren auch diesmal wie fast immer in erster Linie junge Frauen und Kinder – grausamst geschlachtet. Aufgeschlitzt, die Eingeweide wie Abfall rausgerissen, Arme und Beine abgehackt. Brutal gequält und gefoltert. Wofür? Für dieses kleine, gottvergessene Stückchen der Vorhölle? Immer wieder taucht vor meinen inneren Augen das Bild der weißen Kabelbinder auf und das der auf den Rücken gefesselter Hände. Nicht die der Männer! Nochmal: junge Frauen und Kinder, grundlos hingemetzelt von Unmenschen. Die genauen Details dieses Amoks verschweige ich nicht aus reiner Höflichkeit, sondern zum Teil als Selbstschutz, zum anderen würden diese furchtbaren Bilder euch und mir die letzten schönen Tage schwarzmalen.

Für mich stand danach fest, dass es mal wieder reicht. Zumal mich die Erkenntnis beinahe wie ein Schock traf, dass es in diesem Teil der ohnehin schon harten Welt nie einen so langen und echten Frieden geben würde, wie den, den wir über 75 Jahre alt in Zentraleuropa erleben durften. Dazu gesellte sich, was ich in den letzten, harten 15 Monaten über vermeintliche Gotteskrieger, die Rollen und Rechte der Frauen hier, die Machtspiele der Großmächte, den Einfluss der Militärlobby, die Korruption, die Perspektivlosigkeit in beinahe jeden Bereich, nicht nur wie immer behauptet, wenn auch ursächlich in der Bildung, der Versorgung, des Gesundheitswesens, und letztlich die dreckige, fiese Rolle der westlichen und östlichen Waffenlieferanten erfahren musste. Ein einsamer, winziger, Hoffnung machender Ansatz einer Lösung ist auch in weitester Zukunft nicht zu erkennen, zu viele mischen mit, zu viele verdienen mit. Das Elend, das Leid, die unvorstellbare Gewalt interessiert letztlich die Welt kaum noch. Nur ab und zu landet ein besonders grausamer Anschlag, wie zum Beispiel der von mir erlebte, für ein, zwei Tage in den Schlagzeilen. Dann nimmt die freie Welt teil. Schockiert, ohnmächtig – um nach wenigen Tagen zur Tagesordnung und anderen Brennpunkten zurückzukehren.

Einfach hinschmeißen und abhauen kam nicht in Frage. Schlimme Tage im Einsatz, aber weg von der zu nahen Frontlinie folgten für mich. Nachdem ich mich einigermaßen beruhigt hatte und ich klar denken konnte, half mir ausgerechnet ein israelischer Kollege, der nicht nur wieder den literarischen Siddhartha, sondern auch Indien kannte, auf die Spur. Vielleicht war die Saat schon länger gesät, aber nun keimte das Pflänzchen und ich hegte und pflegte es, denn das Pflänzchen war ein vergessener Teil von mir – so kündigte ich nach langen, tiefen Gesprächen erneut, erfüllte meinen Vertrag bis zuletzt und machte mich letztlich aus dem Staub. Ohne schlechtes Gewissen, was ich leisten konnte, hatte ich geleistet. Den Rest, also den Beginn meiner Suche, kennt ihr bzw. habt ihr ja zum Teil ähnlich miterlebt und erfahren. Vielleicht reden wir in einigen Tagen oder Wochen hierüber weiter. Salute. Auf das Jetzt und Hier!"

Die beiden Frauen stießen an, Bishwa summte in die Stille hinein, wie es klang ein Mantra als Rap und Herm legte mit Bastian Holz nach, auch diese Nacht schien lang zu werden. Jemand zeigte in den Nachthimmel und faselte etwas vom Licht der Sterne, die vielfach schon lange nicht mehr existierten. Ja, ja – wissen wir.

Sie philosophierten etwas kreuz und quer: Zeit in der von unseren Uhren bestimmten Art gibt es nicht, denn auch Raum und Zeit seien bloß Illusionen. Täuschungen bzw. nur eine von verschiedenen der vielen Wirklichkeiten. Oder kurz gesagt: Alles ist Maya – wie schon die Inder behaupteten. Wichtig sei nur das vorhin angesprochene Hier und Jetzt, dass sie sich vielmehr glücklich schätzen konnten, hier am Feuer zu hocken, ihre Seele zu offenbaren, Freunden zuzuhören und in den Nachthimmel zu starren. Katharsis für aus der Spur geratene – oder etwas in der Art. Daheim würde man jetzt stattdessen einen Film streamen, das Handy checken, bestenfalls in einer zu lauten Kneipe abhocken, um… Ja um was zum Teufel?

Scheinbar dienten diese dahin philosophierten Redebeiträge als spontane Überbrückungshilfe, sollten Roman animieren nun seinerseits sich zu öffnen. Niemand schaute ihn direkt an, jeder wartete jedoch angespannt. Schließlich stand Roman einfach auf, verschwand hinter dem Schilfgürtel, um ausgiebig zu pinkeln. Er bat Herm um einen Zug Gras, trank einen ausgiebigen Schluck wie alle vor ihm und begann ebenfalls unvermittelt mit seiner Offenbarung.

„Bei mir liegt der Fall absolut anders als bei euch. Komplizierter, doch dabei simpel und unvermeidlich. Kein Erlebnis, keine verlorene Liebe, keine Flucht vor Gangstern oder Entdeckung. Auch kein schreckliches Erlebnis, keinen wie auch immer gearteten Burnout bzw. verfickte Sinnlosigkeit oder in Anführungszeichen sündige unmoralische Taten, nicht mal rein Spirituelles haben mich auf diese Pilgerreise geschickt. Obschon ich diesen Teil der Welt von früheren Reisen gut kenne.

Um es so kurz wie möglich zu halten: Ich werde sterben, bald schon. Keine Chance auf Heilung. Bei zwei, drei näheren Bekannten habe ich mitverfolgt, wie so etwas abläuft, wie sie leiden und letztlich doch entwürdigt und ohne Hoffnung aus dieser Welt weichen. Da hab ich beschlossen, selbstbestimmt und in einer mir liegenden, individuellen Art und dazu in dieser ganz äußerst besonderen Landschaft diesen Planeten zu verlassen. Allein, aber nicht einsam. Nun gut, jetzt also nicht mehr allein, sondern irgendwie bis hierhin zusammen mit euch besonderen Mitmenschen."

Roman trank erneut einen Schluck, spülte den Mund mit Arak wie in Zeitlupe aus, wurde mit großen Augen angeschaut, sagte dann nur: „Denkt daran! Keine Ratschläge oder ähnliches!" und blieb stumm.

Das Feuer prasselte, ein unsichtbarer Nachtvogel schrie, von fern antwortete wer und die Gefährten kratzten sich heimlich, atmeten schwer oder schauten in die Glut, alle aufkommenden, möglichen Fragen unterdrückend. Bis Sarah seinen Arm drückte und leise flüsterte, sie würden sich alle an die Abmachung halten, Layla rückte ebenfalls näher, lächelte ihn an, wischte die Tränchen fort und bat ihnen wenigstens etwas genaueres mitzuteilen. Er schüttelte den Kopf, aber nicht ablehnend, sondern Kopf wackelnd so wie ein indischer Elefant, der eigentlich damit zustimmt.

„Ladies, Ladies. Zum Glück bin ich verheiratet, viel zu alt und überhaupt. Mensch dieses Küken, gerade flügge und…"
„Ich bin schon 25!" warf die junge Frau ein.
„Wo war ich? Ach ja, gerade 25, lernt neu auf eigenen Beinen zu stehen und ist so taff und jung, unglaublich schön, traut sich auf diese Seelenreise. Und auch ihre nur fünf Jahre ältere Schwester im Geiste, unsere…"

„Charmeur – 15 Jahre älter als unsere Schöne – sorry, musste sein"
warf Sarah daraufhin spontan ein
„Also diese Schwestern im Geiste würden bei uns daheim ein echtes
Geschoss genannt. Stark, hübsch, total empathisch und auf dem richtigen Weg – zu sich und für alle voller positiver Energien."

Langsam erhob Roman sich, drückte einen jeden der Männer, erwähnte
wie froh er sei, auch sie getroffen zu haben und bedankte sich für ihre
Freundschaft und das Vertrauen. Dann wischte auch er einige Tränen
weg, ging kurz zum See, spuckte alles, was ihm auf der Seele lag als
dicken Flatschen ins Wasser und kehrte zurück zu den anderen ans hell-
leuchtende Feuer. Wohl wissend, dass die anderen mehr wissen wollten
als den bloßen Sachverhalt.

„Okay – aber nun nicht in epischer Breite. Im Club gab es Ärger mit so
einem Manager einer Nazi-Drecksband. Verdammter Bullshit, ich bin
doch eigentlich von Haus Pazifist oder Humanist oder so? Auf jeden
Fall in der Regel total friedfertig, Alt-Hippie wie ihr immer sagt. Nur
dieser fiesen öligen Drecksau musste ich einen Kopfstoß verpassen.
Verletzte mich dabei ein wenig, mir wurde selbst schummrig. Na ja
– im Krankenhaus entdeckte man erst da diesen unheilbaren Tumor,
faselte etwas von Therapie, Chemo und son Zeugs und dass mir im
besten Fall eine kurze absehbare Spanne schmerzfreier Zeit danach
übrigbleiben würde, ehe es, wie ich da schon mehr ahnte als tatsächlich
wusste, unaufhaltsam schlimmer und würdeloser werden würde. Einige
Beratungen und Informationsgespräche machte ich mit, zusätzlich be-
fragte ich immer wieder Dr. Google – aber der Plan stand da für mich
schon fest. Auch wenn ich das Spiel der Ärzte meiner geliebten Frau,
meiner übrigen Familie und den Freunden zuliebe kurzfristig mitspielte.
Was soll ich jetzt lang daherreden? In einem sterilen öden Krankenhaus
hinzusiechen, um hilflos den Löffel abzugeben, kam nicht in Frage.
Etwas erst zu unternehmen, wenn es möglicherweise schon zu spät sein
könnte, weil der Körper und der Geist ebenfalls nicht mehr funktionieren, auch nicht.

Was blieb mir in dieser Situation anders übrig, als heimlich alles still
und allein zu organisieren? Die äußerliche Welt für meine Frau, für den
Club, für mein Umfeld wird sich gewohnt nach einiger Zeit weiterdre-
hen. Klar musste ich viel lügen, täuschen, im Verborgenen planen, was

mir seltsamerweise nicht schwerfiel und sogar ungeahnte neue Kräfte freisetzte. Angeblich reiste ich letztlich zu einem alten Freund in eine Blockhütte ins Sauerland, um noch einmal abzuschalten, zu reden und zu saufen, ehe bald schon die erste Chemo beginnen sollte. Drei bis vier Tage Vorsprung genügten, um für hoffentlich immer vom Heim-Radar zu verschwinden.

Alle Spuren verwischend bin ich nun wie der Geheimagent 004 langsam zunächst nach Indien und jetzt mit euch hier in Nepal gestrandet. Dieser Trip hier mit meinen neuen und letzten Freunden war nicht eingeplant, hat mich aber total bestärkt, den geplanten Weg weiterzugehen, solange die Kräfte es noch zulassen. Und für Notfälle, die logischerweise eingeplant sind, besorgt Bishwa mir neben den mitgebrachten Schmerzmitteln absolut starkes Opium und anderes Zeug. Das war es im Groben."

Die Kleine kuschelte sich an Roman, schaute ihn mit großen Augen an und fragte nur: „Aber wie sieht dein ganz geheimer Plan genau aus?" Niemand hatte wirklich ernsthaft mit einer Antwort gerechnet, doch dann:

„Ich will diese Welt frei und selbstbestimmt dort verlassen, wo ich den vermeintlichen Göttern am nächsten sein kann. Hoffe dabei, dass die mit Sicherheit kommenden Schmerzen und die drohende Gefahr durch den wachsenden Tumor aufs Gehirn, die Motorik usw. noch einige wenige Wochen warten. Ihr merkt doch auch, dass Gleichgewicht, Sprache, Kraft immer noch okay sind und verschleiern, was tief in mir wächst. Mein Pilgerziel liegt circa sieben bis zehn Tagesrouten von Pokhara entfernt zwischen Dhaulagiri und Anapurna, je nach Form und Zustand.

Trekking-Permits zu bekommen ist heutzutage laut unserem lieben buddhistischen Freund ein Kinderspiel. Genauer gesagt gibt es einen von Hindus, Moslems und sogar Christen gemeinsam verehrten, kaum bekannten, heiligen Ort in einem Kloster, grob umschrieben in Richtung Tibet, knapp oberhalb von fünftausend Metern, wo ich noch einmal unbedingt hinmuss. Darüber ragt nur noch der 5.500 Meter hoch liegende Pass in eisigen Höhen und abseits davon werde ich davonfliegen. Ihr versteht, was ich meine!? Kein klassischer Selbstmord, ehe eine

Mischung aus bewusstem Versehen und frei gewählten, natürlichem Abgang.

Vor Jahrzehnten treckte ich als junger Typ bereits dorthin, eigentlich jetzt für mich kaum zu schaffen, aber ich habe recherchiert, dass man heute das steilste und anstrengendste Teilstück, eine Drei-Tages-Etappe, per Jeep hochfahren kann. Man könnte sogar fast bis dorthin fliegen, knapp eine Zweitagesreise unterhalb des Klosters. Das ist jedoch keine ernsthafte Option. Undenkbar vor Jahren, damals gab es nur Maultier-Karawanen, die die kleinen Dörfer bereisten und belieferten. Klingt wie aus dem vorherigen Jahrhundert – ist es auch.

Schließlich soll der Weg dorthin auch mit zum Ziel gehören. Den heiligen Platz sehen, im Kloster auf das Unvermeidliche warten und dann nachts los. Auf dieser Höhe herrschen nach Sonnenuntergang um diese Zeit stets Minusgrade, zwei Stunden vor Sonnenaufgang sogar bis zu minus 15 Grad, diese Kälte sollte genügen, um mich für die Reise ins Jenseits einzufrieren. Nicht zu vergessen, das Dope, welches mich beruhigen und einschläfern wird. Ja, wenn das Beten sich lohnen tät. Würde ich beten, dass meine Kraft reicht und mein Verstand bleibt, bis ich dort oben bin, zu meinem letzten Date dieser Welt. Jetzt wisst ihr endlich über mich Bescheid und keine Tränen mehr. Außer aus Freude."

Es war zuerst Bastian, der mehr über den heiligen Ort wissen wollte. Ansonsten hielten sich alle an die Regel, quälten ihn nicht weiter mit Fragen, Tipps oder aufmunternden Worten. Roman entgegnete, er sei gerne bereit, am nächsten Tag ein, zwei Geschichten von dort oben zu erzählen. Sie hätten ja noch den gesamten letzten Abend hier und vielleicht sogar noch einen Abend in Pokhara, bevor sich ihre Wege – zumindest was ihn anbelangt – für immer trennen würden. Mit dem folgenden Aufruhr hatte er nicht im Geringsten gerechnet. Herm meinte als erster zunächst nur lapidar, es sei doch wohl mehr als nur Ehrensache, dass er ihn fortan begleiten würde – und wenn in 1.000 Meter Abstand. Sofort pflichtete ihm Bastian bei – auch er würde es als große Ehre betrachten seinen großen Freund auf seiner letzten Pilgerfahrt zumindest noch ein großes Stück zu folgen, auch wenn dieser eine Begleitung nie in Erwägung gezogen habe. Beide versprachen nochmals, sich nie einzumischen, keinen Doktor oder Schamanen zu rufen oder ihn umsorgend zu behelligen. Lange blickte ihn Sarah an, schrie fast, als sie sagte, er solle endlich mal vergessen, dass sie Ärztin sei, und schon gar nicht seine Frau oder Krankenschwester. Dieses nebulöse spirituelle Beinah-Hospiz hoch oben – sie zeigte sogar einigermaßen in die richtige Himmelsrichtung, sei fortan nun auch ihr Pilgerziel. Diese heiligen Orte würden der gesamten Menschheit gehören – und er hätte sie selbst als liebe Freundin bezeichnet, die zudem nun auch noch eine von wenigen Eingeweihten in sein kommendes Schicksal war. Dazu kommt, er sei doch wohl nicht der Typ, der einer „Lady" etwas aus-schlagen könnte, geschweige denn zweien. Jetzt erst begriff Layla voll-ends, was hier gerade vor aller Augen geschah. Sie umarmte Sarah voll Dankbarkeit, konnte kaum klar reden und doch war allen, sogar dem düster blickenden Roman, sofort klar, dass auch sie auf dieser Wande-rung zu den Göttern – oder Dämonen wie Herm meinte, auf jeden Fall dabei sein werde.

„Wie konntet ihr nur annehmen, ich würde fortan ohne euch weiter-ziehen? Erst wenn Romans Wusch erfüllt ist. Basta!" Baff, erstaunt wie bestimmt die Kleine sein konnten, herrschte einen Moment Ruhe, alle schauten sich stumm an und wussten, sie hatten eine Übereinkunft gefunden, sogar Roman schaute weniger grimmig. Also vereinbarte man, nicht mehr über das Ende der Reise Romans zu reden, sondern zu planen und zu organisieren, wie genau, in welcher Zeit und auf welcher Route man zum Sitz der Götter oder des Klosters gelangen wolle. Als Roman sagte, er fühle sich stark und optimistisch wie lange nicht mehr, bloß vielleicht sei Gott oder der Teufel auch eine schöne Frau, lachten alle herzlich und packten es gemeinsam an.

Wieder einmal pausierten sie Roman zuliebe im kühlen Schatten einer Brücke, der Anstieg schaffte sie alle. Wie sollte es Roman dann be-werkstelligen, wenn sie sich jetzt schon ausgepowert fühlten? Doch ausgerechnet dieser begann wie aus dem Nichts zu erzählen:

„Heute Nacht hatte ich einen seltsamen Traum, den selbst mein lieber Bishwa nicht deuten konnte, er vermutet, dass mein Traum eher eine Art Vision sei, und sogar eine ihm unbekannte mögliche Variante des Samsaras für uns Westler bedeuten könnte. Also ich träumte, dass ich ganz normal aufwachte, aber daheim. Nach dem Duschen entdeckte ich einige, beim zu Bett gehen noch nicht dagewesene, seltsamen Knubbel, ohrenförmige Gebilde und Hautlappen an meinem gesamten Körper.

Mein Freund und Hausarzt Friedrich untersuchte mich noch am gleichen Vormittag, er war total überrascht und verstört und überwies mich sofort an einen Spezialisten, der mein Kommen bereits erwartete und mich ebenfalls gründlich durchcheckte.

Nachdem mir Blut- und Gewebeproben entnommen wurden, sollten diese schnellstmöglich analysiert werden. Unter Beobachtung verbrachte ich einen ganzen Tag abgeschottet in einem Privatzimmer, während die Hautlappen oder Geschwulste stetig wuchsen. Zwar verspürte ich keinerlei Schmerz oder Erschöpfung, doch Sorgen machte mir schon, wie da unaufhörlich etwas aus und nicht in mir wuchs. Mit einem starken Schlafmittel betäubt, fiel ich in einen traumlosen Dämmerzustand, um von einem Expertenteam von mehreren Ärztinnen und Ärzten geweckt zu werden. Sie schauten weder traurig noch unwissend, sondern eher positiv überrascht. Mit wenigen Worten wurde mir mitgeteilt, dass die Anhänge oder Auswüchse aus meinem Körper zwar zu mir gehörten, aber wiederum auch nicht. Diese Lappen wuchsen, verspürten keinen eigenen Schmerz, konnten entfernt werden, um rasch wieder nachzuwachsen. Diese fortan von mir weltweit allein produzierten Teile enthielten Frisch- und Keimzellen sowie andere mir nichts sagende Inhaltsstoffe.

Eine Ärztin, scheinbar die Wortführerin, erläuterte mir sofort auf mein fragendes Gesicht hin, dass die Analysen alle überwältigt hätten. In den aus mir wachsenden Teilen konnten Zellen isoliert werden, die jedes Körperteil gesund nachbilden konnten. Ob ich verstanden hätte? Jedes Körperteil! Also zum Beispiel Bein, Auge, Gallenblase, Penis, Leber usw.

Ich fühlte mich plötzlich wie ein Ersatzteillager für die kränkelnde Menschheit. Für alle Menschen? Wohl kaum – eher für die zahlungskräftigen oder scheinbar wichtigeren Mitglieder unserer ehrenwerten Gesellschaft. Für die oberen Zehntausend, vielleicht auch nur oberen Tausend? Wären dies nicht Milliardäre, Oligarchen, Politiker, Adel, Wirtschaftsbosse, Kardinäle, reiche Erben und andere überflüssige Parasiten? Ich bestand darauf, dass zunächst ich selbst nachgebaut werden sollte, eher ich zustimmen würde, meine Ersatzteil-Lieferungen rauszurücken. Eine Antwort hatte ich nicht mehr erhalten, denn leider klapperten euere ersten Teetassen beim Frühstück.

Nun ja, zum Abschied keine Organspende – aber ein Ersatzteillager für zahllose Menschen. Wäre doch auch eine Bestimmung und Lösung so vieler Probleme. Sucht euch beizeiten schon etwas aus, was ihr gebrauchen könnt. Ich setze euch ganz vorne auf die Liste. Niemand lachte. Nur Roman. Versteht ihr denn nicht? Selbstbestimmtes ewiges Leben, bis du sagst: Licht aus – und du nicht mehr lieferst und letztlich – – – Was? Unappetitlich? Aber vergraben, verbrennen? Nichts da.

Vier Tage später rasteten sie in einer Teestube, vor dessen Veranda fast drei Meter hohe Hanfpflanzen wuchsen. Das erste, steilste und vermutlich die meisten Kräfte raubende Wegstück hatten sie mit einem geräumigen Jeep auf unasphaltierten Straßen bis Tatopani zurückgelegt. Selbstverständlich ließ Bishwa es sich ebenfalls nicht nehmen, seinen alten Kumpanen weiter zu begleiten, zumal er auch vor so vielen Jahren mit dabei war. Der Pfad erwies sich als gut begehbar, eng, felsig, manchmal steil – aber Roman ging vor und gab damit das Tempo an. Nebeneinander zu gehen war nicht möglich, so hing ein jeder seinen Gedanken nach, schauderte an den gelegentlich mehrere hundert Meter tiefen Abgründe, erfreute sich an Baumhörnchen, Affen und Halbaffen, Rehen, großen bunten Vögeln oder den vielen seltsamen Hochgebirgspflanzen. Hier oben auf nunmehr über 2.500 Metern wuchs der Rhododendron als Baum, mehrere Meter hoch und fantastisch blühend. Andere Trekker trafen sie bisher in den drei zurück gelegten Tagen selten, eher einzelne Träger mit ihren riesigen Körben oder in der Nähe lebende Dörfler. Spartanische Unterkünfte gab es hingegen jede Menge, meistens nur wenige Stunden voneinander entfernt, alle Überbleibsel auf der ehemals so beliebten Trekking-Runde. Die meisten Ausländer fliegen heutzutage bis zur Grenze in die Provinz Mustang, welche zum Großteil bereits im nicht frei zugängigen Tibet liegt, wusste der Wirt zu berichten, der wie die meisten Nepalis hier aus dem Stamme der Sherpa stammte und gute Tipps für den weiteren Aufstieg gab.

Umso größer die Überraschung als eine Gruppe junger, eindeutig aus Europa stammender Trekker ebenfalls die Hütte enterte, die nächste Übernachtungsmöglichkeit war nur elf Meilen entfernt und sie wollten daher über Mittag hier heißen Chai trinken und einen Happen essen, ungestört etwas Dope rauchen und ein Stündchen ausspannen.

Wie sich schnell herausstellte, kamen die acht Männer tatsächlich aus

Zentraleuropa, bunt zusammengewürfelt, genauer aus Irland, Däne-mark, England und den Niederlanden. Alle waren Sportstudenten und hatten gemeinsam bereits zum zweiten Mal in einem, von ihrer kleinen Organisation „Dirt-Kick-Camp" genannten Projekt sechs Wochen lang mit Kindern und Jugendlichen ernsthaft Fußball trainiert und dabei den Mädchen und Jungen täglich auch u.a. mehrere Stunden lang Englisch-Unterricht quasi nebenbei erteilt. Warum Dirt-Kick? Ganz simpel, weil es keinen echten Sport- oder Spielplatz gab, man spielte auf einer von Geröll freigeräumten, einigermaßen ebenen, staubigen Fläche in Flussnähe – ja und wenn es regnete, wurde trotzdem täglich gepölt bzw. nebenbei gelernt. Im Schlamm halt, deswegen der Begriff Dirt-Kick.

Sarah bohrte nach, dass es hier doch eher idyllisch und auch sauber sei, sie hätte Kinder auch ohne westliche Hilfe spielen und Spaß haben gesehen – und selbst Zwergschulen gab es auch hier im Himalaya. Die Jungs schauten sich an, etwas aggressiv entgegnete einer der jungen engagierten Sportstudenten:

„Nun ja – weil der Rest der Welt diesen Zipfel im Hochland vergessen hat, es nach dem Erdbeben vor einigen Jahren nur Berichte und Nach-richten aus anderen Provinzen gab. Einer unserer Dozenten trekkte zu-fällig oder Gott gegeben in dieser Gegend und war mit einer der ersten, der das grauenvolle Unvorstellbare unsichtbar für die gesamte Weltöf-fentlichkeit entdeckte, fotografierte. Dort einige Wochen mitanpackte, einsah, dass er allein viel zu wenig ausrichten konnte und immer noch geschockt nach und nach Hilfe organisierte."

Die anderen ergänzten wie fertig er nach seiner Rückkehr an die Uni war und selbst die wenigen Fotos erzeugten bei den wenigen Betrach-tern noch Magenkrämpfe oder zumindest tiefe Schuldgefühle, obwohl es keine kriegerische Auseinandersetzung, sondern eine reine Natur-katastrophe gewesen war: Kinderleichen, unbegraben und verbogen auf einem Haufen, aufgedunsene Tierkadaver. Dazu die Gesichter der Überlebenden, ausgemergelt, ohne Hoffnung. Ferner die aufgeblähten Bäuche der Kinder, die Alten, die im Dreck hockten, die Kranken, ohne Versorgung. Mit Aktionen, Sammlungen und ein wenig Geld von der EU konnte zwar schnell wenigstens Trinkwasser wieder aufbereitet werden, die Not blieb riesig groß. Kleingruppen, die daraufhin privat zu Hilfe eilten wie sie selbst, waren immer noch schockiert. Sie berichteten neben der reinen Zerstörung ferner von Elend, Hunger, Krankheiten, drohenden Seuchen. Ganz abgesehen von fehlender Schule oder Krankenstation oder Kommunikationstechnik.

Das starke Erdbeben vor wenigen Jahren hatte zudem die kaum vorhandene Infrastruktur gänzlich zerstört, wobei am schlimmsten der Verlust der gerade vor drei Jahren eingeweihten Brücke im Vorjahr über den reißenden Kali Gangaki erschwerend ins Gewicht fiel. So wurde die Gegend wieder wie all die Jahre zuvor von den sporadischen individuellen Trekkerbesuchen oder den häufiger vorkommenden organisierten und geführten Kultur interessierten Touristengruppen abgeschnitten, der Besuch der Fremden, bei den nur unter den wenigen Individualreisenden, Geographen und Kunstkennern bekannten Holztempel mit den geschnitzten erotischen Darstellungen aller bekannten sexuellen Stellungen, hatte nach dem Brückenbau ein wenig Wohlstand und Infrastruktur ins Dorf gespült. Die Gegend liege durch den Fluss getrennt halt auf der falschen Seite des Trekks. Nur sei beinahe immer noch zu viel zerstört, es gab kaum Perspektiven oder wenigstens Hoffnung – einzig die jährlich stattfindenden Dirt-Kick-Days brachten Hilfe, Kontakte und Abwechslung. Es sei mal wieder der berühmte Tropfen auf dem heißen Stein. Fußball nicht des Kickens wegen – sondern nur Mittel zum Zweck. Aber es fehlt vor allem an Geld. Roman, der sich bisher nicht am Gespräch beteiligt hatte, und scheinbar unbeteiligt war, fragte mittendrin auf einmal:

„Redet ihr jetzt etwa vom hölzernen Kundalini Tempel in Khobani? Einzigartig und freimütig – dazu in einem wunderschönen Dorf!"

Die acht jungen Typen waren schlagartig echt erstaunt, auf jemanden zu treffen, der diesen Ort vor gefühlten Jahrhunderten bereist hatte. Sofort boten sie an, Kontakt zu ihrer kleinen, letztlich gegründeten Dirt-Kick-NGO herzustellen, vielleicht wollten ihre neuen Bekannten auch helfen, zum Beispiel einige Wochen unterrichten, oder beim Wiederaufbau oder dem nötigen Aufstellen von Schutzmauern helfen? Etwas spenden vor Ort? Enttäuscht mussten sie zur Kenntnis nehmen, dass die Gefährten bereits ein festes und genaues, niemals angezweifeltes Ziel in ihrem engen Zeitrahmen anvisierten. Dennoch versprach für sie alle überraschenderweise ausgerechnet Roman, den viertägigen Umweg sehr gerne in Kauf zu nehmen, um wenigstens im Dorf für eine Nacht vorbeizuschauen, schaden würde es niemanden, und ganz ohne Zwang, könnten sie vor Ort trotzdem ein klein wenig helfen. Und sei es nur durch die Übernachtung, dem Preis für Verpflegung sowie einer kleineren Spende.

Denn auf die UNO, die UNESCO oder wem auch immer aus dem Westen würde man auf der falschen Seite des Flusses vermutlich vergeblich warten. Die Jungs klopften auf den Holztisch, freuten sich von Herzen, ähnlich mitfühlende Reisende zufällig getroffen und ein wenig überzeugt zu haben.

Nachdem die Dirt-Kick-Assistanceteacher die Hütte freundlich winkend verließen, starrten alle erstaunt Roman an. Dieser blickte auch sehr ernst, schilderte dann wie in Trance zunächst den Weg zu dem kleinen Dorf auf der falschen Seite des reisenden Flusses:

„Okay, man wandert anderthalb Tag weiter flussaufwärts, dort ist eine Steinbrücke, denn eine Furt oder ähnliches gibt es nicht, einen ganzen Tag auf der anderen Seite wieder zurück, dann noch über einige riesige Felsen – und dahinter liegt das authentische Dorf in Khobani seiner ganzen, ehemaligen Schönheit. Und wenn ihr das Kamasutra kennt oder schon einmal von Kundalini-Sex gehört habt, wäre dies mehr als nur ein Geheimtipp-Abstecher in ein wunderschönes, nun zerstört da liegendes Tal inmitten unberührtester Natur, sondern vielmehr ein Pflichtbesuch auf unserer bisher so glücklichen Fahrt."

Er registrierte wohl die skeptischen Blicke, niemand sprach, Roman dachte daran, es einfach auszusitzen. Da begann Sarah, ganz bewusst Englisch redend, damit auch Bishwa in diese seltsame Planänderung einbezogen wurde, als jemand der Roman am besten kennt;

„Hey! Keine Sorge, es folgen keine Ratschläge, nichts von Ärztin zum Kranken, auch keine Fragen nach dem warum. Aber bitte lass uns nicht im Regen stehen. Es ist deine Tour, du bestimmst wie weit, schnell oder wohin es gehen soll. Nur verrate deinen Freunden, was dich bewegt, diesen Umweg einzuschlagen. Warte – einen langen Satz noch. Fühlst du dich denn überhaupt körperlich in der Lage für diesen, nennen wir es einmal Ausflug in die eigene Vergangenheit? Abgesehen davon haben deine wenigen Worte wie helfen oder spenden etwas bei mir ausgelöst, vielleicht auch bei den anderen. Etwas für die Zukunft."

„Freunde, es fällt mir bestimmt nicht leicht, aber weil wir so offen und nah zusammengerückt sind, die vielen spannenden Gespräche, das Lachen unterwegs, euere Wärme und spürbare Liebe – am besten, ich rede einfach drauf los. Vor gestern Nacht bin ich in der Lodge auf dem Weg zur Toilette auf der Treppe zusammengebrochen. Keine Kontrolle über meine Beine, dazu wahnsinnige Kopfschmerzen. Bishwa fand mich zum Glück, flößte mir Tee mit Opiumtinktur ein, brachte mich in mein Zimmer und gab mir etwas zu schnupfen, ein Mittel gegen die Dämonen von seiner Schamanentante. Am nächsten Morgen ging es mir tatsächlich besser, dann erst fiel mir mein Traum wieder ein. Ich träumte, dass ich noch genau elf Tage zu leben hätte, bis zum Kloster braucht man je nach Tempo drei bis fünf... Die übrigen paar Tage sollte ich nicht vergeuden und im Traum lief ich sofort los – aber auf der falschen Seite des Flusses.

Nennt es Schicksal oder was auch immer, aber als der Name des Dorfes in mein Bewusstsein zurückkam, musste ich an meinen Traum denken und dass ich meine möglichen letzten Tage hier positiv nutzen will. Elf oder zwei, genaues wissen wir erst danach. Außerdem habe ich sehr schöne, lustvolle Erinnerungen an den Ort – und es schmerzt mich sehr, zu erfahren, wie schlecht es den Menschen dort gehen soll und wie viel an Struktur und Gebäuden zerstört ist und dass kaum jemals Hilfe kommen wird."

Am vierten Tag, sie befanden sich nur noch wenige Kilometer vom Dorf entfernt, lief Bishwa vor. Seine entfernte Großcousine Kunda und ihr ehemaliges Guesthouse waren sein Ziel. Es sollte kein großes Problem sein, dort Unterkunft und Verpflegung zu organisieren. Die anderen stoppten oben auf den Felsen und schauten sich um. Ein Bild wie nach einem Angriff. Die Brücke an drei Stellen in den wilden Kali Gangaki gestürzt, die meisten der Jahrhunderte alten Schutzmauern einfach umgefallen, alle neueren Steingebäude, vermutlich zu schnell und mit viel zu billigen, fürs Hochgebirge letztlich ungeeigneten Baumaterialien errichtet wie eine Versammlungshalle, kleine Unfallstation oder der Ausrüstungs- und Lebensmittelladen, ebenfalls eingestürzt. Der Wasserturm eine Ruine, ebenso das kleine Kraftwerk. Angespült lag eine immer noch überriechende Unmenge alten Mülls, die die Überschwemmung mitgerissen hatte, wie aufgerissene, uralte Müllsäcke, Plastikkanister, verbogene Stahlträger, Styroporplatten, eine Art Kühlschrank und jede Menge faulendes Holz an den Pfeilerresten. Zum Glück gab es den Fluss und Brennholz, meinte wer, doch niemand wollte sich einen harten Himalaya-Winter hier vorstellen. Sarah fühlte sich etwas an Syrien erinnert, alle anderen an die schlimmsten Bilder aus den Nachrichten.

Highlight war und blieb der Tempel. Vor dem geplanten Abendessen besichtigten die fünf das wie von Schutzmächten erhalten gebliebene hölzerne Gebäude auf einer kleinen Anhöhe. So viele Stellungen, Vaginen und Penisse auf einen Haufen, Jahrhunderte alt, mitten im Dorfzentrum, einfach unglaublich. Unzählige schmutzige und armselig gekleidete Kinder verfolgten sie mit gebührendem Abstand. Sie bemerkten Rotznasen, unverheilte Wunden, humpelnde und schlecht sehende Mädchen und Jungen. Der einzige weitere Lichtblick neben dem fürwahr erotischen Kundalini-Tempel war die entfernte Großcousine.

Kunda bemerkte offen zu der Gruppe, dass gleichzeitig zwei gutaussehende und dazu noch unverheiratete junge Männer ihr die Wahl sehr schwer machen würden, wenn es je eine geben würde – doch leider würden die Gäste ja nur für ein zwei Tage bleiben. Schade. Herm und Bastian hingegen waren ebenfalls hin und weg. Längst vergessen geglaubte Chauvi-Gefühle übermannten sie. So ein Prachtweib, mitten im Nichts. Nichts gegen Sarah und die Kleine. Doch diese fantastische Gestalt, der freie Bauch, dazu die fließenden Bewegungen, der Ausschnitt des Saris ließ einiges verdrängtes oder bewusst vergrabenes zudem erahnen. Dazu das tolle Gesicht, die dunkelgrünen Augen und die unglaubliche Anmut. Herm wollte sie unbedingt malen, sie meinte dazu nur, er solle doch nach seinem wichtigen Trip zurückkommen. Basti schwärmte davon, wie es möglich sein konnte, hier in einem abgelegenen Tal eine ganz anders lebende und wirkende, aber doch etwas ähnliche nepalesische Inkarnation seiner Hanna anzutreffen. Kunda lächelte und deutete ihrerseits an, sie habe auch noch zwei unverheiratete Schwestern. Heiratsmarkt, Höflichkeit oder echtes Unterfangen? Echte Hoffnung machte sich keiner der zwei. Die Schwestern erwiesen sich nicht gerade überraschend als ebenso unbeschreiblich weiblich und irgendwie stark und frei. Die ältere der beiden zeigte mehrmals ein unverhohlenes Interesse an Bastian, was er leicht eingeschüchtert, die anderen mit umso größerem Vergnügen, registrierten. Nun das Tal liegt abgeschieden und vergessen, aber doch nicht außerhalb der Welt, hieß es dann zur Aufmunterung.

Am nächsten Tag, ihren vermutlich letzten hier, schauten sie sich das provisorische Spielfeld, die zerstörten Häuser und Einrichtungen an, sprachen lang mit jungen und alten Einwohnern und lagen letztlich wie gelähmt am Flussufer. Layla konnte einfach nicht glauben, dass es hier keine Schule, ja nicht einmal so etwas wie Lehrer oder Betreuer gab. Die vielen Kranken und Leidenden hatten es Sarah besonders angetan, während Basti beschämt laut darüber nachdachte, was man für einen Bruchteil des vielen Geldes, welches er für unwichtigen Luxusscheiß bisher verschwendet hatte, hier extrem positives bewegen könnte.

Wenigstens ein kleines Wasserkraftwerk für Strom und Wärme, ein festes Gebäude – egal ob als Treffpunkt, Krankenstation, Zwergschule oder Solar-Internetcafé. Dass die Menschen im Dorf und drumherum dauerhaft fern von Bildung, Gesundheitswesen und ohne jegliche Informationstechnologie leben mussten, berührte alle zutiefst. Von Kunda wussten sie, es leben circa 500 Menschen im Dorf, im Umkreis von einem halben Tagesmarsch jedoch nochmals 200 Großfamilien ebenfalls eher wie im düstersten Mittelalter als im 21. Jahrhundert.

Lange schwieg ungewohnter Weise auch Herm, dann schilderte er, wie vor Jahren ein alter Freund aus Alkmaar ihn gebeten hatte, einige Werke zu stiften, die offiziell versteigert wurden. Der erzielte Erlös ließ sich sehen, aber das besondere an der Sache lag darin, dass damit ein humanitäres Hilfsprojekt, er wusste nicht mehr, ob Brunnenbohren oder Schule, in einer der ärmsten Regionen Zentralamerikas realisiert wurde – und die niederländische Regierung, genaueres könne er, wenn nötig, herausfinden, verdoppelte daraufhin tatsächlich im gesetzlichen Rahmen ihres Entwicklungshilfeprogramms die durch die Aktion zusammen gekommene Summe.

Als alle ihn fragend anschauten, meinte er beinahe entschuldigend nur, er habe seit seiner Zeit in Holland die doppelte Staatsbürgerschaft. Der Knoten war geplatzt. Ein Tropfen nur – aber ein erster wichtiger Tropfen.

Ausgerechnet Bishwa sorgte ungewollt dafür, dass aus dem Tropfen eine Quelle wurde. Niedergeschlagen wandte er sich ab, verwischte zwei, drei Tränen und ließ sich im Staub nieder. So hatten sie ihn noch nie erlebt. Erst als Sarah und Layla fürsorglich ihm etwas Tee brachten, sich dazu hockten und nachfragten, murmelte er:

„Hier lebt ein kleiner Teil meiner Familie, wir hatten zuletzt sehr wenig Kontakt, aber ich liebe sie so wie den Rest hundert Meilen weiter entfernt. Hätte ich doch nur gewusst, wie schlecht es ihnen geht, wie sie leiden und vegetieren. Keine 30 bis 50 Meilen in jede Himmelsrichtung das pralle, gesunde Leben. Ein Nationalpark, ein weltberühmtes Kloster, eine der bekanntesten Trekking-Routen des Himalayas – und dann hier das Tal der Vergessenen. Es liegt nicht nur daran, dass hier keine Handys funktionieren. Wir hörten von dem Erdbeben, der Flut des Flusses, kümmerten uns um unsere eigenen nichtigen Probleme, statt wenigstens einmal nachzusehen. Ich danke Gott, dass uns die jungen Europäer informiert haben. Nach Romans Ziel muss ich unbedingt hierhin zurück, helfen, wo ich es nur kann."

Roman nickte, sprach von einer gigantischen Chance, er würde zu gerne vor seinem Abgang eine größere Summe spenden wollen. Basti und Herm blickten sich stillschweigend an, wussten genau, auch sie würden zurückkehren, ehe es irgendwie zurück ging. Man diskutierte etliche Varianten, Alternativen an, sogar über die auf das Dorf bezogene Hilfen hinaus.

Nur wie sollte eine Handvoll Menschen finanzielle Mittel, Einsätze organisieren und bündeln? Eine Art Verein, eine Cooperative musste her, die zunächst für das Dorf und das Tal Hilfe organisieren könnte. Layla klatschte begeistert, auch sie hatte, wie sie anmerkte, den meistens nie zu realisierenden Traum beinahe aller Sexarbeiterinnen geträumt, für die Zeit nach ihren Kunden, ein Café oder eine Bar zu errichten. Diese Vorstellung erschien ihr angesichts des gesehenen Leids fad und geschmacklos. Die Vorstellung zudem einer ihrer ehemaligen Klienten würde sie daheim in ihrem Lokal erkennen oder ansprechen, war ihr äußerst zuwider. Außerdem hätte sie von der Schule her immer noch richtig Plan von Büroarbeit, Buchführung und Organisation – nur mal so.

Gar nicht so schlecht gedacht von ihr, ließ Herm wiederum positiv einfließen. Eine Art Verein oder Stiftung, Top-Idee, er würde auch einiges an Barem, dazu etliche Werke aus seinen Lagern spenden. Verlegen gab daraufhin Bastian zu, er hätte früher bereits reichlich Geld illegal für eine betrügerische Stiftung von sich und einigen Anlegern an der Steuer vorbeigebracht – nur das Kapital wurde nie in wirkliche, angegebene Entwicklungsprojekte zum Beispiel in Äthiopien, Somalia oder Zentralafrika investiert, sondern in Zaire in bestimmte Minen und Bergwerke. Statt Gutes zu tun, wieder Kapitalismus pur. Zum Teil schwerste Kinderarbeit, dazu natürlich auch keine freien Gewerkschaften wie in Europa, keine Tarifverträge, Unfallschutz oder Sozialversicherung. Dafür jedoch immense Gewinne in den letzten Jahren. Seltene Erden heißen nicht nur so, sondern sie sind es. All dies Blutgeld würde er liebend gern abziehen und ebenfalls in einen gemeinsamen Topf für dieses Dorf spenden, auch darüber hinaus könnte er jährlich eine nicht geringe Summe aufbringen. Offiziell und steuerlich absetzbar, wie er verlegen anmerkte.

Dies wurde von Roman weiter aufgegriffen, unterstützt von Sarah, die für einige unerwartet ebenfalls einiges an Erträgen in Immobilien-Fonds erwirtschaftet hatte, und zudem Kontakte zu etlichen NGOs, zahlreichen Hilfsdiensten und auch zudem sehr gut im humanitären Sektor vernetzt war, besonders im medizinischen Bereich. Der gemeinsame Tenor lautete: Wir tun etwas Positives, nicht nur für diese gebeutelte Gegend, für die vielen Alten, Jugendlichen, Kinder, Schwachen, Kranken, sondern auch irgendwie für uns selbst, für unser Seelenheil. Bishwa flüsterte so etwas wie Karma. Aber es sollte niemals ein McDonalds- oder Netflix- oder Facebook-Projekt werden, sondern eines, das nachhaltig, demokratisch und unabhängig helfend agiert, was Roman letztlich veranlasste, bewusst etwas feierlich geschauspielert auf den Punkt bringend zu verkünden:

„Dann machen wir Nägel mit Köpfen für unsere zukünftige Stiftung mit dem mir gerade eingefallenen, vorläufigen Arbeitstitel ‚Karma statt Kola'. Ein jeder gibt ehrlich an, wieviel sie oder er spenden kann und will, was man an inhaltlicher Arbeit und an Kontakten beitragen wird und wie ein Konzept, eine Satzung aussehen kann. Ich zum Beispiel könnte, denn meine Frau ist unter anderen durch ihre eigene Rente, Haus, Lebensversicherung top abgesichert, meine 50 %-igen Clubanteile verkaufen und spenden. Mein Mitgesellschafter Justus ist dazu zufällig auch noch praktizierender Notar und Rechtsanwalt, 104 % voll vertrauenswürdig und mehr Freak als Bürohengst. Natürlich müsste ich ihn anrufen, egal, er ist Freund und verschwiegen. Ihm könnten wir übermorgen vom kleinen Flughafen in Jomsom faxen und später von dort aus telefonisch kontaktieren, damit er alles in die Wege leitet und schon vorab Kontakt zum Beispiel zu den richtigen holländischen Behörden aufnimmt. Als offizieller Anfang.

Und mit dem Geld von der Kleinen, sowie Sarah, mir und den beiden Freunden, hoffentlich verdoppelt von der NL-Regierung, hätten wir nicht nur ein super Stiftungskapital, sondern zudem einen Ort, d.h. natürlich die dort im Dorf sowie im Umkreis lebenden Menschen, die es verdienen, unterstützt zu werden. Abseits des Mainstreams, von Kriegen oder deren Folgen, nicht nur zu reden, sondern Gutes zu tun"

Man braucht zudem einen Anwalt in Katmandu und zahlreiche weitere Kontakte dort, ferner einen vertrauenswürdigen Vertreter oder besser zwei hier vor Ort und zeitnah einen durchdachten ersten handschriftlichen Vertrag – am besten in Deutsch, Englisch und Nepalesisch. Sarah schlug zunächst Bishwa vor, der angab sonst nirgends wirklich gebraucht zu werden und gerne annahm, aber darum bat, eine seiner Großcousinen aus dem Dorf mit einzubinden. Perfekt. So kam endlich das Gute wieder zurück in das Tal der Vergessenen. Roman runzelte die Stirn und schaute lange zu Bishwa.

Keine 48 Stunden waren vergangen, nach dem sie das düstere Tal der Vergessenen verließen. Bishwa regte an, ein Weilchen zu rasten, um Kraft für den kommenden steileren Anstieg zu schöpfen. Sie tranken aus ihren Wasserflaschen, aßen etwas Obst, als Sarah in die Runde fragte, was eigentlich dieses Samsara sei, wovon nicht nur im Dorf, sondern auch in Gesprächen immer wieder die Rede sei.

Roman nickte unmerklich seinem nepalesischen Freund zu und dieser erklärte, dass der Kreislauf aus Geburt, Tod und Wiedergeburt im Hinduismus als Samsara bezeichnet wird. An anderen Orten wird dies auch Reinkarnation genannt, ergänzte Roman. Das Samsara steht damit in ausgeprägtem Gegensatz zu unseren monotheistischen Vorstellungen. Insbesondere die über den endgültigen Tod und dem Jenseits. Obwohl wir im Gegensatz zu euch keine Dogmatiker sind, eher offen für alles.

In manchen Hindu-Tempeln hängen Bilder der Apostel, neben Indianer-häuptlingen oder Beckenbauer.

Sie stiegen bereits den kleinen Pass hinauf, der Pfad erwies sich als breit genug, dass zwei Menschen nebeneinander gehen konnten, als Herm sich umdrehte und das Pärchen Roman und Bishwa fragte: „Nochmals zu euerem Samsara, dem Jenseits und dem ganzen Kram. Diesen scheinbar ewigen Kreis der Wiedergeburten können nur Er-leuchtete durchbrechen? Was für uns arme weltliche Sünder dann wohl letztlich bedeutet…"

In diesem Augenblick trabte ein mit grellen Kopfschmuck und bunten Tüchern geschmücktes Maultier auf sie zu. Bishwa freute dies und er bat alle, sich mit dem Rucksack eng gedrückt an den linken, von einer Felswand begleiteten Rand des Weges zu stellen, denn auf der rechten Seite ging es bereits über 100 Meter in die Tiefe. Alle taten wie ihnen empfohlen, das geschmückte Tier verringerte sein Tempo kaum als es an ihnen vorbei talabwärts lief. Als er ihre erstaunten Blicke sah, er-klärte Bishwa mit wenigen Worten, es würde eine circa 50 Tiere große Maultier-Karawane folgen. Wenige Augenblicke später trabten tatsäch-lich mit schweren Säcken beladene Maultiere dem Leittier hinterher. Weit und breit kein Mensch zu sehen. Sie beobachteten die bepackten Tiere, sahen die dicken Jutesäcke und erahnten auf der anderen Seite den Abgrund. Nachdem das scheinbar letzte Tier vorbei galoppierte, riet Bishwa noch zu warten. Nach einigen Minuten erschien dann ein einzelner Mensch, der ein ebenfalls geschmücktes und mit einem iden-tischen Sack beladenes Tier am Zügel führte. Dieser Mann und Bishwa wechselten einige Sätze, grüßten und sie konnten weiter. Bishwa schlug grinsend auf den Sack, den das letzte Tier trug. Staub stieg vom Jute-sack auf und ein Geruch verbreite sich, den alle irgendwie erkannten, aber niemand sofort zuordnen konnte. Der Karawanenführer grinste ebenfalls, rief noch etwas Unverständliches und zog winkend der Herde nach.

Herm daraufhin: „Also das Samsara interessiert mich immer noch. Aber was hast du lieber Bishwa mit dem Typen so Witziges zu bereden ge-habt. Ging es um mal wieder um euere Götter oder eher um den Inhalt der Säcke?"
„Genau. Er sagte, bergauf bringt seine Karawane Tee, Salz und Zucker,

talwärts dann Haschisch und Marihuana. Und er wünscht uns eine erfolgreiche Pilgerfahrt."

„Ich versteh immer Haschisch und Marihuana…"

„Genau – und über das Samsara reden wir noch."

Zwei Tage wanderten sie nun bereits seit ihrem Abschied von Khobani in etwa stündlich wechselnden Paar-Konstellationen, während Bishwa mit Roman voran ging.

Hinter einer uneinsichtigen Biegung, direkt vor einem steileren Aufstieg über unförmige Steinstufen, versperrte ein vorsätzlich quer hingelegter Baumstamm den Pfad. Dahinter erhoben sich vier Männer mit seltsamen Mützen und Gewehren.

Stumm legte Bishwa einen Finger auf die Lippen, deutete an hier zu warten und flüsterte im Weggehen nur „Rebellen." Herm, Basti und Roman positionierten sich so, dass die Frauen verdeckt hinter ihnen standen. Bärtige Gestalten, dazu noch bewaffnet, hier mitten in der Einsamkeit des Hochgebirges – ein Menschenleben zählt bekanntlich nicht sehr viel, das einer Frau noch weniger. Wenn alles schlecht lief, würden ihre verblichenen, von Tieren abgenagten Knochen unter irgendwelchen Steinen erst in Jahren zufällig entdeckt werden. Schließlich wusste niemand daheim, wo sie sich befanden.

Sie beobachteten aufgeregt, wie Bishwa immer wieder auf die andere Seite des Flusses in Richtung zerstörtes Dorf wies, gestikulierte und aufrecht und ernst den Bewaffneten gegenüberstand. Nach endlosen zehn Minuten kehrte er mit einem etwas schiefen Grinsen zurück:

„Glück gehabt. Höfliche, freundliche Rebellen. Sie sind eine Patrouille der kommunistischen Rebellenarmee, die gegen das korrupte Regime und das Königshaus zu Feld ziehen. Sie bitten um eine Spende, quasi als Wegegeld. Im Gegenzug habe ich ihnen abgerungen, dass sie sich auch mal um die zerstörten Dörfer jenseits des Flusses kümmern. Wenn jeder 100 Rupien geben würde… Aber wartet, bis ich zurück bin und die Leute im Wald verschwunden sind."

Also hockten sie sich auf den Boden, schauten neugierig zu wie Bishwa die Spende überreichte, jemand umständlich, immer wieder nachfragend, etwas auf ein Blatt schrieb, der Baum beiseite gerollt wurde und die vier Wegelagerer im dichten Unterholz verschwanden. Derweil kehrte Bishwa das Stück Papier schwenkend zu ihnen zurück.

„Wie gesagt, ehrliche Verbrecher. Dies ist nun unser Rebellen-Visum. Wir haben eine Quittung über unsere Spende erhalten, brauchen wir nur vorzeigen, wenn uns eine andere Rebellen-Patrouille stoppt. Einmal zahlen reicht hier vollkommen aus. Sie nannten es übrigens Spende! Ich habe ihnen Karma statt Kola diktiert, mit Doppelpunkt und dann unsere sechs Namen. Und sie meinten noch, wir sollen die Gegend ausgiebig genießen, hier ist der hohe Himalaya von der Natur und der Sicht her beinahe am schönsten – behaupten sie zumindest."

Danach war allen klar, dass hier gerade etwas sehr Besonderes und Einmaliges geschah, nicht nur in Bezug auf die Begegnung mit den Rebellen, sondern die zukünftige Stiftung hatte eine erste Quittung auf der stand „Karma statt Kola". Fortan entspannten sie wieder, genossen die Landschaft und wanderten relaxt weiter, einfach so auf der uralten felsigen, oftmals eher steilen Trekkingroute. Geier und Adler mal über ihnen, mal standen sie an schattigen Abgründen und blickten auf die tief unter ihnen segelnden Raubvögel hinab, hoch über allem die eisigen Gipfel der Achttausender. Bishwa erwähnte, dies sei eine Gegend, die übersetzt „Where your mind flies" hieß.

Allen war ferner überaus klar, wie ernst und wichtig den Wandernden die bald zu gründende Stiftung war, wie sehr dieses gemeinsame Projekt allen am Herzen lag, manchmal sprachen sie von Romans Karma statt Kola-Projekt. Die Idee der Stiftung nahm mit jedem Schritt an Gestalt zu, Layla und Herm notierten fleißig mit, Sarah sowie Basti besaßen beide ein fast fotografisches Gedächtnis -um abends in den Guesthouses abschließend Stein für Stein wieder zusammen zu tragen. Es wurde heftig diskutiert, gelacht, verrückte Ideen nicht einfach abgetan, immer neue und wichtigere Türen aufgestoßen, bis von jedem nachvollziehbar mehr als nur das alles tragende Grundgerüst stand. Unglaublich – aus einer glänzenden Idee geboren, von sechs Menschen vorangetrieben, nach so kurzer Zeit ein stabiles Fundament zu erschaffen.

Layla sollte nicht nur wie alle anderen Stifter hundertprozentiges Vollmitglied, sondern zudem auch festangestellte Geschäftsführerin werden, ebenso wie Bishwa und weitere Familienangehörige für die Betreuung vor Ort. Herm, aber auch Sarah würden die zukünftigen Repräsentanten und Kontakthersteller werden und Basti würde sich letztlich um die finanziellen Seiten kümmern. Roman bat darum, dass sein Freund in Deutschland all die notwendigen rechtlichen Schritte mitbetreuen sollte und er bat weiter darum, dass sich die fünf oder mehr mindestens einmal im Jahr zu einem Treffen verpflichten sollten, egal ob am offiziellen Stiftungssitz, vermutlich aufgrund der Lage und Laylas Herkunft im Ruhrgebiet oder hier in Nepal. Erstaunen löste bei ihm nur die Idee der anderen fünf aus, dass es eine feste Stimme mehr geben sollte, weil er stets bei ihnen wäre…

Irritiert fragte er nach, was das solle, sechs Gesellschafter und Gründer, ein Verstorbener hätte da nichts verloren. Außerdem, und dies meine er voll Optimismus und Freude, sei nicht nur eine sehr hohe Summe bisher zusammengekommen, sondern die ersonnene Kostenstruktur sei absolut transparent und strukturiert: in erster Linie für die Gehalts- und sonstigen Kosten wie Mieten etc. für die festen Mitarbeiter, sie lägen bei unter 10 % und die anvisierten Kontakte und Ideen, ließen auf künftige sprudelnde, nachhaltige Quellen schließen. Dass das Projekt oder vielmehr ihre Stiftung „Karma statt Kola", wie sie nun bald auch offiziell heißen würde, auf fünf fantastischen Säulen stand, mache ihn einfach nur glücklich und zuversichtlich. Sein Tod sei dazu im Vergleich nichts, vielleicht ein Bestandteil im Fundament ihrer Gemeinschaft. Eine liberale Stiftung von Menschen für Menschen, frei von jeglichen religiösen oder politischen Ideologien. Ähnlich wie das immer noch anvisierte Ziel seiner Pilgerschaft, die des Klosters.

Sarah klärte ihn auf, in dem sie kurz auf angesprochene Problemchen einging, wo seine Meinung, auch in weiterer Zukunft, wichtig wäre: „Zum Beispiel bei der Frage Digitalisierung oder doch eher Musische Unterrichtung könnte es drei zu drei stehen. Was meinst du?" „Musisch natürlich, man weiß nie, ob Strom fließt oder…"
„Genau – weiter; Brunnenbau oder zunächst die Schutzmauern wieder errichten, die Abstimmung hakt wieder bei drei zu drei – jetzt du!"
„Auch ganz eindeutig, denn was bringt... Grins nicht so, für wie blöd haltet ihr mich. Dann erscheine ich euch eben und werde meine Stimmung zu Geltung bringen. Als Schattenwesen, Yeti, Vogel – ihr werdet mich spüren. Dann soll es in aller Göttinnen Namen so sein! Wobei,

letztlich soll das Dorf entscheiden. Wir wollen nichts von oben herauf bestimmen. Die Menschen dort selbst wissen am allerbesten, was vorrangig oder nicht ganz so wichtig im Augenblick für sie ist. Ahh, seht nur, ihr nickt – 100 % Zustimmung – super.

Nur jetzt wird es hart, denn wenn ich den Zeitunterschied richtig im Kopf habe, müsste ich als allererstes jetzt in Deutschland anrufen, die Ladies könnten ja die Faxe vorbereiten – wird hart genug für mich."

Roman verschwand in der winzigen Poststation am kleinen Jomson-Airport, telefonierte knapp eine Stunde, lackte über 80 Dollar dafür, lächelte, schämte sich der Tränen nicht und meinte zu ihnen nur: „Zunächst war er richtig sauer, beschimpfte mich und und und. Dann aber irgendwann verstand Justus uns und unsere Idee. Nun ist selbst er nicht nur überzeugt, sondern voll auf meiner, d.h. auf unserer Seite, er wird sich selbst finanziell auch etwas einbringen und unter meinen alten Weggefährten daheim auch für Unterstützung werben. Die Stiftung ist beinahe geboren. Der Embryo strampelt bereits spürbar. Vielleicht sollten wir ein klein wenig feiern. Ihr werdet es nicht glauben, aber hier im Tal brauen sie tatsächlich ganz trinkbaren Apfelwein, ein Prosit dann auf uns und die Stiftung. Lasst uns zwei, drei Flaschen auftreiben, gemeinsam entspannen und in die Berge oder Sterne, oder ein wenig in uns selbst, starren."

Teil 3 – ECHOS AUS DEN RUINEN DER ZUKUNFT

Kapitel 1 Pärchenbildung und kurze Fetzen von Gesprächen

Sarah und Herm

Die Stiftung der Gefährten schien relativ schnell und erfolgreich auf den Weg gebracht, es warteten noch Unmengen an organisatorischer und bürokratischer Arbeit nach der späteren Rückkehr aller nach Katmandu oder erst recht nach Europa. Bishwa konnte nicht glauben, was von ihnen in kürzester Zeit gemeinsam bewegt wurde.

Positiv erschöpft und besinnend auf dem Weg, der sie bzw. Roman ans Ziel bringen sollte, hing ein jeder zwar den individuellen Gedankenflüssen nach, jeder suchte aber auch den Austausch oder dachte lieber im Stillen an die Schwestern im nunmehr nicht mehr vergessenen Dorf. Ein andermal wanderten sie wie so oft vorher einzeln hintereinander, wenn der Pfad es einforderte, mal im trockenen, sandigen Uferstreifen des Flusses zu mehreren nebeneinander, Bishwa blieb stets wachsam in Romans Nähe und nach und nach bildeten sich die verschiedensten Paarkonstellationen, immer wieder neu, immer wieder anders. Sarah hakte sich entspannt von selbst bei Herm unter, neckend fragte sie: „Sag doch mal: Scheinbar gibt es für dich in erster Linie nur die Kreativität, und wenn es Emotionen gibt, dann in Zusammenhang mit dieser schöpferischen Kraft. Musen oder Gespielinnen gab es wohl auch. Nur als ich dich neulich im vergessenen Dorf etwas genauer beobachtete, insbesondere jedes Mal, wenn diese Frau gewordene Wiedergeburt einer Schneeleopardin dich anschaute, dann…"
„Im klassischen Sinne ist dies noch keine Frage – ich glaube aber zu verstehen, was du meinst. Weißt du noch, wie Basti sich vor wenigen Tagen offenbarte? Sorry. Logo, dass du dies weißt. Innerlich hatte ich gegrinst. Klar, liebe ich Frauen, hatte wie du erwähntest Musen, Geliebte, Groupies – aber was Basti auftischte, war mir zu seicht, zu romantisch, einem typischen Frauenroman – guck nicht so böse, dann statt Frauen – eben Liebesroman entsprungen. Wie er erzählte von diesen tiefen Seen, in denen man versinken konnte. Diesen Kitsch-Roman habe ich für mich still und leise weitererzählt. Nach vielen Umwegen finden Hanna und Basti sich wieder, gründen eine Non-Profit-Kooperative für spirituelles Bewusstsein und Umwelt, bekommen schnell zwei Kinder und… Im Ernst jetzt. In genauso einen See bin ich ebenfalls ge-

fallen. Auch wenn es die Stiftung nicht geben würde, wäre es glasklar, dass ich zurück dorthin muss. Nenn es von mir aus auch Liebe auf den ersten Blick. Ich denke oder besser hoffe, dass Kunda ebenfalls etwas empfindet. Einfach wird es nicht – wäre auch zu kitschig, aber ich bin bereit wie ein Löwe, um sie zu kämpfen und sie nicht nur zu zeichnen. Dies aber auf jeden Fall auch: Skizze um Skizze. Apropos. Du als Löwin – gibt oder gab es jemanden für dich – oder Beruf for ever statt Beziehung und Liebe?"

Sarah lächelte, streichelte wie so oft sanft seinen Arm, dachte ungewöhnlich lange nach, ehe sie zunächst stockend begann.

„Na ja – da war meistens jemand. In der Schule, im Studium. Später wurde es schwieriger, meine Ausbildung, die Einsatzorte. Doch ich möchte nicht alles auf äußere Bedingungen schieben. Feste Liebes-Bindungen sind zum Beispiel für eine Singlefrau, die dazu noch Notärztin im Schichtdienst ist, nicht einfach, sondern eher lähmend. Klar, sehne ich mich nach dem zärtlichen, klugen Naturburschen, der am liebsten noch Handwerker oder Weinbauer oder so was in der Richtung ist. Wenn ich in den Spiegel schaue, bin ich nicht blind und behaupte mal, mit etwas Schminke und einem Rock wäre ich in der Tat das von Roman so titulierte „Geschoss". Nicht so jung, nicht so süß wie unser Küken, aber vorzeigbar. Oft genug habe ich mir auch genommen, was ich brauchte. Sex ist wichtig, Beziehung vermutlich wichtiger – doch bei mir kam der Job wirklich von Berufung und damit an erster Stelle. Helfen, Schmerzen lindern, trösten, heilen.

So wird es immer weitergehen, auch mit unserer aller Tätigkeit für unsere gemeinsame Stiftung. Genau weiß ich es im Moment nicht, ob ehe der Abstand vom letzten Einsatz oder doch mehr die Zeit und die Gespräche mit euch, etwas in mir ausgelöst haben. In letzter Zeit denke ich wieder an alte und zukünftige Männer in meinem Leben, werde Ausschau halten und bin absolut offen. Garantie gibt dir keiner, aber mit Freude alles zu versuchen und mich wieder glücklich ins Leben stürzen, wird mehr als nur der erste Schritt in diese Richtung sein. Und dass ich ausgerechnet mit dir über die Liebe rede, kaum zu glauben."

„Tut mir gut. Die Liebe -oder wie immer wir diese Gefühle unseren Mitmenschen im Allgemeinen und bestimmten im Besonderen bezeichnen wollen, ist vielleicht die Urkraft des Universums, sollte deswegen auch Zentrum aller Religionen sein. Nicht dieser Hass, die Alleinstellungsmerkmale und Abgrenzung. Wie mich diese Dogmatiker ankotzen! Was ich außerdem schon lange loswerden wollte und jetzt muss: Es tut mir übrigens leider wie ich über euere Einstellungen zum Transzendenten gelacht und auf eure Kosten letztlich dumme Witze über Gott und Göttinnen machen musste."

„Ist schon gut und längst vergessen. Wir Psychonauten haben doch meistens still mitgelacht."

Die beiden bleiben stehen, lassen die anderen passieren, schauen hoch auf die Gipfel und drückten sich lang und anhaltend.

Layla und Bishwa

Bisher gab es kaum Kontakte zwischen den beiden. Unverhofft gingen sie nebeneinander, da erzählte Bishwa von seiner Familie, dem kleinen Dorf, der religiösen Gemeinschaft dort, Layla hörte interessiert zu. Denn ihr schon sehr gutes Schul-Englisch war nicht nur viel besser geworden, sie verstand beinahe alles, sondern sie traute sich auch, ohne lange nachzudenken oder nach Wörtern zu suchen, drauflos zu reden. Sie berichtete im Gegenzug ebenfalls von ihrem Daheim, sehr knapp über ihre alten Tätigkeiten, wie sehr sie sich auf die kommende Arbeit mit den Freunden für „Karma statt Kola" freute und vor ihrer Angst vor dem Tod, genauer gesagt vor dem mit Sicherheit sehr bald kommenden Tode Romans. Bishwa dazu:

„Roman und ich kennen uns sehr lange, das gemeinsame Trekken, die vielen Gespräche am Feuer, die fantastischen Erlebnisse über so viele Jahre schweißen nicht nur zusammen, sondern sie lassen einen den anderen besser verstehen und man empfindet regelrecht mit ihnen. Du musst wissen, all die Witze über Alt-Hippies und so, spiegeln schon seinen wahren Kern. Er war immer Suchender, Pilger, Fragensteller. Die Antworten waren ihm nicht gleichgültig, sondern ein bisschen wie schiefe Wegweiser. Letztlich machte er doch stets sein eigenes Ding. Egal ob mit dem späteren Club, mit seiner gegen alle Mahnungen gutlaufenden Ehe, mit seinen Touren über fünf Kontinente. Er ist unglaublich taff sowie stets authentisch.

Roman geht folglich nur seinen Weg konsequent zu Ende, ich bete ständig, dass er es auch schafft, und jetzt Meter vorm Ziel trage ich ihn notfalls dort hinauf. Layla, ich sehe deine Tränen kommen – glaub mir einfach, Roman will es nicht nur so, es ist vielmehr auch nicht zu verhindern. Denk an unser Versprechen ihm gegenüber. Nicht umsonst travellte er so häufig durch Asien. Wir haben eine andere Sichtweise auf Geburt, Tod und das Jenseits als ihr Westler. Der Tod ist für Roman letztlich nur eine Art Tür in eine andere Dimension."

„Mag sein, bestimmt ist alles richtig, was du sagtest. Mir jedoch macht der Tod Angst. Als meine Lieblingsoma starb, sollte ich als junges Mädchen noch Abschied nehmen. Da lag sie nun als Tote. Nix mehr von dem, was ich alles einst an ihr liebte. Starr, gelb im Gesicht, ohne jegliche Regung. Die Trauergäste verschlimmerten alles nur noch mehr. Da erkannte ich, der Tod ist das Ende. Danach kommt nichts mehr. Du muss wissen, ich bin nicht gerade religiös erzogen. Meine Eltern zu liberal, zu modern. Die Muslime, die ich kennen lernte, entweder zu fanatisch, zu dogmatisch – oder mit jeder Menge Doppelmoral ausgestattet, die ein höheres Wesen bestraft oder durchschaut hätte. Die einzige mit der ich über Gott und die Welt, Religion und ein Leben nach dem Tod sprechen konnte, war eben diese Oma. Wie wir gelacht haben, wenn sie Witze erzählte. Am liebsten über Imame, Rabbiner oder Pastoren. Vorbei, tot, kein Leben mehr in ihr und in dem Moment spürte ich, da kommt auch nichts."

„Angst vor dem Tod ist überall etwas ganz Normales, auch wenn es nicht alle zugeben. Niemand weiß wirklich, wie es weitergeht. Schlimmer noch: Unseren eigenen Tod werden wir nicht so erleben, dass wir danach darüber berichten könnten. Wir sterben deswegen jedes Mal ein wenig mit, wenn ein Verwandter, ein Freund von uns geht. So wie andere über unseren Tod trauern werden, so wie wir Romans Ende demnächst wohl beklagen. Ich will jetzt gar nicht über Religion, Gott und Göttinnen, dem Sein danach reden. Als Buddhist bin ich anderen Einstellungen gegenüber tolerant und uns liegt auch fast alles, euren monotheistischen Religionen innewohnendes Missionieren fern. Doch eins noch. Die Wissenschaft definiert den Tod in etwa als das Ende der lebenden Zellen. Du hast doch nach deiner Abkehr von Deutschland gespürt, mal mehr mal weniger, dass wir, also du mehr als nur Zelle, Blut, Körperfunktion sind. Nach dem Trip hattest doch auch du von der unsterblichen Seele gesprochen. Oder schon vergessen? Du schüttelst den Kopf – gut.

Als du deine Großmutter einst tot liegen sahst, war ihre Seele vermutlich schon längst auf der Weiterreise. Zu wem, wohin, wie – das alles wissen wir nicht. Ich fürchte mich auch vor dem Tod. Doch die Erkenntnis der Unabwendbarkeit für jeden Menschen, egal wie gesund er im Moment, wie reich oder klug jemand ist – vor dem Tod sind wir alle absolut gleich. Und das stimmt mich auch ein wenig froh. Deswegen feiern wir das Abschiednehmen bei dem Verbrennen unserer Angehörigen ehe als Verbesserung des letzten irdischen Zustandes, denn als absolutes Ende."

Layla erwiderte sein freundliches Lächeln, zog mehrmals alles, was kommen wollte mit der Nase hoch, betrachtete seinen Anhänger mit dem Sanskritzeichen des Om und merkte an, dass sie eigentlich Tattoos nicht ausstehen könne. Aber dieses buddhistische Zeichen..., worauf Bishwa lachend meinte: Wenn schon, dann hinduistisch. Aber für Buddhisten gäbe es da, was Spirituelles anbelange, jede Menge Spielraum. Für dich als Christin, verzeih – als ehemalige Muslima oder Atheistin, sei es weniger wichtig ob hinduistisch oder buddhistisch. Das Sanskrit stellt auf jeden Fall die älteste Schriftsprache der Welt dar, kannst du ruhig mal an unseren Quanten-Halbexperten weitergeben. Und ob sie bereits wisse, wie groß und wo genau denn die heilige Silbe bald gestochen werden sollte.

„Oh, hinduistisch. Ein bisschen wie das heilige Feuer, das hier alle verehren. Nur gut, dass Roman es ...sorry, aber das ist seine Story. Dann wäre es auch gestorben. Halt, stimmt nicht. Gas, Wasser sind ja immer dort. Jemand müsste es nur anzünden. Aber Roman weiß es genauer. Wenn ich in diesem Zusammenhang an den Tod denke, fühle ich, es würde sich für mich äußerst lohnen, länger darüber nachzudenken. Oder wie du vielleicht sagen würdest, zu meditieren. Om mani padme hum."
„Genau dies symbolisiert die heilige Silbe. Roman übrigens verglich die dahinter verdeckte Selbstlosigkeit, die Nächstenliebe und den ganzen Rest mit dem Ur-Christentum oder wie er so oft mir neckend zu verstehen gab, diesen ganzen verfuckten Hippie-Tugenden."

Basti und Roman

„Ist es nicht ein komischer Zufall, dass unter den Milliarden Menschen ausgerechnet wir uns hier gefunden haben? Meinst du da steckt irgendein höherer Sinn hinter", fragte Basti.

„Ach Bastian, der Glaube an den Zufall ist der neue Aberglaube unseres Jahrhunderts, glaube ich zumindest vor kurzem in Varanasi gelesen zu haben. Scheint hundert Jahre her zu sein."

„Heißt dies für dich – sorry, ich war zu lange reiner Rationalist, mit u.a. sogar Gottesbeweisen per Quantencomputer – was lachst du? Also ein wenig stimmt es aber – dass du hinter allem einen Sinn vermutest? Also nicht nur in Bezug auf unser Zusammentreffen, die gemeinsamen Erlebnisse am See, die Idee für unsere Stiftung, den gemeinsamen Weg mit dir? Glaubst du an einen Sinn jenseits der Wissenschaft, Kirchen und Reproduktion und Weiterleben in unseren Kindern?" Roman runzelte die Stirn, wollte gerade antworten.

„Warte noch einen Moment. Mein bisheriger Lebenssinn bestand darin, Geld anzuhäufen – bis ich dieses Wesen traf. Erst hier beim Trekking fiel mir ein Film wieder ein, irgendwas mit Gangstern und LSD oder einer anderen ganz besonderen psychedelischen Droge. Genau. Luc Besson, der Film hieß Lucy. Haben wir schon darüber geredet, meine ich zumindest. Da sagt ein Professor den Satz: Der Sinn des Lebens liegt in Reproduktion oder in Wiedergeburt. Mit Religion im klassischen Sinne habe ich mich, wenn ich genauer nachdenke, seit meiner Abmeldung vom Reli-Unterricht mit Fünfzehn nicht weiter bewusst beschäftigt. Erst hier habe ich die Muße und Leere etwas vorurteilsfrei in mich fließen zu lassen. So kamen mir diese kruden Gedanken, aber bitte, jetzt du."

„Um mit einem Naturwissenschaftler, mit Einstein, zu antworten. Ich weiß, dass ich nichts weiß. Hier könnten wir aufhören. Viel echte Lebenserfahrung scheinst du bei allen deinen Geschäften nicht angehäuft zu haben. Du bist jedoch ernsthaft auf der Suche, ich kann dir nur wenig helfen, aber vielleicht eine Spur aufzeigen. Vermutlich, weil du mich ein wenig an den suchenden Roman von einst erinnerst. Nur war ich kein Banker oder was auch immer, sondern ein Freak, der schon früh Indien, Nepal aber auch Kalifornien bereiste, oder das berühmte tibetanische Totembuch oder die Bhagavadgita las, ohne ein Wort wirklich zu begreifen. Genug aber der uralten Erinnerungen, sicher ist, Gott wohnt nicht in den goldenen Kirchen, Palästen oder Tempeln. Meine ich aufgrund meiner bisherigen Erfahrungen, eher findest du ihn auf einem Berg, einem Felsen im Meer, in der Wüste. Habe ich euch allen als meinen Urglauben mitgegeben. Beweisen kann dies alles niemand. Kann sein, die Suche nach einem Sinn, nach etwas, was für unser

Leben lebenswert ist, hat für viele Menschen nichts mit Religion oder Göttern zu tun. Sondern etwas mit der Familie, dem Beruf, dem Erkennen von Wahrheiten, dem Genießen usw. Um einen Sinn zu kreieren, muss du nicht gläubig sein. Mir persönlich hat vor fast einem halben Jahrhundert ein Werk des hier so oft zitierten Hesse, nämlich „Mein Glaube", geholfen. Sinngemäß sagt er dort, dass er trotz des all ihn umgebenden Unsinns glaube, dass es einen tieferen Sinn gibt. Wo Philosophie aufhört und Spiritualität anfängt, musst du allein entscheiden. Lach mal wieder mehr! Interessiert dich zum Beispiel Eishockey? Wir hatten mal einen ganz besonderen deutschen Nationaltrainer, mit Vornamen Xaver und die Fans sangen damals immer „Der Unsinn trainiert die Nationalmannschaft. Wie hieß er wohl mit Nachnamen?

Vielleicht zum Abschluss noch: Bestimmte Völker, lange bevor sie so etwas wie schriftliche oder erst recht unsere überbordende moderne Kommunikation entwickelten, sprachen von bestimmten natürlichen Drogen als von den Pflanzen der Götter. Sie konnten weder schreiben und damit auch logischerweise nicht lesen, gaben Wissen mündlich weiter, und waren dennoch in der Lage mit ihren jeweiligen Göttern zu sprechen. Erinnert dich das nicht an irgendetwas?"

Roman erwartete keine Antwort, er mochte diesen, glücklicherweise vom Weg abgekommenen Finanzier wirklich, er nahm sich jedoch vor, öfter mal mit dem ein oder anderen auf ihrer letzten Etappe zu reden. Noch blieben allen einige Gelegenheiten.

Basti wiederum dachte, da hat er nicht unrecht, wenn ich an die Nacht mit den Pilzen denke und nicht alles als Halluzinationen und Hirngespenste abtue. Ganz sicher weiß ich jedoch, nicht nur „Mein Glaube", auch alle anderen, von euch genannten Bücher, werde ich mir so bald als möglich besorgen. Trotzdem ist es sehr gut, dass es hier oben noch kein Amazon oder ähnliches gibt. Außerdem musste er noch mal genauer über die ebenso beeindruckende Schwester Kundas nachdenken. Sie spukte seitdem nicht nur durch seine Träume. Hatte sie ihm nicht auch hinterhergeschaut und sogar gewunken? Liebe – das wäre doch ein möglicher Sinn. So einfach, nur real? Ach ja.

Layla und Roman

Stunden nach dem Gespräch über den Tod mit Bishwa suchte Layla ganz bewusst die Nähe Romans. Sie machte ihrem nepalesischen Freund ein Zeichen, er könne voran gehen, sie bliebe in Romans Nähe, da sie noch Fragen hätte.

„Sag doch mal, wie wird es weitergehen – ernsthaft. Und bitte nicht in dem Stil: Ich werde auf dem Pass davonfliegen und ihr segelt zurück nach Pokhara. Vielmehr meine ich, wie geht es mit uns, mit mir, der Karma-Stiftung und natürlich auch mit dir weiter. Obwohl einen Witz könnte ich jetzt richtig gut gebrauchen. Noch etwas. Wenn du Küken oder Kleine zu mir sagtest, war ich zunächst etwas sauer und beleidigt. Aber es stimmt. Ich bin noch ein Welpe, ein Fohlen und will noch jede Menge von euch allen lernen!"
„Nicht so ernst. Süße. Ja genau, Süße – würde auch zu dir passen. Ist hoffentlich noch politisch korrekt und keineswegs abwertend gemeint. Für dich scheint mir das Wort erfunden! Wenn du Anfang der siebziger zum Beispiel mit uns… – lassen wir das. Hör zu, etwas Uraltes aus meiner Jugend, kannst du stets aktualisieren, brauchst nur den Namen des Despoten ändern: Putin geht zu einer berühmten Wahrsagerin, sie soll in ihre Kristallkugel schauen und verraten, was der nächste Sommer für ihn bringt. Die Wahrsagerin: Ich sehe dich in einer großen, offenen Limousine durch Moskau fahren. Die Straßen sind voller jubelnder Menschen. Sie lachen, tanzen, winken dir zu. Putin: Und winke ich zurück? Sie: Nein, der Sarg ist verschlossen."

Zunächst grinst Layla nur, dann lacht sie stumm in sich hinein. Eine Weile gehen sie schweigend weiter, sie ahnt, dass Roman es nicht lange aushält. Er hat ja auch nicht mehr so viel Zeit wie ich, denkt sie noch und tadelt sich zugleich für ihren nicht bösgemeinten, aber so klingenden Gedanken, als Roman tatsächlich beginnt.

„Die Karma-Stiftung ist in den aller besten Händen! Und ich werde doch als Mitgesellschafter an den jährlichen Treffen teilnehmen. Layla! – Witz! Wie es mit uns allen weitergeht, wissen die Götter da oben oder die Teufel dort unten, oder umgekehrt. Ich bin immer noch Berufsoptimist und bin sicher, ihr alle werdet genau das richtige tun oder finden. Was ebenfalls für mich gilt. Niemals hätte ich mir vor Wochen auch nur ansatzweise erträumt mit so unwahrscheinlich tollen Menschen, nun ja, meinem Tod entgegenzuwandern. Dies gibt mir sehr viel Kraft und Hoffnung! Wirklich, dies ist nicht nur so dahin- gesagt – und bevor ich gehe, will ich euch noch einschwören, dass ihr meinen Tod nicht mit erleidet, zu viel trauert. Ihr sollt bittschön feiern. Sich mit und für mich freuen. Essen, trinken, tanzen, rauchen – und jeder seinen Lieblingswitz erzählen. Vorher erzähle ich euch meinen. Nun zu dir – da könnte ich so einiges sagen. Aber was meinst du selbst, wie möchtest du, dass es für dich weiter geht?"

„Geschickt, alter Mann. Auf alles eine Antwort – aber für mich wirfst du mir den Ball einfach zurück. Lass mal kurz nachdenken – oder besser nicht. Sicher weiß ich, ich möchte nicht zurück. Schon gar nicht zu meinen Klienten in die Dienstleistungsbranche, noch in mein altes Leben, jenes früher, ohne nachzudenken über das, was ich tue, sondern einfach unbewusst und naiv in den Tag hinein zu planen. Passe. Erst hier habe ich erfahren wie wichtig Freunde und Familie sind, was nachhaltig wirklich meint, auch dass wir vielleicht etwas zum Besseren wenden können. Mir fehlen noch die richtigen Worte aber ihr alle, du besonders und die Stiftung sind mein Schicksal. Dies will ich selbstbestimmt und bewusst gestalten. Auch mehr als nur einen halbherzigen Versuch starten, den berühmten Sinn wenigstens ansatzweise zu erkennen."

„Da hast du doch alle Antworten schon in dir. Niemand weiß, ob unser Treffen vorherbestimmt war, ob es einen Lenker und Walter gibt. Dennoch spürst du deine unsterbliche Seele, die Energie, das Einzigartige, manche sagen, auch das Göttliche in dir wieder. Ich freu mich so sehr für dich, lass dich ganz fest umarmen.

Meinst du nicht auch Layla, dass die kommende Arbeit in und für die Stiftung auch deinem Umfeld daheim sehr gefallen würde? Du nickst also. Aha, brauchst nur ein wenig an der Wahrheit feilen, in etwa wie Basti es ergangen ist: Geld scheffeln ist nicht alles, du warst längst ausgebrannt und ausgenutzt und hast jetzt eine neue Aufgabe, ein neues Ziel in der Stiftung, die rein dazu dient, Menschen – egal ob jung oder alt, gebildet oder unwissend, gesund oder krank, zu helfen – für dich gefunden. Und zu gefunden fällt mir nur noch ein: So entspannt und innerlich leuchtend, wie du jetzt bist, wird dich die Liebe bald auch finden! So sicher wie das Amen in der Kirche. Warte – ich bin noch nicht fertig! Deine Rolle in der Stiftung wird zudem eine ganz besondere. Du hast uns alle ehrlich überrascht mit deinen seltsamen Kenntnissen zur BWL, zu Rechnungswesen, Geschäftsverkehr usw. Ein Gräuel für mich persönlich. Umso größer das Glück für uns alle, dass du diesen kaufmännischen Bürokram regeln und managen kannst. Denn dann bist du in der Tat Managerin – Macherin des Guten. Bis die Stiftung tatsächlich anläuft, werden noch einige Monate vergehen. Bis dahin habe ich organisiert, vorausgesetzt du magst zusagen, zum einen eine Art Praktikum im Büro des Klubs und bei Justus, meinem Anwaltskumpel. Zum anderen wird genau dieser Freund dich in die Geheimnisse und Tücken des Stiftungsrechts einweisen. Im nächsten Jahr wirst du mir eine Blume in den Fluss werfen, der Göttin in dir oder wem auch immer danken, und dich wundern, wie schnell die Zeit vergeht und das dieses Echo von heute, unser Gedankenaustausch, scheinbar Ewigkeiten her ist. So siehts aus – Küken!"

Layla und Herm

Herm machte keinen Hehl daraus, wie sehr er Layla als Freundin mochte, vertraute ihr aber ebenso wie Sarah seine Verliebtheit in Kunda an. Layla wiederum war total gerührt, ausgerechnet von Herm so etwas Emotionales und Intimes zu erfahren. Im Gegenzug gestand sie ihm, aber auch sich selbst vermutlich zum ersten Mal selbst bewusst ein, dass sie einen Nachbarn ihrer Eltern, ähh, ganz nett fand.

„Nett? Du – entschuldige mal, aber nach deinen Erlebnissen mit Männern, sollte ich besser sagen Freiern, oder wie du beschönigend eher Klienten, Layla, schau nicht so. Bei mir kommt manchmal noch das Ego-Arschloch zum Vorschein. Also der Junge ist süß – und?"
„Süß, stimmt. Nun, er ist kein Adonis, auch kein Türke, kein Moslem, nicht mal Europäer, denke ich – und wir kennen uns im Grunde auch nicht wirklich. Aber er ist kein Junge, ein Mann vielleicht Ende Zwanzig. Asiate auf jeden Fall, ich würde aufgrund seiner höflichen, etwas förmlich Art schätzen am ehesten Japaner."
„Da schau an" war alles, was Herm überrascht von sich geben konnte.
„Er hat meinem Bruder mal gestanden, dass dieser eine sehr hübsche Schwester hätte, ein echtes Goldstück. Und wir haben uns zwei, drei mal kurz im Park unterhalten. Also nicht wirklich, eher nur etwas über unsere Hunde. Er fand damals meinen Sultan, beinahe tot getreten vor Monaten von diesem Dreckssschwein, richtig toll. Und ich mochte sei-

nen auch. Einen Mops mit Überbiss, der schnaubte immer, wenn ich ihn kraulte. Hieß Harakumi oder so. Dabei finde ich Möpse eher hässlich, doch den mochte ich. Am liebsten aber gefiel mir, wie freundlich und nett der Mann mit seinem Hund umging, auch wenn Möpse wirklich keine schönen Hunde sind – wer so mit Tieren umgeht, macht es doch mit seinen Mitmenschen nicht völlig anders, oder was meinst du?"

„Mädchen, Mädchen. Schönheit liegt doch immer im Auge des Betrachters. Oder wie Augustinus sagte: Schön ist alles, was man mit Liebe betrachtet. Und ist dein Japaner nur süß oder in deinen Augen auch schön? Weißt du, ohne die Schönheit um uns herum – egal ob in der Natur, in Gesichtern, im nächtlichen Himmel, wäre es doch gar nicht immer auszuhalten. Wenn ich selbst richtig überlege, fehlt das Schöne vielleicht auch in meinen letzten Werken. Romans letztes Werk, seinen Tod, gestaltet er – egal wie schwach oder todkrank, selbstbestimmt, freiwillig und hier oben auf jeden Fall erhaben und in Schönheit! Wie gerne würde ich ihn mit der Kamera begleiten oder wenigstens eine Totenmaske oder noch besser – was, was stört dich nun schon wieder?"

„Großer Brummbär. Du? Ausgerechnet du philosophierst mit mir oder für mich über die wahre oder innere Schönheit? Egal ob in Tieren, Menschen, Landschaften? Wenn ich an deine Arbeiten denke, nun ja – du hast mir einige Fotos davon seinerzeit in Varanasi gezeigt! Ja, dann sehe ich Dämonen, Tod, Verzweiflung, Chaos, Zerstörung – etwas Schönes sehe ich nirgendwo. Du, der Maler des Schreckens und des Grauens – wärst du Journalist, dann Kriegsberichterstatter. Oder auf Sarahs Spuren bevor auch sie vor dem Schrecken kapitulierte, falls es zu hart ist, verzeih. Aber genau so habe ich dich in erster Linie gesehen. Ein zynischer Kotzbrocken, der auf dem Weg zum Weltstar strauchelte. Dabei bist du wie der Mops, nur ein großer Bär, mal mit mal ohne Überbiss. Komisch, du öffnest mir mit all dem Gerede über Schönheiten eigentlich die Augen, hilfst mir sehr und machst, dass ich mich jetzt bereits auf ein Wiedersehen mit, wie du ihn nennst, meinem Japaner etwas freue, dabei hast du scheinbar alles, was schön sein könnte als kitschig-romantisch, bürgerlich oder als unpolitisch, nicht elitär genug abgetan. Stimmt doch. Schönheit war seit den Expressionisten out – zumindest für deine Kunst."

„Und wie. Layla, sei meine Muse, rein platonisch und aus Spaß. Ernsthaft. Du öffnest neue Sichtweisen in mir, streichelst meine weiche Seite, deutest in bisher unbekannte Richtungen. Das könnte wiederum meine Rettung werden. Merkst du es auch? Mir, meine, ich. Du bist ebenso wichtig, auch als Augenöffner und Sehhilfe.

Als Abbilder von Gegensätzen, aber stets mit etwas Schönem. Gesichter! Jahrelang habe ich keine echten, realen Menschen, keine Neigungen oder Mimiken mehr gemalt. Und erst euere Gesichter, die Veränderungen während der Reise. Roman! Mein Gott – eine ganze Reihe allein ihm und seinem letzten Tag. Phuck, das klingt jetzt als wolle ich sein Sterben auch noch vermarkten. Roman ist mir Freund und Leuchtturm geworden, ich danke ihm, aber auch dir für neue Sichten und Inspirationen. Was ist eigentlich die männliche Form von Muse? Halleluja. Ich versichere dir als unsere Verwaltungschefin oder wie auch immer: Die Hälfte der Einnahmen aus den Porträts und Erinnerungsbildern gehen in die Stiftung. Schau an, du schmunzelst. Fast könnte man neidisch auf den Glückspilz mit dem Mops werden."

Herm und Roman

„Was ich dich schon immer als den Maler, als Künstler fragen wollte: Einige von den Bands über die wir uns in den letzten Tagen alle mehr oder weniger ausgetauscht hatten, kanntest du überraschender Weise, andere hingegen gar nicht. Inspiriert dich Musik nicht beim Arbeiten, ähnlich wie Basti es von seiner großen Liebe erzählte? Musik war wie du mitbekommen hast, ein Leben lang für mich das, was für dich die bildende Kunst ist oder war."
„Ist, Roman. Oder eher: wird. Dank dir und der Süßen reifen nun schon wieder verschiedene Ideen, Themen im mir. Bevor ich etwas zur Musik sage, lass mich schnell erst noch etwas fragen. Du hast meine Skizzen und die paar Fotos immer sehr genau angesehen und treffend kommentiert. Würde es dich sehr stören, wenn ich die letzten Tage mit der Kamera festhalte? Du kannst ruhig nein sagen. Ich würde es jedenfalls sehr unauffällig handhaben."
„So unauffällig wie du alle seitdem wir Indien verlassen haben, immer wieder portraitiert hast? Meinst du, wir sind immer blind oder blöd oder beides? Egal – von mir aus okay – aber zurückhaltend – und bitte frag auch die anderen Freunde – besonders Bishwa. Nun los."
„Danke Mann, wirklich, vielen Dank. Wie heißt es irgendwo bei BAP ,dat du im Himmel auf mich wartest' und ich sing dazu ,und auf uns alle stolz sein wirst'. Meine frühe Musik war Punk, Reggae, New Wave, Dazu konnte ich super arbeiten. Schnelle Werke entstanden bei

Sham 69, Buzzcocks oder Damned. Bands wie Burning Spear, Pablo Moses bzw. Black Uhuru während den eher bunten Phasen. Schwarz – weiß und geheimnisvoller waren Musik und dabei meistens die dabei entstandene Werke, diese wurden begleitet von Joy Division, Bauhaus, Gang of Four, The Fall oder Talking Heads, später auch für mich outschool-haftes wie King Crimson, Brian Eno, Zappa, Bowie, Nick Cave. Allerdings merkte ich irgendwann, dass die reale Geschwindigkeit innerhalb der Musik nicht nur das Entstehen der Bilder spiegelte, sondern direkt beeinflusste, aufgrund des Tempos. Lange experimentierte ich mit Jazz, vor allem Miles Davis, Enrico Rava, Chat Baker als Trompeter, als Saxophonisten zum Beispiel Eric Marienthal ferner Anthony Braxton, auch die Breker Brother, so könnten wir Instrument für Instrument, Band für Band durchgehen.

Deren Musik und die von den Sex Pistols über Radiohead bis zu Doors, Eric Burdon und den neuen Jazzern höre ich noch heute. Allerdings bei den Vorbereitungen, dem Material zusammenstellen, dem Mischen usw. – und bei der Nachbereitung. Beim Arbeiten selbst höre ich manchmal Naturgeräuschmusik, neue und alte Klassik, Ethno oder Ambient. Durch euch habe ich Lust auf altes, aber geistvolles wie eueren Krautrock, neue deutsche Bands oder was auch immer. Musik ist Zeitkunst – und der Genuss kehrt langsam zurück. Mann, hab ich wieder Bock auf Live-Konzerte, mit Sicherheit auch einige in deinem Club, wenn das jetzt nicht anmaßend oder unsensibel rüber kommt. Nicht? Okay – aber sag mal. Du weißt mehr über Musik, insbesondere Rock, Alternative, Jazz und so als sonst wer. Sagtest mal, auch Punk, Blues, Rock hätten, wenn es ehrlich gemeint ist, etwas Spirituelles. Hast du nie daran gedacht, selbst Musik zu machen? Oder bist du etwa vollkommen unmusikalisch?"
„Das nicht, nur unambitioniert. Seit über 30 Jahre gilt bei uns der erste Tag der Woche als holy Monday. Wir, d.h. meine Wasted and Wounded proben seit Gründung in einem riesigen ehemaligen Nazi-Knast. Für wenig Kohle von der Stadt als Erbpacht quasi geschenkt bekommen. Du würdest uns als reines Studioprojekt bezeichnen. Aber dies stimmt so nicht. Alle zwei, drei Jahre spielten wir mal einige Konzerte – dann ist aber wieder Ruhe. Der Proberaum mit der Bühne, dem Loungeraum, der winzig kleinen Halle ist mehr als genug – nur dort funktionieren wir wirklich. Sind ehrlich, lassen die Hosen runter und schweben. Meist zu fünft oder sechst, ab und zu mit Gästen. Ich sorg dafür, wenn ich noch

einen letzten Brief an die Freunde und Kumpel aufsetzte, dass du ein paar unserer seltenen, kommerziell total erfolglosen CDs bekommst, dann verstehst du vielleicht, was ich meine."

„Aber was für eine Art Musik machen – scheinbar dicke Freunde – über Jahrzehnte? Und hättest du deine Position, zum Beispiel mit dem Club – ich denke da als Vorgruppe für Top-Acts, nicht anders zum Vorteil für euch nutzen können? Daraus hätte sich doch etwas ergeben können, scheinbar seid ihr doch alle echte Musiker!"

„Herm, der Club gehörte nicht nur mir – und diese Karte wollte ich nie ausspielen. Heimvorteil, Vitamin C oder wie würde Basti es nennen? Entweder man will uns so oder so – aber nicht mit Vitamin C. Schön, was du sagst über die Freunde, die echte Musiker seien. In Wahrheit fifty:fifty – drei von uns sind halbwegs ausgebildete Musiker, drei von uns Beuys-Jünger, Dilettanten, die sich etwas trauen. Mich würdest du bei Live-Gigs gar nicht erkennen. Die Spots sind auf die echten Könner, also Bass, Gitarre und Drums gerichtet, ich als Trompeter und brummiger Geschichtenerzähler eher im Hintergrund, bin auch nicht so die wilde Rampensau."

„Verstehe, Trompeter. Daher auch die Luft! Und welche Musik?"

„Freunde bezeichneten uns zunächst als Tom Waits Cover Band. Dabei können wir nicht eine Nummer vom guten Tom, maximal haben wir ein bisschen Melodie oder zu Beginn unserer Gehversuche etwas Text geliehen. Ich nenne es lyrischen Underground. Ein Mix aus Blues, Rock, Jazz, Folk – dazu Sprengsel von Rap, Filmmusik, Punk, Geräuschcollagen und eben Lyrik. Gedichte, manchmal episch erzählt. Manchmal rein lyrische Klangbilder – dadaistische Blindtexte. Lass uns mal in Ruhe nachdenken, ob ich meine Freunde von Wasted and Wounded, die ich irgendwie nun doch einfach im Stich lasse, nicht posthum ehren könnten. Zum Beispiel deine Geschichte unserer Tour zu meinem Tod – und dazu diese vollkommen unbekannte, unkommerzielle aber wie Arsch auf Eimer passende Sounds meiner Jungs. Am Ende bleibt nicht einmal der halbe Mond. Wie klingt das für dich, alter Pinselquäler!?"

Layla und Sarah

„Was ich dir schon immer sagen wollte, aber bisher noch nicht schaffte, hört sich jetzt seltsam an, als gäbe es zu viel zu tun, nur nach Roman wird so manches unerwartete auf uns einstürzen, mehr als nur sinnvolle Ablenkung und überhaupt. Ich mache es kurz: Du kannst so stolz und unbeschwert sein! Wie du diese miese Kreatur von Rocker es heimgezahlt hast, wie du, ohne nachzudenken bereit warst, dein beinahe Luxus-Leben aufzugeben, wie wichtig dir Familie und so sind, wie du, unbedarft wie du warst, ausgerechnet am Ganges gelandet bist. Und die größte Leistung und auch Vorbild für uns alle, wie offen und ehrlich du von deinem Leben als Hure informiertest. Noch jetzt bekomme ich eine Gänsehaut. Und unsere Ex-Machos nennen dich Küken oder Süße. Ich bin ziemlich sicher, du bist die absolut stärkste von uns allen! Und ich so froh, wenn wir zusammen das Kommende durchziehen."

„Jetzt weiß ich gar nicht, was ich antworten soll. Dabei dachte ich meist, von allen anderen mag Sarah dich am wenigsten, verurteilt dich sogar und ist selbst hübsch, intelligent und durch eine ganz andere Hölle gegangen – freiwillig."

„Komm, gib mir deine Hand Schwester im Geiste, du musst nichts sagen, nur mir war es sehr wichtig und dringend."

„Okay, aber eins doch noch. Nur durch deine Anwesenheit und verborgene Kraft schaffe ich es, Roman und die anderen auf diesem Weg zu begleiten. Eine Ärztin, die zudem an etwas Übersinnliches, an ein Leben danach oder an Götter oder ähnliches zu glauben vermag. Für mich bisher unglaublich, bist ich dich traf. Dazu kommt, Tod war immer das allerschlimmste für mich. Böse Erinnerungen und keine Hoffnung durch eine höhere Macht. Für dich war das ja von Beginn an anders. Der Tod gehört praktisch zum Alltag einer Ärztin. Wenn du erzähltest, von den Sterbenden, den Leichen, wurde mir stets dabei schummrig und Angst keimte auf. Du hast jedoch weitergesprochen als gäbe es nicht nur ein Morgen, sondern als sei das Sterben inmitten des Lebens so gewollt. Heute weiß ich: So ist es! Dabei haben mir aber auch die Gespräche mit den anderen Freunden geholfen. Glaub mir, auch wenn die Männer meinen, wir sind die weichen, schwächeren Teile – so ist es nicht. Wir beide können jede Menge Kraft und Energie aufwenden, im Dienste von ‚Karma statt Kola'. Die sollen sich noch wundern!"

„Du hast nicht unrecht, die werden sich in der Tat wundern. Basti und Herm haben zum Glück aber auch ihre weiche, empfindliche Seite hier auf dem Weg gefunden. Gut für beide. Sie müssen uns und der Welt nichts beweisen, beide haben genug Erfahrung und Power, um uns allen weiterzuhelfen. Wenn sie sich trauen, hier unter uns wie vor kurzem abends am Feuer zu stammeln, Tränen wegzuwischen, sich zu öffnen. Also mein Zukünftiger sollte auch ein wenig wie sie sein, nur bittschön bodenständiger. So seltsam es klingen mag, auch ich freue mich auf das, was kommt. Lass uns versuchen, die letzten Tage mit dem alten Hippie zu genießen! Hat er dir eigentlich auch schon mal einen seiner Witze erzählt? Vielleicht sollten wir anderen auch jede und jeder mal versuchen, eine lustige Anekdote oder einen längst vergessen Witz beizusteuern. Lachen hilft oft."

Roman und Bishwa

Wie so oft, wenn es steiler wurde oder die typischen, alten, sehr unregelmäßigen Stufen im Fels Roman zu viel abverlangten, tauchte wie aus den Nichts Bishwa auf und stützte seinen Freund. Roman meinte dann jedes Mal, dass sich das religiöse Chaos Asiens und der Welt auch in den total ungleichmäßigen Abständen der Stufen wieder spiegeln würde. Endlich war dieser Anstieg geschafft, noch keuchend blieben sie stehen, dann meinte Roman:
„Zwanzig Zentimeter Stufenabstand- das wäre mal was. Aber hier? Aus rauen Fels hatte vor Jahrzehnten, vielleicht sogar vor etlichen Jahrhunderten eine Dorfgemeinschaft die Idee einer Treppe nach Oben gehabt. Stairway to heaven- nur nicht von Led Zep, sondern von einer zugedröhnten Himalaya Blaskapelle. Und das Ergebnis? Wie der Himalaya. Mal beträgt der Stufenabstand beinahe einen halben Meter, dann sind es nur noch 5 Zentimeter. Struktur, Rhythmus, Ordnung- Fehlanzeige. Wie ich diese Unordnung liebe. Übrigens genau wie dich, meinen alten Freund und letzten Wegbegleiter. Quatsch-mehr noch. Ich lieb dich wie mich selbst. Lass mich nur kurz sagen, wie sehr ich bedaure, mich nicht öfter erkundigt oder gemeldet zu haben, mich aber auf den letzten Metern egoistisch deiner zu erinnern, um dich einzuspannen und…"
Bishwa steckte ihm einen Drops in den Mund und erwiderte:
„Vielleicht erinnerst du dich nicht mehr so genau. Beim letzten Abschied, vereinbarten wir nur sporadisch in Kontakt zu bleiben, entweder telefonisch, per mail oder eben mental. Und wir haben doch so oft aneinander gedacht und über tausende von Meilen Gedanken ausgetauscht. Außerdem geht gelungene Kommunikation immer in zwei Richtungen. Ich wäre genauso gefordert, und war doch wie du abgelenkt, beschäftigt, sogar beschädigt. Aber lassen wir das!"
„Nein, nein mein Lieber! Zum einen ahne ich seit Tagen, dass eine dunkle Wolke dein Gemüt vernebelt, zum anderen haben alle auf dieser Pilgerfahrt blankgezogen und sich offenbart. Du kannst schweigen oder freiwillig heut Abend allen etwas erzählen, aber auch hier und jetzt kurz

vor den Jenseits für mich, deinen Weggefährten und Pilgerbruder mitwissen, mitleiden lassen."

„Vater segne mich," meinte Bishwa lächelnd. „Du klingst wie ein Missionar aus dem vorigen Jahrhundert." Er zögerte, aber nur einen Moment, dann sprach er leise, konzentriert, fast wie erlernt:

„Höre also meine Beichte Bruder. Ich erzähle dir, aber bitte nur dir, in Kurzform etwas, was kaum jemand außerhalb der Familie und meines Dorfes genau weiß. Vor über einem Jahr wollten zwei tschechische Bergsteiger mit mir ins Mount Everest Basis-Camp, aber nicht weiter hoch. Zum Akklimatisieren und um Kondition aufzubauen, wählten sie die längere Trekking Anreise über Langtang. In jedem Dorf stets dasselbe: sie tranken zu viel einheimischen Selbstgebrannten. Ich schimpfte stets, sie lachten und versprachen schließlich im letzten Dorf vor dem Pass, jetzt wären es wirklich die abschließenden zehn Schnäpse. Logisch- woher sollte unterwegs Nachschub kommen. Am nächsten Morgen witzelten sie über Bergkater, Alkohol der blind machen würde und ihren Nachdurst auf ein, zwei frische Biere.

Vor einem vereisten Grad zwang ich uns alle, nur noch mit langer Sicherungsleine weiter zu stiefeln. Direkt vor dem Pass endete der Grad, aber es galt eine etwa dreihundert Meter breite Eisfläche zu queren. Ich als der letztlich Verantwortliche Guide forderte sie auf, Spikes um die Bergstiefel zu ziehen und den Eispickel vorzuholen. Einer suchte die Spikes in seinem Rucksack, legte die Leine locker um seinen Hals, während der zweite pinkeln musste. Ich rief noch etwas, hielt zum Glück die Leine straff, da rutscht der Pinkler aus, stürzt über den Abgrund und verschwand aus unserem Gesichtsfeld. Die nun nicht mehr lockere Sicherungsleine hängt dem Ersten nun auch nicht mehr nur um den Hals, sondern der Zug am entfernten Ende durch das schwere Gewicht seines Kumpels drohte ihn zu erwürgen.

Ich arbeite mich an den nach Luft schnappenden heran, blicke kurz in die Tiefe und sehe knapp zehn Meter unter uns den Zweiten hilflos kopfüber baumeln. Mit aller Kraft muss ich mit beiden Händen die Leine halten, während der mir näher Stehende bereits blau anläuft. Loslassen kann ich nicht, aber es gelingt mir, mein Messer aus dem Stiefel zu ziehen und rüber zu reichen. Deute dem zu ersticken drohenden an, er solle versuchen direkt am Halsansatz, die Leine durchzuschneiden, ich würde mich sofort auf die Sicherungsleine werfen, und anschließend seinen Freund hochziehen, so der Plan. Leider begreift der andere in seiner Panik nichts und schneidet am falschen Ende. Die Spannung ist schlagartig weg und er stürzt röchelnd zu Boden. Ein langgezogener Schrei, sein langjähriger Bergsteigerkumpel stürzt mehrere hundert Meter in die Tiefe. Keine Chance für mich auch nur einen Zipfel der Sicherungsleine zu erwischen. Entsetzt sehe ich weit unter den zertrümmerten Körper.

Danach gab es zwar keine direkte Schuldzuweisung, aber den herbei gerufenen Bergungshubschrauber, mehrere Verhöre und Protokolle. Mein Ruf als Sherpa wurde stark beschädigt. Ich allein war letztlich für die Sicherheit und das Wohl der beiden Gäste verantwortlich. Egal aber tief in mir: Zweifel, Schuldgefühle, war ich zu selbstsicher, nicht sorgfältig oder streng genug? Für Monate vergrub ich mich nichts tuend in meinem Heimatdorf, bis dein Anruf mich aufweckte. Gut, dass es nun raus ist- und sei versichert: Die neue Aufgabe dies und jenseits von allem werde ich in deinem Gedenken so ausführen, als hätte ich dich weiterhin am Arm und wir würden etwas außer Atem in die Weite dieser grandiosen Bergwelt schauen."

„Ich weiß. Ich weiß und bin froh, dass es dich gibt!"

Herm, Basti und Bishwa

Gerade versuchte Herm Basti zu erklären, wie er sich nach dem Gespräch mit Roman die Abschieds-Party mit Tanz und Trank und lustigen Geschichten hier am Berg, aber auch die Veranstaltung zu Ehren Romans und der Stiftung daheim vorstellte, und als positiven Nebeneffekt noch Geld einzunehmen, da gesellte sich Bishwa zu ihnen. Der Weg gab es her, zu dritt nebeneinander zu laufen und sie nahmen Bishwa in ihrer Mitte. Dieser verstand kein Deutsch, aber der immer wieder kehrende Name Roman, Musikernamen wie Nick Cave, Tom Waits oder Cello-Stücke von Imany, deutsche Städtenamen usw. weckten seine Neugier. Die Freunde weihten ihn ein und Bishwa meinte, sie würden immer ähnlicher, dazu ein wenig sogar asiatisch, der Buddha in ihnen würde jetzt lächeln.
„Ihr fünf seid schon bemerkenswerte Menschen. Wie viele Europäer, Amerikaner oder Australier haben ich auf ihren Touren begleitet, niemand war wie ihr. Mich habt ihr als Romans alten Freund sofort akzep-

tiert und wirklich nie wie einen Angestellten behandelt. Danke nicht nur dafür, auch dass ich hier vor Ort mithelfen darf, Romans – also eigentlich unserer aller Idee – voranzubringen. Nur werde ich unbedingt nach der Rückkehr nach Pokhara und dann nach Katmandu für einige Wochen in mein Heimatdorf zurückmüssen. Da ist reichlich zu klären, mit der Familie, Beziehung – Was schaut ihr mich so seltsam grinsend an? – mit den Haustieren, meinen Freunden, dem Umzug nach Westnepal. Es wird etwas schmerzen – aber die Vorfreude überwiegt. Und außerdem liegt Westnepal nicht in Zentralafrika oder in Patagonien. Obwohl es dort ähnlich aussehen soll. Zudem habe ich ein bisschen das Gefühl, ich werde auch in Bezug auf Kunda und Shari von beiden Seiten noch gefragt sein. Jetzt macht mal den Mund zu."

„Und dass du, also ihr zur geplanten Feier oder Veranstaltung nach Deutschland kommen wirst, ist hiermit auch gebongt. Aus meiner, nennen wir sie Finanz – Makler – Periode habe ich noch Bonusmeilen für mindestens zwei Jahre, mach dir darum also keine Gedanken."

„Mir fällt spontan ein, du musst eh vermutlich beim Notar oder beim Amt für Stiftungen oder wo auch immer etwas unterschreiben. Übe schon mal deine Unterschrift und besorg dir rechtzeitig Pass und Papiere. Mehr als das rein Geschäftliche wollen wir dir aber auch ein bisschen von Romans Heimat, von uns allen zeigen. Nicht zuletzt wäre es sehr wichtig, wenn auch du als Romans ältester Freund von uns fünfen etwas ganz Zwangloses von dir, aus deiner heimatlichen Welt auf der Roman-Stiftung /Feier zeigen oder arrangieren könntest. Egal ob Tanz, musikalischer oder Dia-Beitrag. Sei frei, sei du selbst, trau dich. Und wenn alle auf dem Boden liegen sollen und elf Minuten meditierend sich alles vorstellen dürfen, nur keine blauen Elefanten – du bist der Zeremonienmeister, mach es bitte einfach. Für ihn, für uns, für dich! Roman liebt dich, wie er Nepal als Land und die dort lebenden Menschen aus den verschiedensten Stämmen über Jahre hinweg schätzen und lieben gelernt hat. Und glaub mir eines: Von den anderen Gefährten – einschließlich meiner Person – werde ich ähnliches erbitten, wenn nicht einfordern. Nur fühl dich bitte nicht erpresst oder ähnliches. Wenn es nicht geht, dann auch nicht, deine tolerante Weltsicht färbt tatsächlich bereits ab."

Bishwa schwieg, musste über Romans, für ihn unbekannte Heimat und die Reise dorthin nachdenken. Die drei gingen weiter, stoppten an einem Haufen Knochen, kein Schädel weit und breit zu entdecken, nur

Rippenbogen, Bein-, Schulterknochen – also überlegten sie, ob es eher ein großer Maulesel oder ein kleinerer Yak war, den die Geier verspeist hatten. Bishwa und Basti halfen Herm aus den Knochen auf der ebenen staubigen Fläche so etwas wie fiktive, imaginäre scheinbare asiatische Zeichen zu legten. Sie schossen einige Fotos und beeilten sich, die anderen einzuholen.

Kapitel 2   Muktinath
oder das Ziel ist nicht allein der Weg

Sidh und Roman teilten sich das Fernglas und sahen die fünfköpfige Gruppe allmählich das Dorf erreichend, in dem die Schüsse auf die Affen fielen. Das Dorf lag am Fuße zum Vorgebirge des Dhaulagiris, während die gemütliche Lodge, zu der die Gefährten spätestens bei Einbruch der Dunkelheit zurückerwartet wurden, bereits zum Anapurna-Range-Massiv gehörte. Nur das breite Tal mit dem weiß-schäumenden Fluss trennte die beiden Achttausender-Gruppen.

Bishwa schritt voran, die anderen folgten keuchend, auch ihn interessieren die Legenden der Bergwelt und was es mit den Schüssen auf sich hat. Abrupt blieb er stehen und deutete in die Richtung, aus der sie gekommen sind. Welch ein erhabener Anblick. Denn während des bisher dreistündigen Marsches sahen sie stets nur den steinigen Weg und das Vorgebirge, rückblickend schauten sie direkt auf den Anapurna mit allen Nebengipfel. Trinkpause – noch sind es knappe zwei Kilometer bis zum Dorf.

„Vermutlich beobachtet Roman uns durch einen Feldstecher, noch ist es möglich. Hinter der nächsten Felsnase sind wir für ihn für Stunden von der Bildfläche verschwunden. Wir könnten uns etwas ausdenken über Schneemenschen, Bären – oder Affenwesen!"
Herm trocken dazu: „In mir schwingt immer noch seine Frühstücks-Geschichte nach, ich bin mir nicht sicher, ob ihr alle dabei wart bzw. zugehört habt. Also: Reinhold Messner hielt sich vor etlichen Jahren ebenfalls im Dhaulagiri Gebiet auf. Eines Tages verließ er allein das Basiscamp, um die weitere Gegend zu erkunden. Er wanderte einfach drauflos, als er urplötzlich murmelnde Stimmen hörte. Hinter einigen gigantischen Steinbrocken hockten zwei Yetis und unterhielten sich. Zu baff etwas anders zu fragen, meinte Messner ehrlich erstaunt: ‚Ihr sprecht unsere Sprache?' Einer der beiden hielt daraufhin ein Kurzwellen-Radio hoch und entgegnete nur: ‚Deutsche Welle'. Reinhold machte kehrt, um seine Gefährten und Filmmaterial zu holen. Woraufhin der andere Yeti losprustete: ‚Den gibt es also wirklich!?'"

Sie marschierten weiter, erreichten das kleine Dorf, welches nur eine Ansammlung von wenigen Holzhütten verstärkt mit Felsbrocken war.

Dort reichte man ihnen zunächst heißen Kräutertee. Später hielten zwei Männer eine circa einen Meter fünfzig große Affenleiche an dessen langen, beharrten Armen hoch. Sarah und Herm konnten nicht anders und fotografierten vor allem das blutige Einschussloch auf der Brust, die großen Füße und die toten Augen. Die noch etwas scheuen Dorfbewohner versicherten ihnen, sie würden im Einklang mit der Natur und den darin vorkommenden Wesen leben. Schnee-, Affen- und Bärenmenschen würden jedoch gelegentlich ihre wenigen Vorräte rauben und dann sei es vorbei mit der Koexistenz. Die fünf Fremden sollten noch hundert Meter höher steigen zum Schneefeld, dort würden sie mehr sehen als nur eine Leiche.

Tatsächlich erwiesen sich die letzten steilen Höhenmeter als die schwierigsten, zu rutschig der Anstieg, zu heiß brannte, trotz der Kühle, die Mittagssonne selbst hier oben. Sarah und Layla entdeckten als erste die Spuren. Im schmelzenden Abdrücken des harten Altschneefeldes sammelte sich bereits Tauwasser. Der eine glaubte Füße mit Krallen oder Zehen zu erkennen, möglicherweise sogar sechs Zehen mit dichtem Haarkleid. Basti sah als einziger eindeutig feste Schuhabdrücke, waren es nun Spuren von Affen, Bären oder Zwischenwesen? Bishwa bemerkte abschließend nur, dass hier oben durch die direkte Sonnenbestrahlung die Abdrücke größer wirkten als sie es seien. Und drückte sein Erstaunen darüber aus, wie westliche Besucher sich an Mythengestalten und Sagen erfreuen konnten, die die Bergvölker seit zweitausend Jahren verbreiteten, aber das wahre Bestehen einer wie auch immer gearteten höheren Macht oder Fügung anzweifelten. Die echten Yetis seid doch wohl ihr.

Derweil genoss Roman die Stille, trank heißen Tee und noch heißere Suppe und versuchte Kraft zu tanken. Sein Energietank ging auf Null, der nötige Umweg zum zerstörten Dorf, die vielen Diskussionen um die Stiftung, der eigentliche, aber auch sehr anstrengende Weg hoch in diese Gegend – alles zusammen hatten ihn geschafft. Ruhe und sich nicht bewegen, konnten jedoch nicht aufladen, was für immer verbraucht war. Die Erkenntnis schockte dennoch, dass es bald für ihn nicht mehr weitergehen konnte. Selbst er, als stetiger Kämpfer und sportlicher Typ, wusste, von nun würde er über seine Reserven und Verhältnisse leben. Eine schräge Blaskapelle riss ihn aus seinen Gedanken. Leider verwehrten die selbst hier oben noch meterhohen Christdorn und Rhododendronbäume den Blick auf die kommende Prozession. Schemenhaft erkannte er, dass die Menschen etwas auf ihren Schultern trugen. Was das sei, fragte er in Richtung Sidh, der aus dem Nichts hinter ihm aufgetaucht war. Nun dies ist doch deine eigene Beerdigung – schon vergessen. Deine Musik, die viel zu lange vorbereitete Feier, Prozession mit Gebläse zum… Meine was? Was hast du soeben gesagt? Ich hab nicht richtig verstanden, was du… „Schau nur, da kommen endlich deine Freunde zurück. Sehen ganz schön geschafft aus. Gut, dass du heißen Eintopf vorbereiten liest."

Kann man träumen, geträumt zu haben? Roman fühlte sich durch diesen stillen, wohligen Tag tatsächlich etwas erholt und bereit.

Sehr früh am nächsten Tag brachen sie auf. In zwei, drei Tagen spätestens sollten sie das Kloster erreicht haben. Für Roman ungewohnt, seine Einsilbigkeit. Bewusst verbreiteten die anderen daraufhin eine etwas ausgelassene Stimmung. Man erzählte Anekdötchen, pfiff ein improvisiertes Liedchen oder versuchte einfach darauf los zu plaudern, was alles nicht so recht gelingen wollte. Erst die beiden Frauen sorgten für eine entspannte Atmosphäre während der letzten Etappe der Wanderung. Oft schwiegen nämlich sogar alle, hingen ihren kruden Gedanken nach. Aber gelegentlich sangen die beiden Frauen unterstützt von Herm Evergreens, Hits, auf Wunsch und mit Unterstützung der Kerle sogar vergessene bzw. fast unbekannte Lieblingslieder – von „Come together" der Beatles, Waders „Heute hier morgen dort" über „Alles aus Liebe" von den Hosen bis zu „Blaulicht und Zwielicht" von Element of Crime oder „Loosing my religion" von REM. Seltsam wie diese zufällige Schicksalsgemeinschaft einen ähnlichen Pool an Liedern aufwies, ebenso seltsam, welch skurile Mischung auch an längst verschüttet geglaubte Perlen der Rock-, Folk- und Populärmusik zu Tage traten. Einiges an Liedern wurde richtig geraten, manchmal sang einer mit oder hatte einen individuellen Wunsch. Selbst Sarah vermochte aber z.B. keine BAP-Songs in Kölsch zu bringen, während einige Stücke, die Roman gerne gehört hätte, wie Singing songs von Frumpy bzw. etwas von UFO oder Jethro Tull, einfach unbekannt waren. Aber selbst erhofften Klassikern von den Sternen, Tool, Nick Cave oder Radiohead fehlte die innere Überzeugung bzw. die nötige Textsicherheit. Zum absoluten Lieblingssong aller avancierte letztlich Bob Marleys Redemption song.

Ab einer gewissen Höhe verschwanden, viel viel später als im europäischen oder amerikanischen Hochgebirge, zunächst die Bäume, später das Buschwerk, letztlich die größeren Staudengewächse. Je nach Tageszeit und Sonneneinstrahlung wechselten dafür die Felsformationen in Nuancen die Farben. Ähnlich wie in den Wolken konnte man auch in den Steinwänden Geister, Tiere, Gesichter oder zerfließende menschliche Körper deuten. Je monotoner die marsähnliche Landschaft erschien, um so spannender wirkte sie dennoch auf die Wanderer. Dankbar nahm das Auge jede noch so kleine Abwechslung wahr. Selten liefen noch Nager wie Murmeltiere vorbei, beäugt von den hoch oben kreisenden Raubvögeln. Graue Krähen gab es am meisten. Einmal beobachteten sie von fern einen Tibet-Bären, der wohl so etwas wie ein Stück Aas wegschleppte, beim Näherkommen entdeckten sie wieder gebleichte Knochen, einige noch mit Sehnen oder Fellresten und scheuchten dabei mehrere Himalaya-Geier auf. Die im Tiefland so häufigen Geckos und Eidechsen gab es hier oben längst nicht mehr. Dafür floss nun reichlich Wasser die Hänge hinunter. Mäßig hohe bis gigantische Wasserfälle, wilde Sturzbäche und rauschende Flüsse lieferten einen stetigen akustischen Background. Selbst kleine Dörfer oder Siedlungen wurden seltener. Einmal stand wie aus dem eine Art windschiefe Hütte in Western Manie am Wegesrand, zwei Ponys draußen angebunden und innen gab es in der dunklen kleinen Gaststube zur großen Überraschung eiskalte Fanta gekühlt aus dem Bach und eine Art Fladen mit Knoblauch-Yoghurt.

Ein anderes Mal rasteten sie an einer heißen Quelle, die sich in eine Art Bassin ergoss. Sie badeten allesamt ausgiebig, wuschen ihre Haare und Schmutzwäsche und lagen träumend zusammen auf den in der Mittagssonne warmen Steinen, verspeisten die von dem Quellenwächter angebotenen Äpfel. Ein gutes Dutzend für 10 Rupien, Bishwa gelang es außerdem gegen ein beinahe echtes deutsches Universal-Taschenmesser einen faustgroßen, fast schwarzen, öligen Klumpen Haschisch zu tauschen.

Am letzten halben Tag vor dem Dorf Muktinath gab es keine Häuser oder Hütten mehr, unterhalb des Klosters würde es jedoch ein letztes Gasthaus vor dem Pass geben. Deswegen trafen sie hier nur noch auf wortkarge Hirten, die ihre Ziegenherden talwärts brachten. Oberhalb des Pfades schauten braune, schwarze und gefleckte Yaks auf sie hinab.

Bishwa erklärte, es seien echte Yaks, die unterhalb von 3.000 bis 3.500 Meter sich nur sehr unwohl fühlten und dahinvegetierten. Selbst die Götter verehrten diese Tiere, und diese wiederum ließen Menschen auf sich reiten. Sie seien aufgrund des Fells, der Hörner und Knochen, vor allem aber wegen der Milch und dem Fleisch für die Menschen im Hochgebirge überlebensnotwendig. Mehr Haustier, das dazu auch paradoxerweise noch frei und wild umherwanderte, geht kaum. Ohne diese Giganten gäbe es auch keine wärmende Wolle für Socken, Pullover oder Yak-Käse und nicht zu vergessen die getrockneten, abgeschnittenen Schwänze. Kult – aber auch nützlich, um nach dem Sommerregen die Mückenschwärme zu vertreiben. Bis auf Herm liebten zudem alle auch das echte Himalaya-Frühstück: Ein großes Glas heißen Tees, darin eine Prise Salz, viel Zucker, popcornartige kleine Kügelchen einer Gebirgsgetreideart und ein kräftiger Löffel Yakbutter. Alles was man für einen morgendlichen Start im Hochgebirge braucht. Wärme, Fett, Salz, Ballast und Süße.

Im, wie Roman es nannte, letztem Gasthaus auf seiner so von ihm titulierten Erde-Abschiedstour, einen Tagesmarsch und knapp 500 steile Höhenmeter unterhalb des Klosters, fand er es an der Zeit ihnen endlich sein erstes Muktinath-Erlebnis zu schildern. Außer den sechsen befanden sich keine weiteren Gäste im spärlich von einer Kerosin-Lampe erleuchteten Schlafraum.

„Es ist in der Tat Jahrzehnte her, seitdem ich zum ersten Mal hier trekkte. Langhaarig, jung und voller Elan. Sehr, sehr wahrscheinlich wäre ich an diesem Kloster vorbei gewandert. Hätte vielleicht ein, zwei Fotos von den Gebäuden und den davor grasenden Yaks mit den Achttausendern im Hintergrund geschossen, schließlich war der Pass mein Ziel und nicht irgendein Kloster. Glücklicherweise hatte ich zwei Tage mit Martin, einem Amerikaner verbracht, der wie ich die gleiche Runde um Anapurna und Dhaulagiri lief, nur halt entgegen dem Uhrzeigersinn. Er war also bereits über den von mir anvisierten Pass gewandert und dabei ganz bewusst auch das Kloster besuchend. Was ich bis dahin nämlich nicht wusste, dass dieses Kloster von Hindus, Buddhisten, sogar von Moslems und Christen gleichermaßen verehrt wird. Dies liegt aber nicht nur an der unglaublichen, wahrlich unbeschreiblichen Lage weit oben im Hochgebirge. Vielmehr gibt es ein Phänomen zu bewundern, welches ich mir auf keinen Fall entgehen lassen sollte, schließlich sei das heilige Feuer dort seit Jahrhunderten in Kennerkreisen weltbekannt und immer wieder gepriesen. Mehr wollte er mir damals nicht verraten und ich sollte es vermutlich wie er halten und also auch meine Klappe."

Roman lächelte still in sich hinein, wie erwartet protestierten die Gefährten und beschwerten sich, dass dies keine Art sei, erst zu versprechen, er würde ihnen etwas über dieses Muktinath offenbaren und dann zu schweigen bzw. sie bloß abzuspeisen mit einer vage angedeuteten Story von einem heiligen Feuer oder was. Die Freunde rieten, ob es ein Ghat, also eine Verbrennungsstätte im Hochgebirge sei oder der Feuerball der untergehenden Sonne tief im Osten von größter Höhe aus beobachtet. Herm vermutete gar, es sei nur eine metaphysische Umschreibung, eine Art Gleichnis für irgendetwas pseudo-religiöses, was nur naive Gläubige dort sehen würden. Roman tat, als sei er ein wenig beleidigt und würde nur deswegen sein Erlebnis weiterspinnen:

„Also gut. Martin vertraute mir an, dass das eigentliche Geheimnis des Klosters zwar für jeden Wanderer frei zugänglich sei, aber es gebe keine Hinweisschilder oder ähnliches, er müsste dort nur nach dem heiligen Feuer oder dem brennenden Wasser fragen. Gesagt, getan. Zwei Tage später erreichte ich glücklich und erschöpft am frühen Abend das Kloster, an der wahrhaft gigantischen Mauer außerhalb standen gut ein Dutzend Dreizacke der heiligen Männer, die im Kloster-Innenhof nächtigten. Ich bekam einen Platz im Schlafraum und fragte mich gleich am Morgen nach dem heiligen Feuer durch. Scheinbar niemand schien sich dafür zu interessieren oder von der Existenz zu wissen. Etliche Wanderer waren bereits wieder unterwegs, die heiligen Männer saßen meditierend auf der breiten Klostermauer, die Mönche wieselten umher, schleppten Wasser, versorgten die Tiere oder ähnliches. Mehrmals musste ich fragen. Durch den großen Innenhof, an der Versammlungshalle, den Schlafräumen der Mönche, dem Gebetssaal mit dem großartigen Mandala vorbei. Erst hinter den Stallungen entdeckte ich ein kleineres unscheinbares Häuschen, eher auch ein Stall als ein Ort des Heiligtums. Zaghaft klopfte ich an die hölzerne Tür. Etwas rumpelte innen, dann öffnete mir eine steinalte hässliche Frau. Strähniges weißes Haar, Warzen im Gesicht, ein Auge fehlte scheinbar, eher Lumpen als Kleidung. Dies sollte die Hüterin des Geheimnisses sein? Ich konnte die Alte gar nicht richtig anschauen. Martin musste mich verarscht haben, dennoch murmelte ich etwas vom heiligen Feuer, wiederholte es mehrmals, bis sie mich letztendlich reinzog in die geräumige Hütte. Fast blind und dazu noch schwerhörig, gerade wollte ich ihr etwas Schokolade schenken und mich schnellstens verdrücken, da sah ich das zweite Mandala des Tages. Nur diesmal war es keine geometrische Abbildung oder etwas im weitesten eher Spirituelles, als die Darstellung von fiesen Dämonen, gräuslichen Ungeheuern und höllischen Qualen. Verstärkt wurde die Wirkung noch durch das flackende, diffuse Licht, welches aus Dutzenden kleiner qualmender Öllämpchen stammte. Schatten bewegten sich wie kleine Tiere über die gekälkten Wände.

Überrascht fragte ich wieder nach ‚Holy fire. Holy fire‘, bis sie meine Worte scheinbar verstand und mich an die Rückwand stieß, sie humpelte hinterher, deutete auf eine Öffnung in der Wand, vielleicht 80 auf 80 cm, verborgen hinter einem unglaublich schmutzigen Vorhang. Wieder fragte ich: ‚Holy fire?‘, sie nickte und zog den Vorhang zur Seite. Zunächst erkannte ich nichts. Dann gewöhnten sich meine Augen an das Halbdunkel dahinter. Rauer Fels, etwas Wasser tröpfelte hinunter und inmitten des tröpfelnden Wassers glimmte eine kleine blaue Flamme. Die klapprige Alte stieß mich an und krächzte etwas wie Bo, Bo der Ho, Ho. Rational wie ich war, dachte ich: Okay, ein wenig Wasser, das gleichzeitig mit vermutlich etwas Erdgas hier zutage tritt. Irgendwann musste irgendwer mit einer Öllampe oder was zu nah gekommen sein und das kleine Licht brannte fortan. Aber dies zu verehren? Brennendes, heiliges Wasser? Doch etwas zu dick aufgetragen und übertrieben. Die Hüterin des schmutzigen Lappens stieß mich weiterhin an: Ho, Ho, Bo, Bo – in einer Tour. Mein westlicher Verstand schaltete auf Erklärung und Naturwissenschaft. Vermutlich meint sie ‚Blow, blow!‘ Denn wenn Sauerstoff zu der Flamme kommt, zündet diese vermutlich erst richtig und wird hell und groß leuchten. Logisch.

Also tat ich ihr den Gefallen und blies in die winzige Flamme. Im gleichen Augenblick ergriff mich die Alte mit einer nie erwarteten Kraft, hob mich wie einen Beutel Kartoffel an und schleuderte meinen Körper drei, vier Meter weit an die entgegengesetzte Wand, direkt an das Mandala der Schrecken. Eine Hexe! Ich bin verloren, wie komm ich hier bloß raus. Gleich wird sich die Alte in eine mächtige Teufelin oder eine blutige, rachsüchtige Kalijüngerin verwandeln. Ich spürte ihre scharfen Reißzähne regelrecht an meinen Hals.

Währenddessen verschloss sie die Wandöffnung mit dem Vorhang, humpelte schweigend zu mir, hob mich an und schleppte mich mühelos einige Meter weiter in eine Ecke. Scheinbar problemlos trug und warf sie mich herum, zeigte mit ihrer Krallenhand auf etwas unbestimmbares. Hier saßen verschiedene steinerne Gottheiten, davor eine große Schale. Dort drinnen erkannte ich Opfergaben wie Bonbon, Halbedelsteine Münzen und etliche fünf Rupien Scheine. Schnell griff ich in meine Tasche und spendete einen 1oo Rupien Schein. Sie stieß mich daraufhin wieder mit unglaublicher Kraft zur Tür hinaus und grunzte noch etwas hinter mir her. Der ganze Spuk hatte keine fünf Minuten gedauert. Mir erschien die Rückkehr in die Stille und Friedfertigkeit der Klosteranlage so unwirklich wie später die Erinnerung an die Hexe. Für längere Zeit glaubte ich sogar, ich wäre hier als Ersatz gefangen gehalten worden als der Mann, der das ewige Feuer ausblies. Den Raum mit dem kleinen Vorhang habe ich nie wieder betreten und nur ganz wenigen Menschen davon erzählt. Glaubt es oder auch nicht. Morgen sind wir dann eh dort!"

Sarah bemerkte als erste wie Roman nach Luft schnappte wie ein Karpfen auf dem Land. Sie bat Bishwa ihn zu stützen und achtete selbst besonders darauf, dass nicht nur er, sondern sie alle genug tranken und zunächst alle 30 Minuten, später viertelstündlich kurze Pausen einlegten, jedoch ohne sich zu setzen oder zu legen, damit der Kreislauf nicht vollständig runterfuhr. Eigentlich hätten sie sich aufgrund der langsamen Gangart und der langen Dauer besser an die Höhenlage gewöhnt haben. Auf seinen Stock gebeugt und mühsam trinkend wirkte Roman wie um Jahre gealtert. Nicht nur er, sondern sie alle wussten, das endgültige Ziel dieser Pilgerfahrt kam für ihn stetig näher. Nur dass sie statt den vom Hüttenwirt angekündigten drei bis vier Stunden satte acht benötigten, so dünn war die Luft, so steil die letzten Höhenmeter. Als Layla meinte, es wäre so als würde man nur Leere statt Luft atmen, fehlte allen die Kraft etwas darauf zu erwidern, sondern ein jeder lächelte nur still in sich hinein.

Endlich hinter der letzten Kehre inmitten der baumlosen Einöde die weißen Klostermauern. Der Blick zurück ins weite Tal und dahinter auf die Achttausender war mal wieder unbeschreiblich. Die letzten Meter jedoch schleppten sich alle, insbesondere jedoch Roman gestützt von jeweils einem der Männer, wie in Zeitlupe Schritt um Schritt weiter.

Unwirklich und zeitlos erschienen ihnen diese steinernen Relikte aus einer Parallelwelt, dabei durch Romans Erzählung jedoch seltsam vertraut. Herm und Basti stützen Roman, Bishwa eilte voraus, um für heißen Tee und Unterkunft zu sorgen.

Stille, während sie draußen vor dem schweren, beinahe vier Meter hohem Holztor warteten. Gelassen studierten sie alle begierig die neuen Infotafeln, die dort scheinbar erst seit kurzem angebracht worden waren, wie Roman an den neuen Schrauben erkannte:

Das Kloster bot jedem Wanderer und Pilger wie bereits seit vielen Jahrhunderten, egal welchen Geschlechts, Religions- oder Staatsangehörigkeit gegen eine individuell selbst festzulegende Spende Unterkunft und Verpflegung für beliebige Zeit. Muktinath bezeichnete sich ferner selbst als Ort der Erlösung und informierte zudem, dass ein Besuch des Tempels und des ewigen Feuers, nebst einer wie auch immer gearteten Spende, zur vorzeitigen Befreiung der Seele aus dem Kreis der Wiedergeburten beitragen könne.

Woraufhin Herm anmerkte, Befreiung und Erlösung seien garantiert. Als er die staunenden Blicke bemerkte, ergänzte er, zumindest von unseren immer schwerer werdenden Rucksäcken. Layla zeigte auf die Trishuls, die Dreizacke, der Sadhus, welche wie von Roman erwähnt, draußen vor der Klostermenge abgestellt werden mussten. Kurz darauf erschien Bishwa mit zwei Novizen, die sich um die Gäste kümmern sollten. Welche Überraschung dann im inneren Tempelbezirk. Die Versammlungs- und Gebetshalle waren weit größer als erwartet, auch wuchsen in großen tönernen Gefäßen mannshohe Pflanzen und sogar größere schattenspendende Bäume, unter denen einige der kaum bekleideten heiligen Männer saßen oder lagen. Die fruchtbare Erde für die übergroßen Töpfe sei wochenlang in Körben von den Mönchen selbst mühsam aus der Ebene hier hochgeschleppt worden. Sehr spartanisch, kühl und halt klostermäßig der Schlafraum und die kleine Halle für die Pilger.

Trotzdem das Kloster auf dem beliebten Anapurna-Circuit-Track liegt, übernachten die meisten westlichen Wanderer unterhalb in einer der zahlreichen Lodges. Dabei wären allein die Mandalas einen Besuch wert gewesen. Nur gegen Abend kommen etliche auf Mauleseln hochgeritten, um außerhalb des Klosters eine Performance der heiligen Männer beizuwohnen. Layla wollte nach einem ersten gemeinsamen Rundgang ebenfalls unbedingt diese Darbietung anschauen. Die anderen ließen sich überreden und folgten ihr vors Kloster, wo bereits die Veranstaltung im vollen Gange war.

Die sechs hockten sich abseits von den knapp zwanzig Touristen, die bereits begeisternd filmten, wie einer ein riesiges Shiloms rauchte oder ein anderer bereits seit längerer Zeit nackt kopfüber an einer Mauer lehnte. Zum Abschluss kam ein mit gelber und weißer Farbe bemalter nackter Mann an die Reihe. Er zog Bambusstäbchen aus seiner Umhängetasche, nahm seinen wahrlich langen, dünnen Penis und wickelte diesen wie eine Schlange um den Stab. Danach zog er den Stab fort und sein scheinbar leicht erigierter Pimmel behielt die Form einer Schlange oder wie Basti flüsterte eines Korkenziehers. Doch nicht genug damit: Ein Helfer kam und brachte einen kiloschweren Steinbrocken, um den ein Lederband mit einer Schlaufe gebunden war. Der heilige Mann steckte sein Glied durch diese Schlaufe und trug den schweren Stein mit seinem Penis durch die Menge der Besucher. Diese lachten, klatschten, fotografierten wie wild, um abschließend ebenso freigiebig zu spenden, bis alle zufrieden in ihre Lodges fortzogen.

Bishwa kommentierte das Ganze als dumme Show für noch dümmere Menschen. Ein echter Sadhu, ein wahrer heiliger Mann würde sich niemals für eine solche Scharlatanerie hergeben. Denn wahre Sadhus seien zwar auch meistens halb nackt, sie würden den mehrtägigen Pilgerweg hoch zum Kloster barfüßig und ohne jede Ausrüstung zurücklegen, aber niemals betteln oder etwas darbieten, obwohl sie, wie er meinte, zu unvorstellbaren Dingen in der Lage seien. Ihnen gestattete der nepalesische Staat ungehemmt und öffentlich Ganja zu rauchen. Die Sadhus weissagten, segneten, oder beteten für die Dörfer, die Bevölkerung versorgte sie lediglich im Gegenzug für einen Segen oder einen roten bzw. gelben Punkt auf der Stirn mit reichlich Milch. Weshalb sie im nepalesischen Himalaya auch liebevoll die Milchesser genannten werden.

Jeder wusste, die Zeit, dieses wilde Tier, würde Roman zwischen den Fingern zerrinnen und doch wagte niemand zu fragen, wie es nun weiterginge, denn Roman lag den ganzen nächsten Tag erschöpft auf seiner Matte, trank Yak-Milch mit Haschisch und Kräutertee, während

die anderen die unterhalb liegenden Yak-Weiden und den Hausberg erkundigten. Erst am frühen Abend, als alle gleichermaßen erschöpft und
neugierig wieder zusammen hockten, kam Roman von selbst auf den
Thorung-Pass zu sprechen. Er bat darum, nicht zu fragen, wann oder
wie, oder ob nicht vielleicht dann lieber doch nicht – sondern als seine
Freunde und Begleiter auf den letzten Metern, ihn nun wirklich selbst
bestimmt die Stunde des Verlassens dieser Welt zu wählen. Er sah die
betrübten Gesichter, die aufgestauten Emotionen, spürte die ehrliche
Traurigkeit der bereits von ihm Abschiednehmenden. Um nun die Situation etwas zu entspannen, aber auch um ihnen eine weitere typische
Geschichte zu hinterlassen, begann er:

„Liebe Freunde, ihr habt heute draußen selbst erlebt, wie kalt es selbst
in der Mittagssonne wird. Unsere heiligen Männer spüren den Frost
und eisigen Wind selbst im Winter nicht mehr, wir hingegen schon.
Gerne würde ich euch eine weitere wahre Anekdote erzählen, die auch
ein Hinweis darauf ist, wie und warum ich eventuell gerade auf diesen
Abflugplatz für meine Seele gekommen bin. Es hätte ja auch in einer
Wüste wie der Atacama oder Gobi, am Cotopaxi in den Anden, einem
Wasserfall in Afrika, am Ayers Rock oder eben in der Hütte im Sauerland sein können. Nochmal – die Geschichte hat sich genauso oder
zumindest ähnlich exakt so zugetragen und stellt nur meinen ersten persönlichen Bezug zum Pass her, nicht zu meinem letzten Gang. Also: Vor
vielen Jahren traf ich hier einen Schweden oder Finnen, es ist zu lange
her, aber wir kamen in der damals einzigen Lodge unten im Dorf ins
Gespräch, weil auch er wie zuvor der Amerikaner den Anapurna-Zirkel
entgegen dem Uhrzeigersinn lief, das heißt, er kam für mich eigentlich
aus der falschen Richtung, dennoch erhoffte ich wertvolle Informationen, insbesondere über den Pass und erhoffte mir zudem Tipps.

Sein Englisch erschien mir undeutlich und schwierig zu verstehen,
fast als lispele er, bis ich den wahren Grund dafür erfuhr. Von Thorung Phedi trekkte er hoch zum Thorung Pass in 5.500 Meter Höhe.
Ein Pass höher als der höchste europäische Berg – unvorstellbar. Dort
angekommen dann der göttliche Blick aufs Kloster, hinunter ins Tal
und die Hochebene, dazu als Background die gigantischen Gipfel des
Anapurna-Massivs. Ich sah den Typen vor mir, wie er seine lange Löwenmähne schüttelte, den schweren roten Rucksack ablegte, vergeblich
versuchte etwas Tee aus der Feldflasche zu schlürfen. Hier oben friert

selbst tagsüber jede Flüssigkeit. Auf jeden Fall war er restlos überwältigt und kniete vor der stählernen Infotafel der Regierung. Passname und Höhenangabe in Englisch, darunter stand – dummerweise nur in Nepalesisch, dass unterhalb des Klosters am Checkpoint das Trekking-Permit kontrolliert und abgestempelt wird, dass man nicht so lange dort oben in eisigen Höhen ausharren sollte. Und dass man bei Strafe die Gaben und Figuren der anderen Pilger dort stehen lassen solle.

Fakt war, dass die einheimischen Pilger – egal ob Hindu, Moslem, Christ oder Buddhist, dort vielleicht wegen einem Gelübde oder weil die Götter sie bis hierhin beschützt hatten, dort besondere Wurzeln, kleinere Shiva-, Ganesha- oder Buddhafiguren sowie steinerne, mit Schriftzeichen und Symbolen versehene Tafeln niederlegten, welche wiederum in erster Linie westliche Traveller als willkommene und kostenlose Andenken mitgehen ließen.

Nun, unser finnischer Freund hatte mit all dem nichts am Hut, so überwältigt von der reinen Schönheit der Natur war er. Er kniete also nieder und, er versicherte mir, er könne immer noch nicht sagen, was ihn in diesem Moment geritten hatte, küsste die eiskalte Stahlplatte. Sofort blieben Lippen und Zungenspitze kleben. Keine Chance durch Reibung oder vorsichtigem Ziehen freizukommen. Ober – Phuck, zudem kein Pilger weit und breit, weder von Westen oder Osten kommend. Sein Messer im meterweit entfernten Rucksack, der Tee in der Feldflasche eh gefroren und in zwei Stunden wäre es dunkel. Das heißt am nächsten Morgen würde seine erfrorene Leiche dort am Pass in der Morgensonne unbeweglich für alle Zeiten als bleiche Mahnung ausharren. Außer er opferte seine Zunge."

Gebannt hingen alle an Romans Lippen, er genoss die Situation, fragte in die Runde, ob jemand mit rauskäme, um eine kleine Tüte zu smoken, was alle sofort verneinten. Dann musste er unbedingt einfügen, etwas ähnliches nur halt ganz anders und am Meer, sei ihm auch passiert und diese letzte Geschichte müsste er ihnen ebenfalls aus seinem Nachlass noch hinterlassen, als Sarah aufstampfte und nur fragte: „Scheinbar hat er ja überlebt, sonst würdest du uns nicht so auf die Folter spannen und quälen."

„Nun dann, er hatte es natürlich in der Tat geschafft und ich war damals genauso neugierig wie ihr jetzt. Habt ihr Tipps oder was würdet ihr machen in dieser Situation, bei Frost in der Dämmerung an einer Stahlplatte im Himalaya klebend. Den Tod vor Augen?" Nichts als böse Blicke daraufhin.

„Wie gesagt, er lispelte etwas und erst da bemerkte ich auch das getrocknete Blut auf seinen spröden Lippen. Losgerissen hatte er sich auf jeden Fall nicht, auch kam niemand zu Hilfe. Die Lösung steckte in ihm. Qualvolle Minuten verstrichen, kaum Hoffnung, im Angesicht mit dem Jenseits. Dem Finnen wurde stetig klarer, er würde heute Nacht erfrieren. Sein Tod schien unabwendbar. Oder er müsste sich unter größten Schmerzen mit Gewalt losreißen, würde dann aber wahrscheinlich auf dem Weg runter zum Kloster verbluten. Etwas Warmes musste her, um die angefrorenen Lippen zu lösen. Erst als er Druck auf der Blase verspürte, dämmerte ihn die Lösung. Er pinkelte vorsichtig in die hohle Hand, tröpfelte den warmen Urin mehrmals auf Zungenspitze und Lippen und konnte sich endlich mit einem befreienden Ruck lösen. Das war mir seinerzeit eine Runde warmen Apfelschnaps wert, vielleicht auch zwei oder drei. Nur zum Abschluss:

Am nächsten Tag erreichte ich selbst den Pass, schlürfend, atemlos und fühlte mich wie ein Siebzig- oder Achtzigjähriger. Doch dann die Belohnung: Die Stahltafel, die Symbole, die Figürchen und als Krönung dieser unbezahlbare Rundumblick. Hier ahnte ich, würden sich Göttinnen und Dämonen abstoßen, um ins All oder Nirwana zu fliegen. Oder einfach frei und grenzenlos wie die Steinadler hoch oben treiben. Selten hatte ich auf all meinen Reisen etwas so Erhabeneres und Beeindruckendes gesehen. Deswegen will ich dorthin zurück – ja, und wenn ich es nicht so hoch schaffe, lege ich mich auf halben Weg einfach hinter einen Felsen, zwölf Stunden unter 15 Grad in einer Hochgebirgsnacht sollten genügen. Dann eben half way home. Gute Nacht – Freunde."

Vermutlich hallte in ihnen beim spärlichen Frühstück mit Fladenbrot, Honig und Tee noch die Story der letzten Nacht nach. Ein jeder ahnte, dieser oder der nächste Morgen könnte ihr letzter gemeinsamer sein, also gaben sich fünf von sechs Mal wieder betont lässig, witzelten rum und vermieden weitere Fragen. Es war einmal mehr Roman selbst, der urplötzlich von seiner alten Erinnerung überwältigt, nach Worten rang und dann loslegte:

„Wie so viele Ruhries fuhren wir mehrmals im Jahr an die Nordsee. Egal ob Frühjahr, Herbst oder Winter – jede Jahreszeit hat dort ihren Reiz. Besonders schön ist es natürlich im Sommer. Nicht so drückend heiß wie daheim, etwas Wind, das Meer, die Dünen. Und überhaupt: Holland ist, wie diese komische Hip Hop Band behauptet, schon eine tolle Stadt. Wir zelteten in den Dünen und jeden Abend machte ich meinen persönlichen Dreikampf. Meine Frau genoss die Abendsonne und las vorm Zelt und ich radelte ein Stündchen, dann mit dem Bike ans Meer, eine halbe Stunde joggen, um schließlich noch eine ausgiebige Runde am um diese Zeit menschenleeren Strand zu schwimmen. So machte ich es seit einigen Jahren, so auch diesmal und doch wäre es mein letzter Kampf geworden.

Alles wie immer: die muschelkalk-bestreuten Radwege durch die Dünen, dann im lockeren Trab am Strand circa 15, 20 Minuten nordwärts, einige langsame Dehn- und Streckübungen, dann gemächlich zurück traben, Buchse aus und nackt ins Meer. Herrlich! Die gemächlich untergehende Sonne, die stetig wechselnden Wolkenformationen, der bereits blinkende Leuchtturm in 20 km Entfernung, ein letzter Strandläufer mit Hund, ein Reiter, dann nur noch Möwen, das weite Meer und ich. Damals bildete ich mir ein, ein ausgezeichneter Schwimmer zu sein, also ließ ich mich trieben, wendete, sah, ich war doch etwas weit draußen und begann zurückzuschwimmen, d.h. ich versuchte es. Das Land kam nicht näher, kein Grund unter den Füßen. Also härter brustschwimmen, mal eine Minute heftig kraulen, dann tauchen und unter Wasser gegen den Strom. Um den Schwung der Wellen zu nutzen als Bodysurfer vorwärts – aber viel schneller wieder vom Sog zurückgezogen. Nichts – ich kam nicht nur nicht vorwärts, sondern ich spürte die Strömung und irgendwann wusste ich, ich würde genau hier möglicherweise sterben… Klar, beim Einstieg ins Meer unbedarft zu nahe an der langen Steinbuhne gelandet, die sehr starke Unterströmung zieht dich aufs Meer. Die Regel besagt, sich mitziehen lassen, bis die Strömung nachlässt und dann im weiten Bogen parallel zur Küste zurückschwimmen – nur keine Panik. Leichter gesagt als getan – nur im Dunkeln sich auf die offene Nordsee ziehen lassen? Was, wenn diese Regel nicht richtig ist? Mir war klar, auf diese Art ertrinken auch geübte Schwimmer, ich ahnte, ich würde meine Kraft verlieren, irgendwann erschöpft aufgeben müssen und vermutlich am frühen Morgen vom ersten Strandgänger als Wasserleiche im knietiefen Wasser gefunden werden. Ich wusste tief in mir genau, ich würde hier und jetzt sterben. Schwimmen und dabei noch über den Tod philosophieren – ha.

Dann lieber wie der Magister Ludi im Glasperlenspiel mit einem Herzinfarkt in See versinken. So aber nicht, irgendwie unwürdig. Ist der Tod denn jemals würdig? Auf jeden Fall in meinem Alter. Was sagt das Motto des FC Liverpool? Never give up. Ich wusste, wie gesagt, ich würde sterben, aber nicht jetzt, nicht heute. Die einzige Sicherheit im Leben ist der Tod. Aber ich wollte, ich musste noch leben. Glasklar diese Erkenntnis. Nun könnte ich euch weiter langweilen und erzählen, wie ich schwamm und kämpfte, Wasser schluckte, tauchte, wie ich die mit der Flut reinkommende Strömung und höher werdende Wellen nutzte und trotzdem immer unter mir die todbringende Unterströmung spürte, mit schwindender Hoffnung und doch aus Überlebenswillen mit den allerletzten Kraftreserven gegen das Aufgeben ankämpfend.

Um es kurz zu machen: Die mit der nun stärker werdenden Flut reinkommenden hohen Wellen nutzend, donnerte ich auf das felsige, mit scharfkantigen Muscheln überzogene Buhnenende. Schäumende Wellen überschlugen sich über mich, rollten mich wie ein Stück Parmesan über die steinerne Reibe. Zu kraftlos, um mich aufzurichten oder Richtung Strand zu krabbeln. Die Haut riss mir blutend an Beinen, Armen, Rücken und Brust – auch hier würde ich wohl nicht überleben. Letztlich rutschte ich seitwärts zurück ins Meer, bis nie gekannte stille Reserven sich öffneten, derweil trieb ich rechts weg von dem Wellenbrecher."

Er schien den Moment zu genießen, kostete ihn aus, sah in die großen und neugierig schauenden Augen der Anderen. Dabei saß er hier mit ihnen, musste es zweifelsfrei geschafft haben. Wie gerne hätte er etwas geraucht, allein der Gedanke verursachte ein Kratzen und Husten. Gut, dann zwei Schluck Tee und weiter.

„Und endlich nach weiteren endlosen Minuten berührten die Zehenspitzen Sand. Weiter. Tauchen, sieben, acht Züge unter Wasser, hoch, wieder tauchen, und letztlich nur noch bis zur Brust im Meer, vorwärts taumeln und wie ein Schiffbrüchiger Wasser spuckend im Sand liegen bleiben. Gerettet – und gleichzeitig die dunkel-gelbe Karte vom neutralen unsichtbaren Schiedsrichter: Unterschätze niemals wieder die Natur, egal ob Berge, Wasser, Tiere. Sei demütig, zeige Respekt und freu dich über deine heutige Wiedergeburt. Sei dankbar für die einfache Erkenntnis. Sinn im Leben liegt im Leben – sicher ist nur der Tod. Ulla meinte nur „Mensch – du warst diesmal aber sehr lange unterwegs."

So habe ich es seit dem Erlebnis gehalten, stets mein Verhalten den Bedingungen der Natur angepasst. Zwar niemals ängstlich, aber vorsichtig abwiegend. In Flüssen oder Seen und noch mehr am Meer lieber einmal zu viel als zu wenig nachfragen, besser die letzten Kraftreserven nicht ansprechen, lieber zu oft in Ufernähe bleibend. Ich hatte meine Lektion gelernt. Wasser, Kälte, Hitze, Höhe und viele mehr vermögen dein Leben vorzeitig zu beenden. Klar gab es auf meinen Fahrten auch reichlich brenzlige Situationen. Dann lag es an Menschen, schlechten Straßen oder Equipment, zu wenig Benzin oder Wasser. Das wären zudem ganz andere Storys. Aber egal ob Wildtieren wie Alligatoren oder Nashörnern gegenüber oder auf Bergtouren.

Vorsicht wurde mein Schutzengel. Mehrmals bin ich kurz vorm Gipfel wegen Nebel, aufkommenden Regen oder Eisfeldern umgekehrt. Sonst wäre ich jetzt nicht hier bei euch. Nun soll die mächtige Mutter Natur auch den Rest für ihren ergebenen Diener erledigen. Kälte scheint mir besser als Verbrennen – also bei lebendigem Leibe. Ladies – schaut mich nicht mit eueren großen Augen so an. Wie sagte mein großer Lehrmeister aus Calw in meinem Lieblingsgedicht Stufen: ‚Jedem Ende wohnt auch ein neuer Anfang inne' bzw. Manfred Mann kurz und bündig Ha Ha said the clown. Wenn ihr sehen könntet, wie hübsch ihr seid, besonders wenn ihr lächelt. Immer dran denken: Wenn schon Falten – dann aber vom Lachen!"

Kapitel 3 Am Ende wird alles gut
und wird es nicht gut; so ist es nicht das Ende

Justus, Romans sogenannter Anwaltskumpel und ältester Freund, unterrichtete derweil in Deutschland Ulla, aber auch einige andere Verwandte und Freunde von dem erhaltenen Anruf, nach so vielen Wochen der Ungewissheit. Er hielt sein Versprechen und deutete nur an, dass Roman selbst bestimmt seinen Abschied wählen würde und alle daheim von Herzen liebe. Auch die zukünftige Stiftung sollte erwähnt werden, mit der Bitte um Unterstützung und finanzielle Hilfe, anstelle der sonst übliche Kranzspenden. Von wo aus er angerufen wurde, ließ er im Unklaren, deutete nur an, es sei vom anderen Ende der Welt gewesen. Ob es nun Patagonien, Tibet oder Neuseeland war, könnte er leider nicht sagen. Jedoch noch so viel, dass Roman ihnen allen etwas hinterlassen würde, was nachhaltig, friedvoll und sinnvoll sei. Aber in stillem Gedenken an ihn und ihre gemeinsame, glückliche Zeit hoffe er auch, dass die ungefragt Daheimgebliebenen seine neuen Freunde, die sie in einigen Wochen kennenlernen sollten, aus ganzen Herzen unterstützen würden. Diese im wahrsten Sinne des Wortes zufälligen Begleiter könnten dann auch mehr über seine Pilgerfahrt und die letzten Tage berichten.

Ulla tobte, schrie immer wieder „Pilgerfahrt!" und „Neue Freunde" und wusste doch, dass Roman den für ihn einzig möglichen, krummen Pfad heraus aus dem Tal des Jammers gewählt hatte. All die vielen Jahre, das Gemeinsame, das große Glück, sich getroffen zu haben, die nie in Frage gestellte Liebe – all das konnte ihnen jetzt eh niemand mehr nehmen. Dennoch war der bloße Gedanke schier unerträglich, Abschied zu nehmen und gleichzeitig zu wissen, dass er tausende Kilometer entfernt, noch lebte und auch an sie dachte. Sie kannte ihn letztlich besser als sonst jemand auf dieser Welt, das war auch nicht zu nehmen. Die zweite Hälfte fehlte ihr an allen Ecken und Kanten, gleichzeitig verband sie auf ewig ein unzerreißbares Band. Daraus resultierte das Wissen, dass ein gesteuerter Suizid in der Schweiz oder den Niederlanden für Roman ebenso wenig in Frage gekommen wäre, wie ein betäubtes Dahinsiechen oder ein letztlich aussichtsloses Aufbäumen. Dennoch hätte sie wie alle anderen gerne mehr und alles gewusst. Zusammen bis zu Letzt, und nur allein mit ihm, letztlich ihren Liebsten verabschiedet. Dann nun eben wie von ihm gewünscht wenigstens im Geiste.

Sein Freund war als ständiger Weggefährte, Anwalt und mit Gesellschafter des Roxys, auch enttäuscht und sauer gewesen, als er aus der Tiefe des Himalayas auf einem Satellitentelefon angerufen wurde. Er dachte, Roman sei längst tot oder vegetiere leidend und verlassen vor sich hin und dann das. Gefährten, ja Freunde, die Idee einer bestimmten Gegend Nepals ganz gezielt zu helfen und letztlich der freie Wunsch, hier in der Höhe, dem Sitz der Götter den letzten Weg zu gehen. Musste er, auch wenn es schwerfiel, akzeptieren. Nun jedoch erwies er sich als wahrer Freund. Hurtig bereitete er vor, was er vorbereiten konnte, vor allem in Bezug auf die kommende Stiftungsgründung, der Kapitalbeschaffung und Romans Wünschen. Niemand, vor allen die gute Ulla nicht, sollte erfahren, wo sich ihrer aller Freund nun aufhielt und was er genau dort trieb. Dazu kam, dass auch eine Art Feier (?) organisiert werden musste; eine Mischung aus Gründungsfest, Abschieds- und Erinnerungskonzert – oder so, hatte Roman knapp angemerkt.

Alles andere würden die beiden Frauen und die drei Kerle schon richten. Nun denn. So schaute Justus hoch in den Nachthimmel, verließ die schwach erleuchtete Terrasse, um abgeschirmt durch die große Magnolie inmitten der Stadt die Milchstraße zu suchen. Wie sahen wohl die Sternenbilder hoch oben im Himalaya aus? Ein wenig ärgerte er sich, wollte er doch seit Jahren, mehr als nur den großen Wagen erkennen, sich eine Sternenkarte besorgen. Viel zu selten machen wir dies! Arbeit, Verkehr, Familie, Zerstreuung, Medien – eigentlich müsste man einfach öfter die Handbremse ziehen, um in die Unendlichkeit von Raum und Zeit zu schauen. Und wenn letztlich Namen Schall und Rauch sind, ist es doch egal wer von denen dort droben Andromeda oder Alpha Centauri heißt. Schweigend hob Justus in Gedenken an Roman seinen kleinen Becher mit Rum, um dann doch ein „Salute" zu murmeln.

Die Sterne und Planeten im Hochgebirge scheinen einem näher. Nicht umsonst werden Berggipfel verehrt oder als heiligen Sitz der Götter bezeichnet. Neumond – genau, das Licht der Millionen Diamanten dort droben sollte genügen, um die Richtung zum Pass zu halten und zu finden. In dieser Nacht musste es geschehen, immerhin hatte er es bis hoch ins Kloster geschafft und die letzten Stunden genossen. Die Freunde ahnten bestimmt auch etwas, registrierten seine größer werdende Schwäche und die leichte Orientierungsschwierigkeit. Vermutlich hofften sie noch auf ein paar weitere gemeinsame Tage.

Roman verabschiedete sich als erster, gab vor, was ja auch stimmte, echt erschöpft und müde zu sein. Auf großes Abschiednehmen mit Tränen und Küssen verzichtete er bewusst, schließlich sollte sein Abgesang ein sehr stiller werden. Das ebenerdige Zimmer lag zum kleinen Klostergärtchen hinaus, insofern man in dieser Höhe überhaupt vom Garten sprechen konnte. Aber es gab Bänke, eine Steinmauer. Davor in Töpfen und Gefäßen Reste von vertrockneten Kräutern, Bäumchen und Gestrüpp. Roman öffnete sehr kurz das Fenster, um zum wiederholten Male abzuschätzen, ob es gelingen würde sich hier raus zu hangeln. Es würde. Eisige Kälte drang in den kleinen Raum, ein Vorgeschmack auf das, was kommen sollte.

Man kann nicht gerade behaupten, er hätte geprobt oder sich gut vorbereitet. Der Plan als solcher stand seit der Entscheidung und längst vor der Abreise aus Deutschland. Wie und ob er es hier hoch und dann letztlich noch weiter hinaus und raus in die eisige Weite schaffen würde, war ungewiss. D.h. ungewiss bis vor einem Tag. Das Fenster sollte kein Problem darstellen, die Mönche und die beiden alten Hunde würden schlafen. Die hintere Nebenpforte wurde nie verschlossen; für den Fall, dass nachts Pilger eintrafen. Der Rest lag auf der Hand: aus der Pforte schlüpfen, sich links halten und mit der Notreserve ganz langsam bergan. Rechts musste der Anapurna hochragen, im Rücken der Dhaulagiri und vor ihm irgendwo dort oben der Pass. Gedanklich hatte er in den letzten Stunden mehrmals den Pfad gefunden, nun galt es zu warten und nicht einzuschlafen, bis das ganze Kloster ruhte. Dann galt es, den ersten Schritt zu wagen.

In seine Thermosflasche mit dem heißen Tee schüttelte er die Reste an Opiaten und Schmerzmitteln. Einen winzigen Schluck probieren. Nicht zu viel, bloß nicht einschlafen. Buh, scheußlich bitter – aber für den Fall der Fälle, dass er es nur um die nächste Kurve schafft, sich hinter den Felsen verkriechen muss. Außerdem würde die Zeit auf seiner Seite sein. Bis man ihn vermissen würde, wäre es vermutlich Frühstückszeit. Die Gefährten würden ihn natürlich suchen und eventuell auch finden. Nur so viele Stunden draußen bei Minusgraden – selbst ein kräftiger, gesunder Organismus würde kapitulieren.

Roman hörte wie sich nach und nach einer verabschiedete. Zuletzt Bishwa, der das Licht löschte, die Haustür abschloss und im Nebenzimmer verschwand. Nach nur wenigen Minuten drangen die bekannten und in den letzten Wochen oftmals am nächsten Morgen angesprochenen Schnarchgeräusche durch den Flur. Ja, sein Bishwa konnte schnarchen wie ein Bär im Winterschlaf. Dennoch war es zu früh, ein, zwei Stündchen galt es noch zu warten. Leise schlich Roman zur Toilette am Ende des Ganges. Im hölzernen Schuhregal standen die Wanderstiefel der anderen. In jeden steckte er als stummen letzten Gruß einen besonderen Stein, mal einen auffallend grünen, einen beinahe runden, einen mit Adern durchzogenen, einen Herz förmigen. Er schaute auf seine Armbanduhr, gleich zwölf Uhr vierzig, also noch eine Stunde. In Bishwas Schuh stopfte er neben den Stein auch das Erbstück von Uhr. Sein Freund würde sie eher gebrauchen können – entweder demnächst im Westen der Welt oder als Rücklage für Notfälle hier im Königreich Nepal. Time is on my side spielte die Band in seinen Kopf.

Eigentlich müsste er meditieren, beten oder etwas in der Art. Aber stattdessen räumte Roman seine wenigen Sachen zusammen, schrieb ein paar Sätze ins Tagebuch, um mittendrin abzubrechen. Er wusste, was noch zu tun sei, was er vermieden und verdrängt hatte. Jetzt oder nie. Aus dem Bildband über Muktinath, den ihn der sie gestern empfangende Mönch geliehen hatte, trennte er sorgfältig die unbedruckten letzten beiden Seiten. Hochglanzpapier – ausgerechnet hier, aber genug der Ausreden, nicht überlegen, einfach drauf losschreiben, dann zusammenfalten, an den Spiegel klemmen und zum Fenster hinaus – die nächste Tür stand schon einen winzigen Spalt weit offen, nur wie beginnen. Die Gedanken stoppen und los.

Meine liebste Ulla!

Glaub und vertrau mir bitte, aber so wie es ist, ist es am besten. Auch für dich! Bestimmt spürst du jetzt etwas daheim. Einen Windhauch, ein Pfeifen tief innen, etwas Kühles im Nacken oder so. Rund um die halbe Welt schicke ich dir alle mir noch zur Verfügung stehenden Strahlen und meine ganze, nie endende Liebe. Weine nicht, freu dich, dass wir uns so lange hatten und ich nicht leidend zugrunde gehe.

So wie mit den um die Welt geschickten Strahlen haben wir es immer gehalten, so will ich es auch weiter tun – wenn es mir möglich ist. Du sitzt jetzt bestimmt beim Abendbrot, verfluchst mich und mein Ego, schimpfst wie ein Rohrspatz, weinst immer noch ein wenig – ich spüre es regelrecht. Bin auch sehr traurig und ja – es tut mir vom Herzen leid. Mea culpa – aber verzeih mir – bitte. Und du hast ja so etwas von Recht. Dich, das wertvollste auf Erden, zurückzulassen – Frevel und vielleicht falsch. Du hättest mich aber nicht nur nicht begleiten können, du hättest es auch nicht gewollt und mit Sicherheit bis zuletzt versucht mich aufzuhalten. Was ich verstehe und akzeptiere. Denn ich wollte nicht dein tränenüberströmtes Gesicht mitleiden sehen, so banal es klingt: Dir wollte ich größeres Leid ersparen. Du hättest nach außen hin hoffnungsvoll gelächelt, mir und allen anderen immer wieder Mut gemacht – und doch genau gewusst, wie aussichtslos diesmal ein Happy End ist. Aber so etwas ähnliches hinterlasse ich.

Denn – oh Gott – es kling fast nach Vergnügungsreise – ich, d.h. wir haben auf dem langen Weg hier hin auch Gutes bewirkt, gelacht und gesungen. Die neuen Freunde haben mir versprochen, dir alles zu berichten, dir Fotos zu zeigen und für dich da zu sein. Dann bist du nicht allein – wir haben alte Freunde und ich vererbe dir meine neuen dazu. Allein – ja das wirst du leider zunächst sein, aber nicht einsam. Wenn es klappt, werde ich versuchen, dich zu erreichen: Manchmal genügt ein Wort, ein Geräusch, ein vergilbtes Foto. Ohne es ernsthaft versprechen zu können, werde ich versuchen, dann und wann wie früher ganz kurz deinen Hals oder Nacken zu küssen.

Dann gleitest du hinab in all die Zeit, die wir zusammen hatten. Soviel scheinbar unendliche und so glückliche Stunden, Tage, Jahre. Große Glückskinder waren wir, der liebe Gott – OMG, jetzt könnte ich heulen! Warum hast du mich verlassen? – hatte seine schützende Hand über uns gehalten oder vielleicht, ja bestimmt waren es mehrere Götter und Göttinnen? Niemand weiß Genaues. Ich weiß hingegen, dass ich mehr weiß als all die Lebenden, wenn du morgen früh die Zeitung reinholst und deinen Kater rauslässt. Dann bin ich da, wo Milliarden anderer vor mir hin gepilgert sind. Dort wo bereits die allermeisten Menschen sind oder noch hinkommen werden. Dass ich auf diese Art gehen muss, nenn es wie du willst. Vielleicht Bestimmung, Schicksal, Flucht oder last Exit. Lass mir dir aber unbedingt noch dieses mitteilen: Wir, d.h. du und ich sind uns begegnet, haben uns einfach festgehalten und nie mehr losgelassen, weil wir uns liebten – ein Leben lang – meines ist nun in wenigen Stunden vergangen.

Liebste Ulla, ich kann nicht mehr!! Im Grunde weißt du eh mehr als alle anderen, die mich kannten und verstehst es daher besser.

In tiefer Dankbarkeit und voller Liebe: dein bester Freund und Mann

Rocke

Bishwa blieb wie gewohnt bis zuletzt. Wie immer räumte er die Teegläser und Wasserflaschen weg, löschte die Kerosinlampe. Diese Europäer! Total nett, freundlich, intelligent, sogar witzig. Aber auch gedankenlos. Wer würde hinter ihnen immer aufräumen? Hatten sie ein Leben all inklusive bestellt? Und auch keinen Deut daran denken, wie mühsam es war, hier oben Energie zu erzeugen oder gar hoch zu schaffen. Dachten sie ernsthaft, die zwei Solarpanelen, ein Geschenk einer befreundeten Universität in Indien, würden genügen oder dass das Kerosin per Hubschrauber hier hingeflogen würde?

Jetzt noch die Haustür abschließen! Als ob dies Roman aufhalten würde, schließlich steckte der Schlüssel. Doch dieser reine Akt des Zu- und Einschließens hatte etwas Tröstendes, bewahrendes in sich. Außerdem wusste niemand so gut wie er, wie schlecht es um Roman stand und dass dieser stur und mit allerletzter Energie sein letztes Ziel erreichen würde. Beim Ausgleiten erinnerte er sich wie sie als junge Männer verschwitzt und stinkend einst in den Gletschersee gehüpft waren. Arschbombe schrie damals Roman und sprang als erster. Ebenso kalt erschien ihn der Luftzug, der durch die undichten Fenster drang. In rascher Folge erschienen Bilder, Erinnerungsfetzen ihrer Touren – wie lange ist das schon her und doch unvergesslich. Mit diesen Bildern schlief er ein, wohl wissend, dies sei ihre letzte gemeinsame Nacht unter einem Dach.

Kurz und traumlos war die erste Schlafphase. Ein Hauch oder ein Geräusch ließ ihn erschaudern und aufwachen. Er spürte deutlich in sich eine Kraft, einen Moment einer fremden Anwesenheit. Der Moment des Abschieds. Ihm fiel ein, dass Großmutter ihm als Kind oft erzählte, der und der Onkel, die Tante soundso, ein entfernter Nachbar seien heute Nacht in ihrer Kammer gewesen, um sich zu verabschieden. Eine Kommodentür hatte geknarrt, eine Schublade sich wie von selbst geöffnet oder die Kerze fiel um. Manchmal kam die Nachricht vom Tode der Betreffenden erst viele Tage später in ihrem Dorf an. Großmutter schaute ihn dann stets nur an und nickte.

Sollte, ja musste er nicht hinterher? Aufpassen, falls Roman es nicht hoch oder bis in ein Versteck jenseits des Weges schaffen würde? Da fiel ihm ein, dass Herm vor Tagen ein Gespräch zwischen Roman und ihm übersetzt hatte. Der Maler war auf Pilzen einen Tag und zwei Nächte an einem riesigen Bild beschäftigt. Mein vielleicht bestes Gemälde! Tief, ehrlich und irgendwie auch fröhlich stimmend. Informell sei es, nicht gegenständlich – was immer das auch bedeuten würde – und doch sehe der Betrachter Landschaften aus großer Höhe, kleine

Seelenbildchen, Gesichter oder kosmische Wirbel im All. Herm würde es ihm in Deutschland unbedingt zeigen, diese in Farben gefangenen Nächte würde er niemals verkaufen. Er fragte daraufhin den großen Mann noch, wie das Gemälde denn heißt? Herm antwortete, genau das habe Roman auch gefragt.

„Ich wollte es Jenseits nennen – ja, zugegeben ein großer, wenn nicht sogar überheblicher Titel. Entweder habe ich mich einfach nur ver-schrieben oder im Rausch der kleinen Pilze bewusst den einen Buch-staben ausgetauscht. Erst Tage später fiel mir auf, dass ich an die linke Seite JenZeits geschrieben hatte."

Woraufhin Roman andeutete, einiges würde er vermissen: Das Gesicht seiner Liebsten, Nudeln mit Knoblauch und Gambas, das Meer – egal auf welchem Kontinent es brandet, ja und dass es eben so vieles zu sehen gibt, was seine Augen, wie zum Beispiel dieses Bild, nicht mehr sehen würden. Und: JenZeits gefällt mir ausgezeichnet. Ich kann mir sogar nach deiner Beschreibung alles ein bisschen vorstellen. Weil tief in mir drin zieht es doch ins Jenseits oder besser in die JenZeit. Aber mit Würde – wenn schon denn schon! Wenn es geht, melde ich mich ab und an aus dem Jenzeits!"

Würde – das war es doch, was wir wollten. Vom Leben, von den Mit-menschen, von den Göttern und den anderen Nichtwesen und letztlich auch vom Tod. Wer würde nicht gerne in voller Würde hinüberschrei-ten? Wie Brautmutter und -vater zur Heirat der eigenen Tochter? Also legte sich Bishwa wieder hin, summte wie gewohnt, d.h. dachte eher seine Lieblingsmantras und konnte doch nicht wie sonst sofort schlafen.

An schlafen konnte Layla nicht denken, zu wertvoll erschien ihr die Zeit zum und jetzt hier im Kloster. Tiefste Dankbarkeit füllte sie aus – dem Schicksal und den bis vor Monaten noch wildfremden Menschen gegenüber, die ihr Halt, Heimat und eine neue Zukunft gaben. Soviel Liebe füllte sie aus, aber vor allem zu dem selbst so ernannten alten weißen Mann. Roman, lieber Roman. Bald wirst du gehen. Bitte, bleib noch ein, zwei, besser drei Tage bei mir und uns. Bitte! Sie musste unwillkürlich aufstehen und wie einst der Panther bei Rilke im Raum umherwandern. Dabei war klar, dass das Ziel seiner Reise und damit auch eine sehr wichtige Etappe ihrer aller Reise erreicht war. Muktinath und der Pass. Klingt nach Sehnsucht, Abenteuer und mehr.

Roman hatte nicht nur ihr immer wieder mal versichert, wie froh auch
er sei, sie alle getroffen zu haben und wie wichtig und sogar schön es
sei, die fünf Menschen als Begleiter auf seiner letzten Tour zu wissen.
Auch wenn er bald nicht mehr dabei wäre, seine ewige Dankbarkeit sei
ihnen gewiss. Ewig. Ewigkeit – wieder so große Worte. Die Lieblings-
parabel. Die ihr ihr Großvater mehrmals vorlas, lautete in etwa so: Was
ist das „Ewigkeit"? Nun, da steht ein sehr hoher Berg inmitten eines
Gebirges. Alle tausend Jahre kommt ein kleines Vögelchen geflogen
und wetzt seinen Schnabel an diesem Berg. Und wenn der gesamt Berg
abgewetzt wäre, ja dann wäre erst eine Sekunde der Ewigkeit vergangen. Schon als kleines Mädchen hatte sie die Erzählung mehr geahnt als
verstanden. So erging es ihr jetzt auch – wie mit vielen anderen Begriffen, die während der Reise immer wieder auftauchten. Von Dharma
über Kundalini, Shiva bis hin zu Samadhi. Roman verstand es am besten sie zu erklären, auch weil er nicht alles ernst nahm, einen Witz eben
mal dazwischen einbrachte bzw. das soeben Gesagte wieder mit einem
anderen Beispiel umkehrte. Oft musste sie mit diesem Mann lachen –
was hatte er ihr nicht alles gegeben. Besser zurückgegeben.!! Nicht nur,
weil es ihr möglich war, sich zu öffnen, all die letzten Jahre zu beichten
und Verständnis zu ernten. Sie fühlte sich nicht länger schlecht, hatte
keine Angst mehr vor dem, was alles kommen würde. Roman war zum
Fallschirm, Leuchtturm und Rettungsboot geworden. Die Familie und
Freunde sollten wieder Stolz auf sie sein. Nie mehr lügen müssen, ein
genaues zur Zeit noch etwas verschwommenes Ziel vor Augen. Und sie
selbst hätte sich auch wieder gefunden. Sie war nicht mehr die Tussi,
die sich den miesen Job mit Luxus, Koks und Ablenkungen schönrede-
te. Der Mann hatte ihr mehr als einen Funken Hoffnung und einen be-
gehbaren Ausweg gebracht, vielleicht so etwas wie einen neuen Glauben. Und doch, sorry Roman – aber tief in mir wächst noch ein anderes
längst verschüttet geglaubtes Gefühl oder Ding stetig an, dabei ganz als
während der letzten Jahre.

Nochmal, sorry Roman, du, der der wichtigste Mensch bisher in meinen
Leben war, gehst von uns und ich kann seit Tagen an nichts anders
denken als an Sex. Dieser Junge daheim, ob Japaner, Koreaner oder
wie Basti vermutet Taiwanese, ist doch egal – dieser Mann geht mir
nicht mehr aus dem Sinn. Ich habe so unvorstellbare Lust auf ihn, auf

Sex mit ihm, darauf, die Kundalini-Schlange zu wecken, dass ich mich selbst kaum wieder erkenne. Dabei empfinde ich nicht den Hauch einer Spur von meinen alten Dienstleistungen. Klar weiß ich, wie man einen Mann wuschig und letztlich auch sehr glücklich machen kann. Aber bittschön, dann das gleiche Programm auch für mich. Bisher hatte ich diese Seite an mir zurückgestellt, Sex rein als Geschäft betrachtet. Jetzt verlangte die Frau, die ich nun mal bin, ihr gutes Recht. Alles kann – nichts muss. Kleiner Japaner, warte nur! Wenn du willst, dann kannst du etwas erleben. Selbst ich als ehemalige Professionelle habe hier noch dazu gelernt. Kundalini, One-Man-Band und diesmal mit vollem Gefühl! Manchmal wäre ich gerne schon wieder daheim. Kann es kaum noch abwarten – was also tun. Na klar, manchmal ist die Lösung zu einfach. Ab ins Bett!

Basti folgte wie seit vielen Abenden einem zufällig sich so ergebenden Ritual. Wo immer er etwas Packpapier, eine Serviette, die Rückseite des Prospekts einer Hütte oder überhaupt ein freies Stückchen Papier gefunden hatte, nahm er es mit und schrieb vor dem Schlafen gehen seine letzten Gedanken; Ideen, Tipps usw. auf. Das Ganze hatte er zwischen zwei grobe, unbehandelte, rechteckig geschnittene Rindenhälften, die lose mit Band verbunden worden, gelegt. Mittlerweile wuchs so nach und nach ein beträchtliches unförmiges Werk. Herm merkte ehrlich an, als er wissen wollte, was Basti denn da so gebastelt hatte:

Dies sei näher an Kunst als vieles, was Menschen so als Kunst bezeichneten. Literatur sei von je her Kunst und diese hier als zufälliges Dokument der Reise sowieso. Seinen Einwand, es handle sich nicht um Fiktion, also um Literatur, ließ Herm nicht gelten. Deine letzten Worte – das ist doch schon literarisch! Letzte Worte. Und nochmals. Und am nächsten Tag wieder. Dazu stehen zwischen den Namen von Bands oder Büchern doch auch kleine lyrische Fetzen von dir. Gedankensplitter, die zu Gedichten oder Kurzgeschichten werden könnten. Die Kunst steht auch im Nichtgesagten. Also lass dich nicht aufhalten.

Basti schrieb drauf los, es strömte automatisch aus ihm heraus. Viele Dadaisten wäre neidisch geworden. Hätten jetzt Gedichte, Lieder, sogar Theaterstücke verfasst. Er schrieb unsortiert und unreflektiert nur nieder, was noch in seinem Kopf nachhallte: Ein hartes Gewächs hoch oben an der Klostermauer, ein Stück von Tom Waits, welches Sarah summte, was im Laufe des Tages so passiert, erzählt worden war. Ihm war klar, er schrieb kein Tagebuch im klassischen Sinne. Manchmal gingen Tage ineinander über, manchmal kam erst eine Woche später hoch, was er versäumt oder nicht verstanden hatte. Beim Blättern fiel ihm auf, dass er oft Abkürzungen benutzte: B für Bishwa, M fürs Kloster usw. Nur den Namen Roman schrieb er aus. Genau hätte er nicht sagen können warum. Respekt? Spiegel? Automatismus? Wie selbstsicher, arrogant und überheblich er durchs Leben gestolpert war, ohne die wirklich wichtigen Momente zu spüren, zu genießen. Erst diese Frau als Auslöser und dann dieser Mann, als – ja, als was eigentlich? Freund! Freund ist gut und richtig. Fast beschämt notierte er, dass es heute sehr wahrscheinlich der letzte Abend mit Roman war – und schnell kritzelte er noch die Namen einige Bücher oder wenigstens die der Schriftsteller ein, die ihm wie durch ein Wunder durchs Kleinhirn schossen.

Aufsaugen, wissen, informieren – kann auch zum Rückschritt ins vorherige Leben werden. Unsere supermoderne Welt mit Quanten, Marsraketen, Cern und was weiß ich, kann nicht mal alle Phänomene auf diesem Planeten erklären. Geschweige dann die sogenannten ewigen Fragen. Da mach ich mir lieber meine eigenen Gedanken.

Wieviel ich noch lesen muss! Natürlich weiß ich, dass allein zehntausende von deutschsprachigen Büchern jedes Jahr erscheinen, daneben noch all die, die nach und nach übersetzt werden. Jedes Jahr! Zudem sind da noch die Bücher der letzten Jahrzehnte, die Welt der internationalen Klassiker oder Geheimtipps wie die von Roman empfohlenen „Wenn du den Buddha triffst.." und das hierhin passende „Anapurna-Blues". Anapurna bewusst mit zwei n wusste Roman und all die Lieblingsautoren immer wieder Hesse, Castaneda, Mitchell, Coelho und und und. Als überzeugter Digital-Bohemian hatte ich doch maximal getwittert bzw. Podcasts gehört, keine Zeit für oldschool-mäßiges.

Aber nicht nur das, auch vom Leben jenseits meiner Einbahnstraße wusste ich doch nichts wirklich Wichtiges. Geld scheffeln, Sex kaufen, gereist werden statt selbst zu reisen. Mein Horizont und auch meine Erfahrungen beschränkten sich auf jene, die mir von außen und leider auch von innen als einzig verheißungsvolle und zukünftige Richtung indoktriniert worden waren. Schluss damit. Morgen ist ein neuer Tag. Wie schon so oft gehört, ist der Weg nicht immer nur das Ziel. Froh bin ich dennoch, mit diesen Menschen unterwegs zu sein. Unterwegs auch zu mir selbst, als Selbstbetrug, Gaukelei oder Falschspielertricks. Das ist doch schon mal was. Müde bin ich geh zu Ruh – und wenn ich dran denke, muss ich morgen nach einiges hinterfragen und am besten auch gleich notieren. Wörter helfen dann und wann. Gut tun würde mir auch, in mich zu lauschen und vielleicht mit einigen zu reden. Wenn ich Layla so rumhüpfen sehe, sie ist schon mega attraktiv. Dann stelle ich mir auf ihrem Körper Hannas Gesicht vor. Hanna! Jo! – es verblasst etwas an den Rändern. Stattdessen sehe und träume ich von Shari, vielleicht kann ich heute Nacht meine Träume in diese Richtung lenken. Mit Herm zu reden, sollte ich zuerst. Wollte er nicht unbedingt die schöne Kunda wiedersehen? Ich werde versuchen vor dem Einschlafen gedankliche Botschaften zu versenden – gute Idee. An Roman. An Kunda. An Shari. An.

Nachdem bis auf Bishwa alle verschwunden waren, ging auch Herm hoch in seine Kammer. Eigentlich hatte er sofort nach Roman gehen wollen, um bereit zu sein, aufzustehen und ihm zu folgen. Doch dann tauchte wie eine Vision vor seinen inneren Augen ein Bild auf, das Bild einer Skulptur, eines Denkmals.

Mist, hätte ich unterwegs doch nur die vielen alten Knochen von Maultieren oder Yaks gesammelt für ein mögliches Werk. Roman wird leider demnächst oder irgendwann nur noch reiner Geist sein. Bestimmt noch etwas um uns fliegen. Während in den nächsten Jahren seine Knochen verbleichen werden, der Schädel wird... Der Schädel! Stopp jetzt!! Roman ist dein Freund, vielleicht sogar dein bester. Ungefragter Mentor und Optimist. Wie kannst du nur so einen Quatsch denken – Romans bleicher Schädel ausgestellt, mit stählernen Klammern an einen imaginären Körper befestigt, hoch oben am Pass oder im ausgeleuchteten Raum eines renommierten Museums. Da bin ich wieder – der alte Sack. Und bin es doch auch nicht, weil ich mich stoppen kann. D.h. dann allerdings auch, ihm nicht hinaus in die eisige Nacht zu folgen. Ist dies nun auch Freundschaft oder ziehe ich einfach die Behaglichkeit des Bettes meiner Neugier vor? Überhaupt, das sogenannte Künstlerische ist doch nur vorgeschoben, um ein scheinbar absolut neues Oeuvre zu schaffen. Wenn ich mich reden höre, überheblich und selbstverliebt, als was ich alles tätig sein könnte...Maler, Schriftsteller, Bands. Überhaupt gibt es weltweit Künstler wie Muscheln am Meer und doch nichts gegen die übrigen neun Milliarden Menschen. Wir, genauer eigentlich ich, sollten uns angesichts der Weite und der Unvorstellbarkeit des Alls nicht so wichtig nehmen. In 100 Jahren lachen Menschen bestimmt über unseren Aberglauben und die vorherrschende Unwissenheit. Da bin ich jetzt nahe bei Einstein mit seinem „Kreativität ist wichtiger als Wissen". Neugierde ist reichlich da – nicht zuletzt, was hinter den Türen versteckt wartet.

Meiner verschütteten Kreativität fehlt mehr als nur die Muse, eigentlich suchte ich doch eher statt nach Anerkennung, Geld und gelebten Hedonismus so etwas wie Roman daheim gefunden hatte. Kunda! Ob sie mich nur aufzog oder hätten wir eine Chance, jenseits vom Mainstream, WWW und dem Kommerz? Basti interessierte sich doch für die Schwester. Wie hieß die noch – Shari? Muss morgen mit Basti reden. Morgen ist heute – nur ein paar Stunden schlafen und dann sehen, was die Sonne an den Tag bringt!

Sarah schaute hinaus in die Nacht, schnell eine am offenen Fenster rauchen. Dies ist wirklich meine letzte Zigarette für lange, lange Zeit. Außer wenn ein bisschen Gras drin ist. Saukalt ist es, schnell das Fenster schließen und die Decke um die Schultern legen. Heute nacht halte ich Wache – Roman muss diese Nacht seinen Plan umsetzten, morgen könnte er schon zu schwach sein. Fällt nur mir auf, wie er sich die drei Stufen hinunter schleppt, am Geländer festklammert? Wie wenig er nur noch essen kann. Wie besorgt Bishwa ihn umhegt und seltsame Tees für ihn bereitet. Die Pausen beim Reden, leichte Wortfindungsschwierigkeiten, Schwindel beim Aufstehen und – ach. Nicht als Ärztin stehe ich hier, sondern als Freundin. Wie Bishwa und vermutlich auch Herm, warte ich, dass er das Kloster verlässt. Dann folge ich und der Blitz soll mich treffen, wenn nicht auch die beiden Männer hinterherschleichen. Es ist mehr als Freundschaft – tiefe platonische Liebe, die uns verbindet. Obwohl – wenn ich ehrlich bin, mal abgesehen vom Alter und seiner Vita – attraktiv finde ich ihn schon. So etwas in der Art, vielleicht dazu noch Gärtner oder Tischler sollte ich mir angeln. Träum ruhig weiter, schlaf aber bloß nicht ein.

Schnell ein zweites Paar Socken über die Socken ziehen – ist doch kälter als ich dachte. Besser auch schon die Schuhe an. Muss gleich losgehen, bestimmt ist es lang nach ein Uhr. Wenn er den Weg heute zu

Ende gehen will, müsste er jeden Moment los. Ich sollte diesen Augenblick unbedingt sicher für mich abspeichern.

Da, er öffnet das Fenster, lässt sich schwerfällig beinahe rausfallen. Keinen Blick zurück, langsam setzt er Fuß vor Fuß Richtung Nebenpforte. Steht da nicht halbverborgen Bishwa am Fenster? Warum folgt er Roman nicht – bestimmt, weil er das Schneckentempo einschätzen kann und der Pfad nur Richtung Pass führen kann. Oder Roman führt uns alle an der Nase rum: Bergab Richtung Dorf ist es doch viel leichter. Einige hundert Meter, sich über die Steinmauer fallen lassen, dann hätte er sein Ziel viel einfacher erreicht. Überhaupt sein Ziel. Verstehe ich noch, was er will, was wir ihm auch alle versprochen haben oder ist es mein Eid und die unterlassene Hilfeleistung, die mich als Wächter fungieren lassen? Wenn es ein höheres Wesen da draußen gibt, soll es verdammt nochmal mir bei einer Entscheidung helfen – oder aber ihn durch die Tür hinaus beschützen.

Das Küken meinte so lieb und naiv, sie findet es toll, dass ich als Ärztin im weitesten Sinne gläubig bin – na ja. Wie REM schon vor Jahrzehnten sangen: Loosing my Religion. Anderseits rauscht das Leben seit meinem Schockerlebnis an mir vorbei. Ruhig und doch mit Tempo – mir rinnt Tag um Tag wie Sand zwischen den Fingern davon. In den letzten Wochen habe ich reichlich erbauendes und sinngebendes erfahren dürfen. Von den mythischen Orten über die Nacht mit den Pilzen bis – gestern zum Beispiel. Bishwa plauderte beiläufig über seine Reisen mit Roman. Wie gerne wäre ich dabei gewesen. In Nepal und Indien haben sie Yogis gesehen, die 50 Zentimeter über den Boden schweben konnten. Oder andere, die Herzschlag und Atmung für Stunden aussetzen konnten. Als er meinen skeptischen Blick bemerkte fuhr er fort: Ihr selbst habt doch die heiligen Männer vom Ganges bis nach Muktinath hoch gesehen. Sind nicht nur Haschisch-Raucher, sie trotzen Hitze, Kälte, Schmerz, allen Mängeln und bewegen sich in anderen Sphären.

Wir hatten noch diskutiert, dass insbesondere wir Westler noch am Anfang stehen und relativ ungeübt sind, was echte Meditation und Yoga betrifft. Auch fehlt uns in unserem modernen Leben die Zeit und Kraft, zum Beispiel dem achtfachen Pfad zu folgen. Dies würde nämlich Umkehr und Ablassen von den ach so modernen Themen und Ablenkungen bedeuten. Dafür sind wir zumindest in diesem Leben noch nicht bereit – vielleicht rührt daher auch Romans Neugier auf ein mögliches nächstes?

Herm kommt auch nicht aus seinem Zimmer die Treppe runter, Bishwa macht ebenfalls keine Anstalten Roman zu folgen. Ich weiß sehr genau, der Weg aus dem Kloster heraus führt nur hier lang und weiter zur Nebenpforte. Was ist mit den beiden? Wie soll ich es aushalten, ihm nicht zu folgen? Ein Versprechen ist ein Versprechen. Oder? Nein, kein aber, kein oder. Reiß dich zusammen. Du und wir alle sind hier, weil es so gekommen ist, wie es nun mal ist. Banal – doch wir wollten Roman als Freunde begleiten, still und ohne Einfluss zu nehmen. Still ist es wirklich. Ich muss akzeptieren, dass sein Wille geschehe, nicht meiner. Und was sollte ich tun, wenn er ohnmächtig zusammenbricht und ich ihn finde? Einen Notarzt im Rettungswagen rufen? Herr, dein Wille geschehe. Amen.

Eisig und frostig – wie oft vorgestellt – und doch spürt er die Kälte kaum. Leise das Fenster öffnen, mit der einen Hand die Thermosflasche zwanghaft umklammern, mit der andern sich abstützen. Aus dem Fenster klettern ist ihm nicht mehr möglich. Also windet er sich wie eine Schlange hinaus. Der gefrorene Boden fühlt sich rau und dennoch vertraut an. Mühsames Aufrichten, in Zeitlupe Schritt vor Schritt setzen. Die wenigen Meter bis zur Pforte scheinen ewig zu dauern. Das Gehirn auf Autopilot schalten. Zweifel, Angst, Skrupel, Umkehr, Wunsch im warmen Bett zu liegen – alles abgeschaltet. Schwindel und stärker werdender bohrender Schmerz wie aus dem Nichts, bloß nicht hier umfallen, die Mönche würden ihn mit Sicherheit zu früh finden. Roman klammert sich an die hölzerne Tür, lehnt seinen müden Körper an die Mauer. Einen kräftigen Schluck aus der Kanne, besser zwei, nein drei. Atmen! Langsam tief ein, anhalten und ausatmen, er zählt stumm bis elf. Warum bis elf und nicht bis sieben, dreizehn, hundert? Die Hand fasst nach der Klinke, die neue metallene Kühle lenkt ab. Mehr durch sein Gewicht als durch bewusstes Öffnen, tut sich ein Spalt in die Nacht da draußen auf. Groß genug um hinaus zu schlüpfen. Wie ein Küken aus dem Ei. Die Hunde schlagen ganz kurz an, nichts weiter geschieht.

Nicht mehr umdrehen, schau nach vorn, nicht zurück. In seinem Kopf spielt der alte Song weiter „Zwingen kann man kein Glück. Denn kein Meer ist so tief wie die Liiiiieeeebbbe. Die Liebe allein, nur sie kann so sein, kann so sein." Udo Jürgens? Ausgerechnet der. Bewusst erneutes Luftholen. Vorwärts, nein – besser noch warten. Sein Kopfradio schlägt statt Mercie Cherie andere Sounds vor: Dont look back, Peter Tosh. Der Traum ist aus, Rio Reiser, Whole lotta love, Led Zeppelin. Lucifer Friends Ride the sky, Zoutelande von BOEF, Breath, Pink Floyd, Erhebt euer Glas, Kettcar, BAPs Verdammt lang her, Rare Earth Get ready. Oh je, Über den Wolken muss… Auch nicht „60 Jahre und kein bisschen weise" Nein jetzt reicht es wirklich! Bitte! Nicht auch noch Trude Herr und Freunde mit deren kölschen Abschiedsliedchen „Niemals geht man so ganz…"!

Ist der DJ eigentlich vollkommen durchgeknallt!? Diese Songs auf einer Beerdigung zu spielen, hätten weitaus besser zu meinem letzten runden Geburtstag gepasst. Die Beerdigung, wenn ich tot wäre, würde ich dann die Musik hören? Ist doch maximal ein übler Witz! Oder ein guter. Überhaupt: Was war das nochmal, ein Witz? Ach so – das Leben als solches. Verstehe ich nicht so ganz. Wie war das mit dem Leben, am Ende eh immer zu kurz, meinte Wolfgang stets.

Heftiger Schwindel, Luft holen. Stopp, es reicht. Bilder tauchen aus den Geräuschen auf. Ulla als junge Frau, Ulla auf Bali, Ulla verweint im Krankenhaus, die Freunde! Ach, lebt wohl klingt so hohl. Die Band soll weiterspielen, sein Patenkind, kann schon laufen, studiert Umwelt-Ökonomie? Angelo, das erste Gastarbeiterkind im Ort, das ab der ersten Klasse neben ihm saß. Und Klara aus der zweiten, mit den Zöpfen. War sie blond? Wann war das? Wo bin ich. Die Welt dreht sich doch verkehrt herum. Anhalten! Sofort. Jemand raunt:

„Halt dich fest, die Reise nimmt gleich an Fahrt auf. Das galaktische Raumschiff startet jeden Augenblick den Countdown".

Hitzeattacken wie aus dem Nichts. Er stürzt zu Boden, versucht sich aufzurappeln. Die Erde ist so schön kalt, einfach liegen bleiben wäre schön, nur für fünf Minuten die Augen schließen. Okay, aber wirklich nur fünf Minütchen! Er spürt etwas im Rücken. Die Welt hat hier eine Kante. Oder Stufe? Schmerzen und grelle Blitze – in ihm oder draußen, keine Ahnung, also die Augen wieder öffnen. Milliarden helle Sterne dort droben, aber kein Mond. Wo mag der geblieben sein? Vielleicht noch hinter den Bergen? Da war doch etwas Wichtiges. Etwas oder jemand scheint ihn aufzurichten, abstoßen, ganz langsam hoch. Die Augen justieren, rechts halten, links geht es ins Leben oder ins Dorf – beides zur Zeit keine Option. Oben ist meist der Himmel, unten der Pfad. Dort lang geht's bergauf. Nun dann. Die Zeit wartet auf niemand, auch nicht auf dich. Los jetzt. Die Tür hinter ihm fällt verzögert ins Schloss. Dort oben erst wartet die nächste Pforte. Der erste Schritt folgt dem Zweiten. Never give up! You never walk allone. Wer zum Teufel ist dieser Liver Pool? Mit jedem noch so kleinen Schritt nimmt die Entfernung ab. Die Welt steht ganz kurz still, er stolpert voran. Gute Nacht, Freunde, es wird Zeit für mich zu gehen. Genau, never walk allone. Die Band in seinem Kopf spielt nun ein langsames Lied. Ganz langsam. Zeitlupe. Stop. Ach ja.

Kurz nach Sonnenaufgang trafen sich die fünf übrigen Gefährten im Innenhof des Klosters. Nur Bishwa wirkte fröhlich, beinahe befreit. Eisig wehten der Morgenwind und die Kälte, die durch Mark und Bein drangen, ließen nicht vermuten, wie frühlingshaft es gegen Mittag werden würde. Noch lagen die Temperaturen im frostigen Bereich und der von den Gelbgewandeten gereichte Tee wärmte nur mäßig. Ohne große Worte zu verlieren, verließ die kleine Gruppe nach wenigen Minuten die heilige Stätte und wanderte langsam aber stetig Richtung Osten, dem höchsten Pass entgegen. Wenn die nächsten schwierigen, letzte Kräfte zehrenden Höhenmeter geschafft waren, wären sie auf einiges über 5.400 Meter. Ein spektakulärer Rundblick würde sie belohnen und im Hintergrund – erhaben, mächtig und hoch – würde sich der Anapurna mit all seinen Nebengipfeln auf über 8.000 Meter erheben. Jedem schien die Winzigkeit seiner irdischen Gestalt hier in der letzten Etage des Hochgebirges zwischen Dhaulagiri und Anapurna vollends bewusst. Die Gedanken kamen während des steilen Anstiegs fast zum Erliegen, so unbeschreiblich dünn war die Luft hier oben, alle Bewegungen erschienen wie in Zeitlupe ausgeführt. Erinnerungen an den Aufstieg nach Muktinath kamen auf. Sie glaubten nach den wenigen Tagen akklimatisiert zu sein. Irrtum. Und hier sollte Roman tatsächlich allein in dunkelster Nacht hochgestiegen sein? Allein Bishwa wusste, wie sehr Roman hatte kämpfen und sich dopen müssen, um überhaupt das Kloster zu erreichen, mindestens seit einer Woche war er über seine, mit Optimismus selbstaufgelegte Höchstverweildauer hinaus. Die Woche des Umweges und der Stiftungsgründung forderten im Nachhinein ihren Tribut. Tribut hin oder her: Taff – sein Freund

„Kaum zu glauben, dass der Alte hier heute Nacht hochgekraxelt sein soll – wo mir als fitten und sportlichen Typen bereits das Reden schwerfällt…" meinte Basti urplötzlich in die Stille hinein.

„Dann spar deinen Atem! Außerdem wissen wir alle, dass der Alte gar nicht so uralt ist und außerdem zäh wie ein indischer Kautschuk-Lastwagenreifen, dazu seit Jahrzehnten Trompeter," erwiderte Herm, „er wird jeden verfluchten Meter bewusst genossen haben, trotz aller möglichen Schmerzen – oder aber gerade diese Schmerzen haben ihn den Hang quasi hochgezogen. Schaut mal! Unterhalb des Passes in der Senke, könnt ihr schon etwas erkennen?"

Jemand deutete auf etwas Unbestimmtes, noch zu weit entfernt, um genauer zu bestimmen, was es sein mochte. Layla fragte in die absolute Stille hinein, wie es nur sie vermochte:

„Übrigens, ihr Lieben, habt ihr auch etwas in euerem Wanderschuh gefunden? Bei mir lag ein herzförmiger Stein drinnen."

Die anderen und Sarah nickten, sie meinte weiterführend dazu: „Seine Art Tschüss zu sagen und jedem etwas Besonderes zu hinterlassen. Als wenn wir ihn vergessen würden, wenn wir nicht etwas Greifbares hätten. Dennoch freue ich mich ebenfalls sehr über meinen Stein. Auch dass ich auf Roman gehört habe und mir in Pokhara als leichtes Mitbringsel diese gelb-orangene buddhistische Fahne gekauft hatte. Leicht und dennoch kostbar für mich. Habt ihr eigentlich auch ein Souvenir, egal ob gekauft oder gefunden, von unterwegs?"

„Ja, ein metallenes Armband aus verschiedenen Materialien. Kupfer, Eisen und so. Roman meinte, die Mönche kratzen jeden Morgen mit dem Messer winzigste Stückchen davon in ihren Tee. Dann hätten sie alle Mineralien für den Tag. Könnte sein, mir aber egal."

„Bei unserem Spaziergang zu dem erschossenen Affen kamen wir doch mehrmals an abgenagten Skeletten von Ziegen oder so vorbei. Einen ganz kleinen Schädel, vermutlich von einem Jungtier hab ich aufgehoben und in meine Blechdose für Sandwich oder Obst gelegt. Jetzt bin ich sehr froh, dieses kleine Andenken mitgenommen zu haben."

„Hätte ich dir als ehemaligen Bürohengst und Moneymaker gar nicht zugetraut – so etwas Skurriles und dazu nach umsonst", meinte Herm. „Bin fast ein bisschen neidisch auf dein Skull-Andenken."

„Da guckste – nicht wahr?" entgegnet Basti. „Und du hast nichts?"

„Buhh, okay. Als ihr alle am winzigen Flughafen beschäftigt wart, bin

ich dort in einen furchtbar normalen Andenkenladen getigert. Ihr wisst schon, Souvenirs und Kitsch für auf den letzten Drücker. Bunte gerahmte Bildchen, Buddhas und Yaks in jeder Form, Beutel mit Gebirgskräutertee usw. Nun, in einem Karton, wohl bewusst etwas versteckt, fand ich – leider aus Bronze – d.h nicht billig und fast ein halbes Kilo schwer, ein Pärchen, ich schätze mal Brahma oder Vishnu oder Krischna oder wer. Und auf seinem Schoß hockt beim Sex eine unbekleidete indische oder nepalesische Schönheit. Ihr versteht?!"
Alle wie im Chor: „Herm! Unbedingt später zeigen!"

Etwas verschämt und schweigend setzten sie ihren Weg fort, beinahe wie eine kleine Beerdigungsprozession, bei der nur noch nicht fest stand, ob der zu beerdigende Hauptakteur auch anwesend sein würde. Sarah deutete nach Osten in den Himmel, beinahe auf gleicher Höhe mit ihnen segelte vermutlich ein Geier gemächlich im sich langsam erwärmenden Auftrieb der Winde.

Hoch oben im Himalaya gab es für jeden bewusst spürbar diese andere Wirklichkeit. Längst keine Bäume, Pflanzen oder Tiere wie Yaks, Bergaffen oder Schneeleoparden mehr. Nur noch Stein, in vielen Gestalten und Farbschattierungen. Auf einem fremden Planeten hätte es für einen Unbeteiligten nicht seltsamer und unwirtlicher sein können. Von hier aus konnte man bereits hoch oben den kleinen Schrein mit den Steintafeln, die eingemeißelten Schriftzeichen, die Botschaften ebenfalls aus einer anderen Wirklichkeit wiedergaben, auf der Passhöhe ausmachen. Nach Westen hin hatte sich unterhalb des Passes im Laufe von Millionen Jahren vermutlich aufgrund des seltenen Schmelzwassers eine mehrere hundert Quadratmeter große Senke gebildet.

Genau in dieser Senke erblickten sie bereits von weiten wie ein Signal den knallroten Anorak ihres Freundes. Beweis, Zeichen oder letzter, gewollter Abschiedsgruß? Ohne Anorak könnten hier oben eventuell nur die heiligen Männer eine Nacht überleben. Eventuell.

Erstaunlicherweise lag dieser große rote Fleck inmitten eines deutlich sichtbaren, sehr exakten perfekten Kreises von mindestens fünfzig Metern Durchmesser. Etwas absolut Geometrisches inmitten der nicht sehr oft zu Linien bzw. Kreisen neigenden Natur.

Sie stoppten einen Moment, tranken den längst erkalteten Chai aus ihren Thermosflaschen, schauten zurück Richtung Kloster, dann die kurze Strecke hinauf zum Pass, dann wieder in die Senke mit dem fremdwirkenden Kreis und dem roten Fleck mittendrin.

„Wusstet ihr, dass Michelangelo seinerzeit bei der Bewerbung um den Auftrag für die sixtinische Kapelle nicht wie die anderen Maler eine Bewerbungsmappe abgegeben hatte, sondern er zeichnete mit Kreide einen absolut perfekten Kreis auf den Boden des…"
„Klugscheißer! Mensch, Herm. Immer wieder Geschichten und unnützes Wissen, lasst uns lieber nähergehen und nachsehen, was es mit diesem ungewöhnlichen Kreis auf sich hat. Oder meinst du, der große Bruder von Michelangelo war heut Nacht hier?"

Sie stiegen in die Senke hinab, Layla erreichte als erste den Rand des Kreises. Sie berührte den Rand des Kreises und zog erschrocken die Finger zurück. Der Stein war trotz der Gebirgskälte handwarm, der Fels darunter schien geschmolzen. Der Kreisrand selbst maß einen halben Meter in der Breite und wirkte in der gesamten Länge absolut wie von Menschenhand glattgeschliffen. Sie schwieg und schaute die anderen nur an, daraufhin Basti:
„Wenn ich es nicht anders wüsste, könnte ich meinen, hier hätte jemand einen riesengroßen heißen Kaffeebecher in ein steinernes Schneefeld abgesetzt. Nur gibt es so große Tassen nicht, denn …" Sarah unterbrach „Apropos Schneefeld. Erinnert ihr euch an die in der Sonne immer größer werdenden Spuren der Affen im Schnee der vor etlichen Tagen? Jemand dieser Größe? Was mag das sein?"
„Ich möchte meinen Gedanken von soeben gerne beenden: Und sieht dies hier im geschmolzenen Stein nicht ebenfalls wie ein Fußabdruck aus? – nur mit dem Unterschied, es ist eindeutig ein Wanderstiefel."
„Interessant oder unmöglich." Entgegnete Herm trocken in seiner spezifischen Art. „Eine fliegende Untertasse hat kurz gestoppt, aber bitte vorm Einsteigen die Schuhe ausziehen. Oder was soll man hier deuten? Die Natur ist der größte Künstler, wollte ich vorhin andeuten. Also ich denke nicht, dass hier Menschen oder grünliche Außerirdische oder sogar Geistwesen am Werk waren. Wie beim sogenannten heiligen Feuer gibt es bestimmt eine plausible und naturwissenschaftliche Erklärung. Doch je mehr ich mich reden höre, umso mehr erinnert mich die Fußspur an etwas. Adams Peak? – Urvater Adams Fußabdruck auf einem

Berg, als er sich einst abstieß, um das Paradies zu verlassen oder eben in jenes zu gelangen. Ich komm schon noch dahinter."

Die anderen betrachteten nun ebenfalls ausführlich den Abdruck, einer meinte sogar den Hauch des Logos zuerkennen, ein anderer glaubte sich auch an die Stiefel des Freundes zu erinnern, die eine ähnliche Sohlenstruktur aufwiesen. Irritiert suchten sie fortan mit Argusaugen die Senke ab. Sie riefen immer wieder seinen Namen, erstaunt wie dünn und nichtssagend ihre Rufe hier oben klangen, durchsuchten gezielt eine Stunde lang die Gegend: Bishwa hockte stumm auf einen Felsbrocken, er allein erkannte die scheinbar andere Wirklichkeit und die Konsequenzen für Roman hier oben an. Er versuchte mental mit Roman oder was von jenem übrig geblieben war, Kontakt aufzunehmen.

Die beiden anderen Männer erkundeten die Umgebung des Kreises weitläufig, die zwei Frauen erklommen die Passhöhe und schauten sich auch den östlich abwärtsführenden Pfad auf der anderen Seite genauer an. Keine noch zu winzige Spur, keine weiteren Anzeichen von jegwelchen Lebewesen, erst recht keinerlei Hinweis auf ihn.

Später platzierten sie sich alle um Bishwa, schwiegen eine Zeitlang, hingen zunächst ihren verwirrten Gedanken nach, versuchten dennoch endgültig, hier am herbei gesehnten Ziel der Reise, stumm und ein wenig feierlich Abschied zu nehmen. Nach Minuten:
„Was wird mit dem Anorak, nehmen wir ihn mit zurück, vielleicht sogar nach Deutschland?" fragte Herm. „Ich hätte da ein äh persönliches, also künstlerisches Interesse…"

„Lassen wir ihn doch lieber dort liegen. Ein roter Fleck in einem Kreis aus geschmolzenem Gestein. Quasi das Auge des Zyklons."
„Du hast es also geschafft – Lebwohl junger alter Mann. Wir werden noch lange brauchen, um wenigstens ein wenig von all dem hier zu verstehen. Nun gut – spätestens bei der nächsten konstituierenden Stiftungs-Sitzung bist du ja wieder dabei. Heut Abend lassen wir es für dich krachen, dass du es bis dorthin spürst, wo auch immer du dann gerade rum schwirrst."

Jetzt nickten alle stumm, machten kehrt und stiegen abwärts zum Kloster, in wenigen Stunden würde es bereits wieder finster und noch frostiger werden.

Sarah flüsterte mehr zu sich selbst, aber laut genug:
„Als ich heute Nacht nicht schlafen konnte, bin ich gegen zwei, drei
Uhr hinaus aufs Dach. Davor hatte ich die ganze Zeit am Fenster gestanden. In einer Tour musste ich daran denken, wo er jetzt wohl gerade
sei. Denn dass er fort sei, wussten wir alle doch, schließlich hatten lang
nach Mitternacht die Hunde kurz angeschlagen…"
„Stimmt, die Hunde! Aber er hatte ja deutlich gesagt, er würde in dieser
Nacht aufbrechen müssen, sonst sei es möglicherweise für immer zu
spät. Auch ich hatte aus dem Fenster geschaut und gehofft etwas zu sehen, was auch immer. Ein Phänomen war mir aufgefallen beim Blick in
den finsteren Himmel. Hast du vom Dach aus überhaupt nichts erspäht
oder gehört?" fragte Basti mit Nachdruck. Sarah antwortete knapp:
„Doch, jetzt wo du fragst, fällt mir ein, wie viele Sternschnuppen oder
Kometen ich in dieser kurzen Zeit beobachten konnte. Keinen Mond,
keine Sterne, aber diese Lichterscheinungen."
„Freunde! Es war zwar Neumond, doch glaubt mir, zu dieser Jahreszeit
sieht man in diesem Teil der Welt mit Sicherheit weder Kometen noch
Sternschnuppen, nicht mal Satelliten erblickt man hier." ergänzte Herm
ungewöhnlich leise, eigentlich mehr an sich als an die anderen gewandt.
„Auch wenn wir scheinbar fast den Himmel berühren."
„Dieser Besserwisser! – Nicht mal Satelliten", ahmte Basti seinen
Kollegen nach. „Wir wissen auch, dass selbst unser Planet in der kosmischen Weite nur ein winziges Staubkörnchen ist und dass wir trotz allem, was wir in den letzten Jahrtausenden erforscht, erkannt, erahnt und
geglaubt haben, nichts wirklich wissen. Hier in dieser unermesslichen
Weite um und über uns, in dieser kosmischen Stille, hört man ab und an
das Lachen der Billionen Seelen vor uns."

Herm dazu: „Das Missionieren scheint geklappt zu haben. Vom Quan-
ten-Experten zum Horoskop-Gläubigen. Verzeih! Ich denke, sehe bzw.
höre auch seltene, mir unbekannte äh, mir fehlen Worte, äh Dinge. Insbesondere heute und hier am Pass."

Währenddessen summte Bishwa erneut diese Melodie, die er bereits vor
einigen Tagen angestimmt hatte. Er ahnte am ehesten, wo Roman möglicherweise war und wie es ihm erging. Vielleicht würde die Schnee-
schmelze in etlichen Monaten bleiche Knochen freilegen, vielleicht

schwebte seine unsterbliche Seele gerade über den fünf Freunden? Nobody knows. Er legte drei Steinbrocken übereinander, die anderen taten es ihm spontan nach. Herm schoss weiter heimlich oder auch nicht so heimlich Fotos

„Ach ja, Billionen lachender Seelen!?" fragte Herm, hakte sich bei Layla und Sarah unter, während sie weiter hinter dem vor sich hin philosophierenden Basti her stolperten. Dieser blieb abrupt vor der letzten Wegbiegung stehen, schaute noch einmal zurück, irgendwann tut man alles zum letzten Mal und deutete nunmehr stumm zurück zum Pass. Der Kreis mit dem roten Fleck in der Mitte war längst nicht mehr zu erkennen. Eine raue Gesteinslandschaft wie auf dem Mars, Felsformationen und Krater, leb- und wasserlos, beschienen von den roten Strahlen der langsam untergehenden Sonne. Doch kaum einen Kilometer hinter der Wegbiegung wusste man von der Klosterküche, mit heißer Brühe, warmen Fladenbrot und Honig, von Kamin und Mauern, von Mandalas, Matratzenlagern und Mönchen.

Beinahe roch man schon diese Mischung aus Räucherstäbchen, Chai, Backwerk und einem Hauch von Haschisch. Keine dreißig Minuten und die bekannte Welt wäre zurück, würde sie in die Gemeinschaft der Mitreisenden auf den Planten aufnehmen. Ganz tief hinten trat ein versteckter Gedanke hervor: Ob die dort wohl einen Generator und eine Schüssel hatten? Vielleicht könnte man ja zur Abwechslung mal Fußball oder einen Krimi oder… Egal – warm zu duschen wäre auch schon geil. Beinahe verschämt schnippte Basti ein winziges Staubkorn von Laylas Kragen zurück auf den staubigen Pfad, der vor ihnen lag. Staub zu Staub. Shit, beinahe vergessen. Heute würde doch gefeiert, zumindest des derzeitigen Endes dieses kurvenreichen Weges zu sechst gedacht. Denn wenn der Weg das Ziel ist, dann… Ja, was dann?

Es lag wieder einmal an Sarah, die greifbare Stille zu brechen, und für ihre Verhältnisse es ungewohnt ausführlich auf den Punkt zu bringen:

„Weggefährten und Freunde. Trauern und weinen werden wir reichlich. Roman hat sein Ziel erreicht. Unser und das der Stiftung liegen im Dunst der Zukunft. Im Hier und Jetzt sollten wir seinen Wunsch erfüllen: Rauchen, trinken, tanzen, essen. Blöde Witze erzählen und uns des Lebens freuen. Wie Roman so gerne sagte, liegt der Sinn des Lebens vielleicht auch darin zu leben. Und er ist nur eben zur Tür hinaus. Also beginnen wir gleich, wenn wir unten sind. Im Hier und Jetzt. Keine Atempause, Geschichte wird gemacht. Singen und tanzen wir zu den Fehlfarben und einigen anderen, die uns songmäßig begleitet haben. Mittlerweile können wir nicht nur den Redemption Song auswendig schmettern. Denn wie er immer so beiläufig einfließen ließ: Später ist jetzt!! Jetzt müssen wir nur singen zu unserem Getanze und den blauen Mond anheulen. In einigen Wochen gibt es die Sounds dann verstärkt aus der Konserve, eiskalte Drinks und Tränen inklusive. Welch ein herber Spaß wartet."

Alle nicken, wissen auch nicht ganz genau, was noch zu tun ist. Einerseits ist alles so gekommen wie von Roman geplant und gewünscht, anderseits vermag niemand wirklich zu glauben, dass es nun geschafft sein soll. Schweigend stolpern sie mehr als dass sie zurück schreiten den Pfad bergab. Manchmal kommt ein Gefühl auf, als würden sie von ferne beobachtet. Dann wieder dreht sich jemand um, schaut zurück und hat das stille Gefühl, man werde verfolgt oder jemand hätte gerufen oder sogar gepfiffen. Ein großer Greifvogel, der einsam seine Kreise zieht, schaut ihnen hinterher.

Kapitel 4   Spaceship, Wiedergeburt oder Jenzeits

Der Gedanke ist zu abwegig, um nun auch noch, wie die Geschichte dieser Reise, konsequent weiter gedacht zu werden, noch sich daran zu erinnern. Also wieder vergessen, d.h. abrutschen lassen in zur Zeit nicht erreichbare, sowie undefinierte Bereiche des einst so genialen menschlichen Bewusstseins. Denn ein einzelner Mensch kann nicht in zwei Reinkarnationen wiedergeboren werden – zumindest bis jetzt. Allerdings gibt es auch vollkommen andere Sichtweisen. „Jetzt kommt das Ende der Welt!" meinte die Raupe. „Wie bitte? Es ist ein neuer Anfang!" entgegnete der Schmetterling.

Bis vorgestern wusste man allerdings auch nichts von Quanten, Atomen, Viren oder Thermo-Mix-Geräten. Wenn ihr winzigen Lichter in nur einer von tausenden Galaxien wüsstet, dass ich euch im Auge habe. Wie wichtig nehmt ihr euch und euer Tun eigentlich? Seid Zerstörer eueres blauen Planeten. Ahnt nicht mal, dass wenn Zeit unwichtig und alles andere nur Maya – also Täuschung – ist, der Welten-Erneuerer bereits sehnsüchtig wartet. Das kosmische Raumschiff stoppt nur für einen winzigen Bruchteil von dem, was ihr vielleicht Sekunde nennen würdet. Achtung – die Zeit zwischen Ein- und Ausstieg ist immer zu kurz und genau das, das ist letztlich euer donnerndes Leben. Fürs erste. Für alles andere seid ihr allein, oder auch nicht, verantwortlich. Doch halten wir alle jetzt endlich mal den Mund. Ganz selten hört man dann sogar das leise Lachen der Götter und der anderen Seelen über all den täglichen Unsinn hinweg.

Möglicherweise habe ich schon zu viel verraten. Dualismus bedeutet schließlich auch, dass dort, wo es scheinbar blanken Unsinn gibt, möglicherweise ebenfalls ein Sinn existiert. Ob dies etwas mit Glauben, Sehen, Erkennen, Erinnern, Hoffen, Transzendenz, Dada oder gar der kosmischen Liebe zusammenhängt, liegt allein im Auge des Betrachters. Seht doch! Der steinerne Buddha hoch oben am Pass lächelt still. Wieder ein Pilger, der den torlosen Weg beschreiten wird. Eine unsichtbarer Schöne nickt zustimmend.

Wenn, wie die Erdlinge ständig behaupten, das Leben eh zu kurz sei – und zwar immer – warum bemühen sie sich nicht um Erlösung oder wenigstens um Wiedergeburt oder Ähnliches. Die Möglichkeiten sind mannigfaltig und space is deep.

Genau, sie jagen materiellen Dingen, Macht und vorgegaukelten Idealen nach. Verbreiten Hass und Neid. Nach allem dann Chaos, Zerstörung, noch mehr Leid. Wir haben ihnen einen blühenden Planeten hinterlassen, sie arbeiten an der Verwüstung. All unsere Boten haben sie ignoriert, getötet oder für ihre perfiden eigenen Ideen umgedeutet. Warum sind sie so unbeschreiblich dumm, kalt und starrsinnig?

Eine weitere Unsichtbare steuert ihre Emotionen bei: Aber warum haben wir ihnen Hirn, Herz und Seele mit auf den Weg gegeben? Und warum machen sie soviel Schlechtes aus ihren Gaben? Zweifelsfrei für uns so etwas wie ewige Fragen. Wie jene der Menschen. Nur fragen sie Wo komm ich her, wo geh ich hin, was ist der tiefe Sinn?

Dabei gibt es auf jede Frage eine stimmige Antwort. Okay- manchmal nicht sofort, manchmal nicht direkt, oft verborgen. Wer Augen hat zu sehen, wer Ohren hat zu hören, wer fühlen, denken, empfinden kann- ach, macht doch was ihr wollt. Wir Zuschauer sind meist nicht erfreut, öfters gelangweilt. Lachen über euere vielen stümperhaften Versuche. Lachen hilft. Auch bei der Suche nach dem Steinen des Weisen, des Narren, des Erleuchteten. Klammeraffen seid ihr- dass mir dies nicht eher aufgefallen ist! Klammeraffen, die sich bereits für die Krönung irgendeiner Schöpfung halten.

Tief in seiner Höhle grinst ein müder Yeti vor sich hin, Shiva streckt ihm wortlos die Zunge raus. Brahma und Vishnu sind unterwegs, frag besser nicht, wohin sie wollen. Jemand sollte etwas sagen oder wenigstens fragen.

Sie „Wissen wir jetzt wohin all die Seelen verschwinden?"

Er „Muss es immer dieser metaphysische Ansatz sein?"

Sie „Wie viele Milchstraßen oder Galaxien gibt es eigentlich?"

Er „Ist denn wirklich niemals Ruhe im Karton?"

Sie „OMG, wie soll ich dies alles daheim bloß erklären?"

Er „Wie war das nochmal mit Weltenzerstörer und -erneuerer?"

Sie „Der Sinn des Lebens war leben – oder lieben?"

Er „Ich kann sie einfach nicht vergessen. Und sie?"

Sie „Mein eigenes Glück oder Helferinnen-Syndrom?"

Er „Sein Glück erarbeiten oder ist es ein fliehender Vogel?"

Sie „Spielt jemand da nur ein bisschen mit uns allen?"

Er „Was war das eigentlich nochmal „Transzendenz"?"

Sie „Das Ahnen, dass wir Spiel und Spieler sind."

Er „Wie raus aus der Endlos-Schleife: Zurück zur Kreativität?"

Sie „Zurück muss nicht…OH! Sieh nur – eine Sternschnuppe."

Wiiiiishhhhhhhhhhhhhhhhhhhhhhhhhhhhhhhhhhhhhhhhhhhhh

Eine soeben freigewordene Seele hält sich an dieser, oder was immer für ein fliegendes Objekt es sein mag, entspannt fest.

Eine dröhnende Stimme, die nur sehr wenige zu hören vermögen:

LASS LOS

LETZTE WORTE / NACHWEHEN

Natürlich sind noch Fragen offen und sie werden es zum größten Teil auch bleiben. All die sogenannten ewigen Fragen; dann ferner die so wichtigen übrigen wie „Wann wird Schalke 04 wieder deutscher Meister" oder trivialere wie „Was gibt es heute Abend zu essen?" „Liebst du mich noch?" oder „Im Ernst?"

Es gibt da noch einiges zu erzählen, zum Beispiel wie und ob die Stiftung funktionierte oder Geschichten aus Romans ersten dreißig Jahren („Wir waren Freaks") oder oder. Kommt Zeit, kommt Rat.

Wirklich konsequent zu Ende erzählen, heißt nicht immer, auch alles sofort zu verraten. Manchmal ist der Leser gefragt, manchmal lässt der Autor ein Zipfelchen erkennen, wie es weitergehen könnte. Oder die Zukunft liegt in Dunkelheit bzw. ich weiß es auch nicht.

Verraten muss ich aus tiefster Dankbarkeit jedoch noch folgendes:

Mein tiefster Dank gilt euch! Das ist natürlich meine Frau Toni – für all die Geduld, wenn ich meinte ich müsse mal eben „tippen". Auch für die Unterstützung, Cover und das Loslassen für meine Reisen nach Innen und Außen, für's Erden und allzeit ihre selbstlose Liebe.

Und auch Isabelle Krawczyk – Lieblingskollegin und Freundin: Für Kritik, Lob, zahlreiche Anmerkungen, Format und überhaupt! Und last not least Daniel für Hilfe beim Layout. Dank je well well well.

Coverillustration „Dragonplant", von mir. Ich danke mir.

Anregungen, Tadel, Daumen hoch und mehr, wie immer svp an: vansuntum@freenet.de

Wir bleiben in Kontakt!

RR, im Herbst 2022